Manfred Hausmann

Salut gen Himmel

Roman

Fischer Taschenbuch Verlag

Vom Autor durchgesehene Ausgabe
96.–105. Tausend: September 1983

Veröffentlicht im Fischer Taschenbuch Verlag GmbH,
Frankfurt am Main, März 1958
Umschlaggestaltung: Jan Buchholz / Reni Hinsch
unter Verwendung einer Illustration von Barbara Brenner
Lizenzausgabe mit Genehmigung
der S. Fischer Verlag GmbH, Frankfurt am Main

Satz: Fotosatz Gutfreund, Darmstadt
Druck und Bindung: Hanseatische Druckanstalt GmbH, Hamburg
Printed in Germany
880-ISBN-3-596-25338-3

Salut gen Himmel

Für Tutti

Die Achterbahn

Meinethalben könnte ich die ganze Nacht so stehenbleiben, so über die Brückenmauer gelehnt, über die Sandsteine, die noch warm sind von all der Sonne dieses Nachmittags. Ich habe vorhin einen Teller mit Pellkartoffeln und gebratenem Speck zu essen bekommen, in meiner Rocktasche bewahre ich eine angebrochene Zigarette auf, wo ich heute schlafen werde, weiß ich auch schon, die Transportarbeiter haben nämlich vergessen, einen Möbelwagen zuzuschließen: ein guter Abend alles in allem, eine freundliche Nacht. Du verstehst mich doch?

Und da unten gurgelt nun der Fluß hin. Das Licht der Laterne, neben der ich stehe, fällt kreuz und quer in das Gestrudel hinein, immer anders, immer neuartig, es glänzt und zuckt. O nein, ich langweile mich nicht! Ich kann ein flackerndes Feuer, ein im Winde wellenschlagendes Kornfeld, ein Rinnsal von Regentropfen, vielleicht an einem grauen Buchenstamm herunter, den hin und her spielenden Widerschein einer Laterne auf ruhelosem Wasser, ich kann dergleichen Stunden und aber Stunden lang betrachten. Die Ausländer nennen es: time is money.

Und heute abend verhält es sich außerdem so, daß ich, falls mir das schwarze und goldene Gewoge zu meinen Füßen nicht mehr interessant genug ist, nur den Blick ein bißchen zu erheben brauche, um geradezu die Herrlichkeit der Welt vor mir zu haben. Ein gewisser Herr Lampioon steht in Heidelberg auf der Karl-Theodor-Brücke und hat die Herrlichkeit der Welt vor sich. Ich meine jetzt nicht die Stadt, die sich linker Hand mit ihren Lichtern hinzieht, mit ihrem Gebrause und dem nebligen Schimmer über den Dächern. Ich meine auch nicht die rot und grün flämmernden Terrassen und Balkone von den herrschaftlichen Villen am rechten Ufer, wo die Professoren mit ihren Gemahlinnen nach dem Abendbrot sitzen und die Zeitung lesen. Ich meine etwas ganz anderes.

So eine Julinacht macht einen ordentlich schlaff mit ihrem Südwind und ihrem Wohlgeruch. Hauptsächlich kommt es wohl von den Rosen. Über alle Mauern und Zäune hängen hier so Dolden von kleinen, dunkelroten Rosen herab. Sie fangen schon oben in den Bergwäldern an und fallen durch die Weingärten, durch die Treppengänge, über die Felsen, über die Häuser bis nieder in den Neckar. Davon kommt es wohl.

Wenn du aber denkst, ich meine das Schloß, so bist du nicht gut in Erdkunde bewandert. Das Schloß liegt hinter mir, und ich spreche überhaupt nicht davon. Wer auf der Karl-Theodor-Brücke steht und gegen die Rheinebene blickt, hat doch das Schloß im Rücken, nicht wahr? Schweig von deinem Schloß! In Wirklichkeit meine ich etwas ganz anderes. Dahinten schwingt sich eine zweite Brücke in sechs weiten Bogen über den Fluß. Sie ist erst in unserer Zeit gebaut, man hat sie infolgedessen mit vielen Lampen geziert. Ich glaube, sie trägt den Namen Friedrichs-Brücke. Dunkle Menschenscharen, Straßenbahnen, Autos und Motorräder gleiten ununterbrochen über sie hinweg... Nein, laß mich doch erst ausreden! Das nicht! Wie lustig es auch von fern anzusehen ist, ich würde doch niemals in meinem Leben behaupten, es stelle die Herrlichkeit der Welt dar. Bestimmt nicht! Aber gleich hinter der Brücke, dahinten am Neuenheimer Ufer, leuchtet und glitzert es, da unten auf der Wiese, die in jedem Frühjahr vom Neckar überschwemmt wird, da ist ein buntes, durcheinanderkreisendes Feuerwerk im Gange, ein kribbelnder Lichterhaufen, ein Wirbel von Musik, aus dem Trompetenstöße, Glockengeläut

und dumpfe Knalle hervorschießen, ein Jahrmarkt, ein Schützenfest, eine Volksbelustigung.
Von Zeit zu Zeit schwillt das Gesumme an, wird hell, wird hoch, wird ein Massengelächter, das sich in die Luft wirft und oben in der Nacht verschwebt. Inzwischen dudeln unten die Orgeln wieder los, bald stärker, bald schwächer zu hören, wie der Wind den Klang gerade herüberträgt. Und die Lichter und Funken bewegen sich auf und nieder. Und zuoberst über der ganzen Unruhe steht unbeweglich ein schimmerndes Transparent aus elektrischen Birnen, eine weißglühende Schrift: ›Grotes Achterbahn‹. Ich war heute nachmittag schon dort. So eine Achterbahn hat Heidelberg noch nicht gesehen. Sie ist das höchste Bauwerk auf dem Festplatz. Und was da so donnert, sind die Wagen, die durch die Schleifen der Bahn rauschen und sich von den Bergen in die Täler stürzen.
Du magst ja anderer Ansicht sein, ich nehme dir's nicht im geringsten übel, aber für mich bedeutet dieser erleuchtete Jahrmarkt in der Ferne nichts als Herrlichkeit und Halleluja. Er ist eine einzige strömende Melodie, ein schwermütiger Lobgesang auf alles mögliche, er weht und glitzert, er orgelt und braust, er brennt und explodiert gen Himmel.
Ob ich mir jetzt die Zigarette anzünde, die ich noch in der Tasche habe? Sagen wir: die eine Hälfte. Nun muß ich einen Menschen finden, der so aussieht, als hätte er etwas Glimmendes im Mund oder ein Schwefelholz in der Hosentasche. Der Rotzjunge mit seinem Bollerwagen kommt nicht in Frage, und die junge Dame mit der weißen Sommerjacke und dem dito Käppchen auch nicht. Sie erwartet wohl nur ihren Kavalier zum Stelldichein, weil sie so langsam dahinschlendert. Schöne Beine, könnten oben eine Kleinigkeit schlanker sein. Aber jetzt, oha!

Verzeihen der Herr, wenn ich den Herrn bitten dürfte! Ja? Ach so! Gewiß!

Ich stehe im Lichtschein der Laterne und atme den Rauch meiner Zigarette ein und aus. Tadellose Marke! Hat mindestens ihre drei bis vier Pfennige gekostet, mindestens! Noch ein paar kräftige Züge, dann strecke ich die Hand aus und klopfe die Asche mit dem Zeigefinger ab.

Sieh einer an, was für einen beachtenswerten Schatten ich werfe! Ein bißchen zu lang an seinem oberen Ende, ein bißchen zu gespenstisch für einen Wanderer aus Blut und Dreck, wie ich einer bin, aber sonst ziemlich ähnlich. Ich erkenne mich ganz gut wieder. Wenn ich mein Gesicht zur Seite wende und den Schattenriß noch einmal beurteile, was allerdings nur möglich ist, indem ich an meiner Nase vorbei um die Ecke schiele, finde ich sogar, daß die Verzerrung ins Längliche meinem Profil gewissermaßen einen aristokratischen Anstrich gibt. Die Zigarette zwischen meinen Lippen, der Rauch aus meinen Nasenlöchern... weiß der Satan, ich wäre imstande, ohne weiteres »Herr Graf« zu mir zu sagen! Aber ich brauche mich nur wieder von hinten bescheinen zu lassen, so daß mein Schatten gerade vor mich hin fällt, um sofort im Bilde zu sein, mit wem ich es von Rechts wegen zu tun habe. Und wenn ich außerdem die Hände in die Taschen stecke und die Hosenbeine hochziehe, daß die abstehenden Ränder meiner Schuhe sichtbar werden... du lieber Himmel!

Mit einem Mal taucht neben meinem Schatten ein zweiter auf, wächst an ihm entlang und über ihn hinaus: das Fräulein mit der weißen Kappe streift lautlos an mir vorbei. Ihr Blick ist geradeaus gerichtet, sie achtet nicht auf mich. Ihre linke Hand greift hinter ihrem Rücken in den rechten Jackenärmel, und jedesmal, wenn sie einen Fuß vorsetzt, neigt sie langsam ihr Gewicht etwas nach vorn. Daß ihr Gang so lautlos ist, kommt von den Gummisohlen an ihren Schuhen. So schlendert sie Schritt für Schritt dahin und berührt immer mit dem Hacken zuerst die Erde. Wahrscheinlich erwartet sie jemanden, unter Umständen will sie auch nur frische Luft schöpfen. Es geht mich nichts an.

Jetzt bleibt sie übrigens stehen, hebt in Gedanken das eine Bein noch nach vorn, schwankt und dreht sich um. Ich drehe mich auch um und beuge mich aus Verlegenheit über die Brückenmauer. Nach einer Weile fühle ich einen Hauch hinter mir vorüberziehen, und dann kann ich mich wieder aufrichten. Sie hat eine Spur Duft und Wärme zurückgelassen, nur ein Spürchen, aber es fällt mir gleich auf. Ich schnuppere ihn ein, diesen Geruch von Haar und warmer Haut, den Geruch eines unbekannten Fräuleins. Er tut mir wohl, er ist mir angenehm, er läßt mich beinahe unruhig werden, nein, ich weiß selbst nicht, warum ich mich in Bewegung setze und hinter ihr her gehe. Ich lächele für mich hin und geniere mich vor meiner eigenen Person. Weg mit der Zigarette!

Mein Schatten wird schnell länger, er trifft schon die Beine des Fräuleins, er taumelt an ihrem Rücken empor und löst sich auf. Wir sind in den Lichtbereich der nächsten Laterne gelangt. Das Fräulein geht immer weiter. Jetzt ist es ihr Schatten, der uns verbindet, sie und mich. Meine Stiefel treten darauf herum, ich gehe unwillkürlich auf den Zehenspitzen. Aber er verkürzt sich schnell, er schrumpft auf ihre Füße zu, kriecht ein wenig seitwärts unter ihr hindurch und wächst, sobald sie die Laterne passiert hat, vor ihr wieder lang übers Pflaster hin. Und mein Schatten macht ihm alles nach. Ich meine, sie müßte es spüren, daß sich jetzt der Kopf meines Schattens an ihren seidenen Beinen, an ihrem Rücken hochtastet, daß ich den Kopf bewege und ihre linke Hand streichle, aber sie tut nicht dergleichen. Oder doch? Als ich genau hinsehe, zittert ihre Hand und krampft sich fest in den anderen Jackenärmel hinein. Mensch, warte mal... ruhig mal! Nun verlangsamt sie ihren Schlendergang noch mehr, sie senkt ihr Gesicht, sie hat sicher etwas ge...

Leider nicht! Ich muß zugeben, daß ich mich geirrt habe. Sie wendet sich nur um und blickt nicht im mindesten auf. Sie scheint überhaupt keine Ahnung zu haben, daß irgendein Mensch hinter ihr her spioniert. Es ist möglich, daß sie nicht einmal genau weiß, wo sie sich in dieser Stunde befindet, so versunken nehmen sich ihr Gang und ihr Wesen aus. Ich warte nicht, bis sie mich erreicht hat, sondern mache gleichfalls kehrt. Jetzt führe ich unseren Marsch an.

Aber ihre Hand hat doch gezittert, ich habe es gesehen. Weshalb hat sie gezittert? Es kann zum Beispiel die Kühle der Nacht gewesen sein, gewiß, es kann aber auch eine andere Ursache gehabt haben. Ich gehe weiter und denke mir mein Teil.

Nach ungefähr zehn Schritten bin ich wieder unter der Laterne angelangt. Mein Schatten, ein dickes, rundes Gebilde, kommt zum Vorschein, dehnt sich und wird mir immer ähnlicher. Aber ich achte nicht eigentlich auf ihn, ich horche vielmehr nach hinten, ob das Fräulein auch nachkommt, und passe auf, wann ihre Silhouette wohl unter meinen Füßen hindurchgleiten wird. Nichts zu hören, nichts zu sehen. Ich bewege mich kaum von der Stelle. Nichts. Ich halte an. Nichts. Der Fluß strömt. Der Jahrmarkt dudelt. Kein Fräulein. Kein Schatten. Hat sie sich abgewandt? Ist sie fortgegangen? Steht sie unbeweglich auf einem Fleck? Ich brauchte mich nur umzugucken, um alles in Erfahrung zu bringen. Aber das will ich nicht. Du hast dich noch nicht viel mit der Liebe und mit den Mädchen befaßt, sonst wäre dir bekannt, daß es ja gerade die Hauptsache ist, dazustehen, zu warten, den

Atem anzuhalten und plötzlich zu fühlen, daß sich ein Schatten wie eine weiche Berührung an einem vorbeidrängt. Ich warte nur auf den kleinen Schrecken, auf das unbeschreibliche Zucken, das dann durch meinen Körper fliegen wird. Nur darauf warte ich.

Da ereignet es sich schon. Ich fahre zusammen. Der Schatten zeigt sich und flieht dahin, der fremde Hauch, die fremde Wärme atmet an mir vorbei. Eine Sekunde lang bin ich in Verwirrung und Zärtlichkeit gehüllt. Ein bißchen Liebe hat mich ergriffen. Was ist die Liebe? Verwirrung und Zärtlichkeit, Berührung von fremdartigem Duft, Ohnmacht und Nervenschock, ein hohes, süßes Summen im Ohr, man ist so müde, man vergißt sich so leicht. Ach sei still! Ich will lieber hinter dem weißgekleideten Fräulein her schleichen. Du kannst dir denken, daß ich meine Schritte so unhörbar wie möglich mache. Sonst bemerkt sie mich am Ende und geht ärgerlich nach Hause. Aber mit meinem Schatten treibe ich die unglaublichsten Dinge an ihrem Haar, an ihren Armen, an ihrer Hüfte. Wenn sie es wüßte! Sie ahnt jedoch nichts von mir in ihrer Einsamkeit. Sie bleibt vielmehr stehen und zeichnet mit der Spitze ihres Schuhs ein paar Bogen auf das Pflaster, sie beugt sich vor und setzt wieder einen Fuß vor den anderen ohne Plan und Ziel, sie zögert, sie geht schon wieder weiter. So geraten wir unter die nächste Laterne. Das Fräulein bummelt noch ein Stückchen fort, dann bückt sie ihren Kopf noch etwas tiefer nach unten und bleibt endgültig stehen.

Nachdenkliche Menschen gibt es auch in den übrigen Städten auf der Welt, aber so eine junge Dame wie diese, die mitten auf einer Brücke vor Sorgen und Philosophie, oder worum es sich schließlich dreht, nicht weiter weiß, habe ich noch nirgends angetroffen. Ihre Hände sind jetzt nicht mehr auf dem Rücken, sie hängen vorn an ihrem Körper hinunter, kurz und gut: eine verzagte Studentin mit weißer Kappe und seidenen Strümpfen. Der Neckar fließt aus dem Odenwald vorbei, dahinten kreist und glüht ein Jahrmarkt, die Achterbahn dröhnt, am Himmel zeigen sich einige Sterne, die Laterne brennt, der Schatten des Fräuleins liegt längelang auf dem Bürgersteig. Manchmal verschiebt er sich um eine Kleinigkeit, weil sie ihren Körper bald auf den Hacken, bald auf den Zehen ruhen läßt. Dann geben die Gummisohlen einen knirschenden Ton von sich, leise.

Was mich anlangt, so habe ich mich allmählich so nahe an sie herangebracht, daß mein Schatten sich mit dem ihrigen vermischt. Sie müßte ihn eigentlich längst wahrgenommen haben. Ich trete langsam einen halben Schritt zur Seite und warte, ob sie ihn jetzt, wo er dicht neben ihrem liegt, noch immer nicht bemerkt. Aber sie rührt sich nicht. Ich neige meinen Kopf so weit gegen sie, daß der Schatten meines Kopfes in den Schatten ihrer Schulter taucht. Sie rührt sich nicht. Da nehme ich die eine Hand aus der Hosentasche und streiche mit meinem ausgestreckten Zeigefinger über ihren Rock. Nicht in Wirklichkeit, versteht sich, sondern nur da unten im Schattenbild. Über ihren Rock und über ihr Knie. Sie rührt sich noch immer nicht.

Aber als ich es wage, meine Hand höher zu heben und mich dem Haar und dem winzigen Streifen Kinn, der zu sehen ist, mit einer Liebkosung zu nahen, wird sie aufmerksam. Man erkennt so etwas sofort. Es ist wirklich komisch. Obwohl ihr Schatten sich kaum verändert, weiß ich doch ganz deutlich, daß sie jetzt ihre Augen auf meine Schattenhand gerichtet hat. Sie findet sich nicht gleich zurecht, sie war ja eben mit ihren Gedanken noch ganz woanders. Meine Hand bleibt in der Luft schweben. Das Fräulein besinnt sich. Im nächsten Augenblick weicht sie zur Seite und fährt herum. Kaum hat sie mich, der ich die Hand langsam sinken lasse, erblickt, als sie zunächst wie unter einem Donnerschlag erstarrt. Gleich darauf reißt sie ihre Brauen hoch und macht, das Gesicht erschrocken vorschiebend und die Arme an ihre Brust ziehend, einen hastigen Schritt auf mich zu. In ihren Augen leuchtet eine wilde Erinnerung auf, ihre Mundwinkel schwanken zwischen Weinen und Lachen. Das hätte ich am allerwenigsten erwartet.

Sie? stößt sie hervor. Wa... nei... nein! O Gott, wie kommen Sie de...?

Es verhält sich indessen so mit uns beiden, daß ich das Fräulein auf Ehre und Gewissen mein Lebtag noch nicht gesehen habe. Ich mache denn auch, verblüfft wie ich bin, ein dementsprechendes Gesicht. Und nun stellt sich heraus, daß sie sich die ganze Zeit über, während sie auf der Brücke hin und her wanderte, mit quälenden Gedanken beschäftigt haben muß oder daß ein monatelanger Kummer sie unterhöhlt hat. Mit einem Wort, sie hält den Schrecken, den ich ihr, ohne es zu wollen, zugefügt habe, einfach nicht mehr aus. Es ist zuviel, sie fließt über, sie kann nicht mehr, sie lehnt sich an die Brüstung und fängt an zu weinen wie jemand, der eigentlich schon längst einmal hätte losweinen müssen. Zum Glück ist die Brücke weit und breit menschenleer. Wer hätte gedacht, daß sich aus dem Schattenspiel im Handumdrehen so ein Drama und Irrtum entwickeln würden?

Sind Sie wieder...? weint sie durch ihre Finger hindurch, die sie kraftlos vor ihren Mund gelegt hat. Was wollen Sie... Sie weint und weint.

Irrtum über Irrtum. Ich bin nicht wieder, ich will auch nichts. Das Fräulein befindet sich im Irrtum. Am liebsten würde ich warten, bis sie sich ausgeweint hat. In solchen Fällen helfen ja keine vernünftigen Worte und nichts. Aber es hat sich doch ein bißchen Liebe in mir erhoben. Was? Ja, Liebe oder... ich habe jetzt keine Zeit, dir die Sache ausführlich zu erklären. Ein bißchen Liebe.

Ich kann diesen Jammer nicht stillschweigend und unbeweglich mit anhören. So nehme ich wenigstens meine Mütze ab und mache eine Verbeugung, in Gedanken sage ich auch: Guten Abend. Wenn ich nur wüßte, mit welchen Worten ich beginnen soll.

Sind Sie wieder hinter mir her gegangen? fragt sie.

Ich antworte: Ja, nur bin ich um Gottes willen nicht derjenige, den Sie...

Sie will nichts hören und schüttelt den Kopf und schluchzt laut auf: Sehen Sie denn nicht, wie es mit mir steht? Ich... ich... Sehen Sie es denn nicht?

Nein, sage ich.

Mir kann niemand mehr helfen, ich bekomme ein Kind.

Nein, pst! Nein, nein, ich sehe nichts. Aber Sie sehen auch nichts, mein Fräulein. Wenn Sie mich doch bloß einmal in aller Ruhe von oben bis unten ansehen wollten!

Ich stelle mich so auf, daß mir die Laterne recht ins Gesicht scheint.

Das Fräulein läßt ihren Blick, ohne die Hand vom Mund zu nehmen, an mir herunter- und wieder hinaufgleiten, sie starrt mir in die Augen, aber sie merkt nichts. Derjenige, den sie meint, muß gerade so eine Visage gehabt haben wie ich. Außerdem muß er das Rasieren nicht gern gemocht haben, er auch nicht. Unrasierte Männer sind schon eher zu verwechseln. Nur kann ich mir vorläufig beim besten Willen nicht zusammenreimen, was so einer denn mit dem seidenen Fräulein zu tun gehabt haben soll. Ich gebe doch, wie ich mich heute befinde, einen buchstäblichen Jakobsbruder ab, einen Klinkenputzer, einen Tippelkarl. Und wegen so eines Jakobsbruders knickt sie zusammen und fängt auf offener Straße an zu heulen? Und hat sie nicht eben sogar gesagt, sie bekäme ein Kind? Von wem? Von dem Jakobsbruder etwa?

Aber auf der anderen Seite redet sie mich nicht mit »du«, sondern mit »Sie« an. Eine unerklärliche Sache.
Liebes Fräulein, Sie dürfen mir nicht böse sein, Sie sind so aufgeregt, ich möchte Ihnen so gern mit etwas Freundschaft... ich wollte sagen, mit etwas Beistand... ich möchte mich in gebührender Hochachtung... oder wie man das... Sie dürfen mir nicht böse sein, Sie sollen sehen, wenn wir uns Ihren Kummer erst einmal in aller... nicht wahr... wenn wir uns Ihren Kummer erst einmal zusammen überlegen, dann ist er möglicherweise nicht ganz so schlimm, wie Sie meinen, und dann finden wir auch einen Ausweg, Sie sollen mal sehen, und zuletzt nehmen Sie ganz von selbst Ihre Hand vom Gesicht und versuchen, mutig zu sein, und dann macht es weiter gar nichts aus, daß ich nicht ganz und gar derjenige bin, für den Sie mich halten, daß ich Ihnen, genaugenommen, heute zum ersten Mal begegne.
Sie weint nicht mehr, sie zieht sich verdutzt zurück und fragt mich, ob ich nicht in Jena gewesen sei.
Nein, leider nicht.
O Gott, flüstert sie, ich habe mich geirrt! Sie sind so nahe an mich herangetreten, da habe ich mich geirrt, ich bitte um Entschuldigung.
Das schadet ja weiter nichts.
Nein, wie ist es nur möglich! Waren Sie auch im Februar nicht? Ende Februar nicht?
Was?
In Jena?
Auch im Februar nicht.
Da faßt sie mich scharf ins Auge, ihre Wimpern kleben von den Tränen zusammen: Wer sind Sie denn?
Mit Namen heiße ich Lampioon.
Und waren nie in Jena?
Nie. Überhaupt nie. Denken Sie immer noch, ich sei der andere?

Haha, macht sie voller Hohn über sich und alle Welt. Dann bückt sie sich vornüber und sagt gegen ihre Brust, sie bekäme ein Kind. Das ist der Gedanke, der sie quält und zerreißt: ein Kind. Was anderes kann sie nicht denken.

Ein Kind, hm. Hin und wieder freuen sich die Frauen darüber.

Sie hebt ihren Kopf hoch: Jetzt höre ich auch, daß Sie jemand anders sind. Er hatte eine heisere Stimme. Nein, nicht heiser, er sprach so aus der Kehle heraus, so rauh, ganz leise, aber so rauh. Sie sprechen auch leise, aber so klar.

Und da sind Sie in Jena mit ihm zusammengewesen?

Darüber freuen, ach du meine Güte! Wenn Sie wüßten, wie unmöglich es ist! Meine Eltern, mein Bruder... Was soll ich nur anfangen, was soll ich nur anfangen? Mein Vater ist Professor, und nun... Stellen Sie sich das doch einmal vor!

Vorstellen... so richtig kann ich mir das nicht mehr vorstellen, obgleich ich in früheren Zeiten auch zu einer gebildeten Familie gehört habe und mir alle vierzehn Tage die Haare schneiden ließ, mein Vater war auch beinahe ein Professor mit seiner Wissenschaft, er war Mittelschullehrer. Aber ich stelle mir etwas viel Netteres vor.

Ich bekomme ein Kind, ein Kind, ein Kind! Sie greift verzweifelt mit den Fingern in ihrem Gesicht herum: Jetzt gehe ich schon den vierten Abend auf dieser Brücke hin und her und habe nicht den Mut, es zu tun.

Was?

Das eine, das... das... Es bleibt mir doch nichts anderes übrig!

Sie blickt über ihre hochgezogene rechte Schulter auf den Fluß hinab. Es ist wie in einem Lichtspieltheater.

Schön und gut, sage ich, aber ich stelle mir etwas viel

Netteres vor. Zum Beispiel, daß ein winziges, nacktes Kindchen im Grase liegt, und Sie knien darüber, und das Kindchen lacht und tritt mit seinen rosa Sohlen gegen Ihre Backe und Ihre Nase, und die Sonne scheint, und Sie senken sich ganz dicht auf das kleine strampelnde Untier hinab und streicheln es mit Ihrer Brust und... na ja.

Und?

Na ja, und Sie sind seine Mutter, es ist Ihr Kindchen, na ja. Und alles übrige, Ihr Vater, der Herr Professor, Ihre Mutter, die Frau Professor, Ihr Bruder, Ihre Freundinnen, die ganze Stadt Heidelberg, kann Ihnen sozusagen den Buckel herunterrutschen. Die Hauptsache ist, daß Sie und Ihr Kindchen so dicht wie möglich beieinanderliegen. Ich stelle mir das nur so vor. Es muß einem so heiß und mitleidig dabei zumute sein, wenn man eine Mutter ist und Milch in den Brüsten trägt und sein nacktes Kindchen unter sich hat.

Ihre Augen werden groß und dunkel vor Verwunderung. Wie ist Ihr Name? fragt sie.

Ach, von mir braucht weiter nicht die Rede zu sein. Es handelt sich jetzt vor allen Dingen darum, daß wir endlich herausbekommen, wir zwei Dummköpfe, ob Sie eigentlich glücklich oder unglücklich sind, Sie mit Ihrem kleinen Kind, das Sie zur Welt bringen sollen.

Was für Leute mir aber auch immer über den Weg laufen! Sie sind ja ein... ich möchte Sie ja... Nein, wirklich, so etwas hat mir noch kein Mensch gesagt wie Sie eben. Ich selbst habe es nicht einmal ahnen können. Heiß und mitleidig? Woher wissen Sie das?

Ja, ja, die jungen Damen! An die Hauptsache denken sie nicht!

Es ist sicher kein Kunststück, einem Fräulein, das vor Angst und Grübelei den Kopf verloren hat, wieder Mut zum Leben einzuflößen. Man muß ihr bloß das Leben ein

bißchen freundlicher hinmalen, als es ihr gerade erscheint, da wischt sie sich schon die Tränen ab und gibt der Meinung Ausdruck, so etwas habe ihr noch kein Mensch gesagt. Schnickschnack, armselige Worte, nichts von Belang. Aber es bedeutet doch eine kleine Ehrung für mich, daß sie mir ohne weiteres mitteilt, ich sei ja ein... sie möchte mich ja... daß ihr Mund die Sätze nicht mehr richtig auszusprechen vermag, daß ihr Gesicht so offen und kindlich wird, daß ihre Augen sich mit Gläubigkeit füllen. Eine Ehrung, ein gewisses Wunder auf Erden, ein Gruß der Unschuld. Nenne es, wie du willst, unsereins weiß schon, was er davon zu halten hat. Ich brauche nun von mir aus nichts mehr zu unternehmen, paß auf, sie fängt ganz von selbst wieder an! Siehst du!
Wollen Sie damit etwa behaupten... sagt sie, glücklich oder unglücklich... Sie wollen doch nicht im Ernst behaupten, daß ich glücklich... daß auch nur eine Möglichkeit...?
Doch, auf das Tüpfelchen genau, das will ich behaupten.
Ja, und?
Ein Und ist weiter nicht dabei. Ich behaupte es nur so ins Blaue hinein.
Ach behaupten, behaupten kann jeder, soviel er Lust hat. Sie müßten Ihre Behauptung auch beweisen.
Und wenn ich sie Ihnen von hinten und von vorn und von oben und von unten bewiese, damit wäre Ihnen nicht viel geholfen. Ein Glück, das erst bewiesen werden muß, was ist das für ein Glück?
Sie wendet sich halb ab, zieht, während sie ihre Oberlippe mit der darübergeschobenen Unterlippe anfeuchtet, langsam Luft durch die Nase ein und seufzt vor sich hin: Eben glühte noch ein Fünkchen Hoffnung in mir auf, aber jetzt... wir machen ja nur Worte.

Ich möchte Ihnen einen Vorschlag unterbreiten. Keine Worte machen, nein, da haben Sie recht.
Einen Vorschlag, haben Sie gesagt.
Ich glaube nämlich... ich glaube beinahe nichts, aber unter anderem glaube ich, daß jeder, der noch eben Luft holen kann, auch imstande ist, sich noch irgendein Fetzchen Glück zu ergattern. Er muß seine Angelegenheit nur auf die richtige Weise betrachten. Lediglich wer vollständig tot am Boden liegt, hat nichts mehr zu lachen. Aber wir anderen, Sie und ich, wir dürfen uns noch allerhand erwarten. Und deshalb meine ich, es rührt nur daher, Ihr Kopfhängenlassen, daß Sie nicht genug um sich blicken nach dahin und dorthin. Sie starren immerzu auf Ihre Eltern, die diesmal nur eine Nebenrolle spielen, ich kann ihnen nicht helfen, nein, gar keine Rolle, ich kann ihnen beim besten Willen nicht helfen, sie sitzen nur da und machen die Zuschauer. Allerdings sitzen sie in der vordersten Reihe, allerdings runzeln sie die Stirn. Aber die Hauptrolle spielen Sie, hier Sie mit Ihrem blonden Haar unter der weißen Kappe! Wenn wir nicht übereinkommen, daß das Kindchen noch wichtiger ist. Sie, das Kindchen, er, der mir ähnlich sein soll, und vielleicht noch dieser und jener. Was weiß ich. Die übrigen wollen wir beiseite lassen.
Ja, ja, aber Sie wollten mir doch einen Vorschlag machen?
Ich bin schon dabei. Jetzt gehen wir von dieser verdammten Brücke weg und machen einen gemütlichen Spaziergang. Ist das nicht ein ausgezeichneter Vorschlag?
Doch, sagt sie und weiß nicht, worauf ich hinauswill.
Das will ich hoffen! Ich wäre dafür, unmittelbar am Neckar entlang zu schlendern. Da sieht uns keiner in der Dunkelheit, außerdem haben wir den Jahrmarkt und den bunten Lichterhaufen vor uns. Jeder darf sich dabei denken, was er mag. Und dann können Sie mir eigentlich

das eine und andere aus Ihrem Leben erzählen, es braucht nicht gerade von Jena zu handeln, von Jena auch, wenn Sie Lust dazu haben, aber mir soll alles und jedes recht sein, und dann höre ich Ihnen zu, und dann erzählen Sie immer weiter.
Und dann?
Und dann fresse ich einen Besen, wenn Ihnen in einer halben Stunde nicht wie neugeboren ums Herz ist. Was neugeboren! Wenn Sie nicht Ihre Lippen spitzen und drauf und dran sind, ein Liedchen über den Neckar hin zu pfeifen.
Meinen Sie?
Wir wollen es mal probieren.
Ich höre Ihnen so gern zu. Ach ja, ein Liedchen über den Neckar hin pfeifen, ja, ja. Aber ich glaube es nicht.
Sie holt ihr Taschentuch aus dem Ärmelumschlag hervor und tupft auf ihren Augen herum. Was soll ich Ihnen denn erzählen?
Ich glaube es, wenn ich das einmal unter uns erwähnen darf, auch nicht recht, aber das brauche ich dem Fräulein ja nicht ausdrücklich auf die Nase zu binden.
Unterdessen geht ein Herr mit einem hellen Strohhut und einer gelben Lüsterjacke, die er vorn offengelassen hat, an uns vorbei. Nach ein paar Schritten wendet er den Kopf und sieht mich mißtrauisch an, dann geht er weiter, um sich gleich darauf wieder umzublicken. Es ist ja auch verdächtig, wenn eine Existenz wie ich nachts vor einer jungen Dame steht, und die Dame betupft ihre Augen mit einem Taschentuch. Unter Umständen gehört der Herr sogar zu ihrem Bekanntenkreis und fühlt sich verpflichtet, sie vor mir zu beschützen. Er macht jedenfalls kehrt und kommt drohend auf mich zu.
Darf ich also, sage ich laut, das gnädige Fräulein bitten? Ich ziehe meine Mütze und verbeuge mich in der Richtung auf den dunklen Fußweg unten am Neckarufer.

Sie steckt ihr Taschentuch weg und leistet, ohne ein Wort zu verlieren, mit gesenktem Kopf meiner Einladung Folge. Wir wandern schweigend nebeneinander her. Als wir das Ende der Brücke erreicht haben, blicke ich verstohlen zurück und sehe, daß der Herr noch immer dort steht, wo wir ihn verlassen haben, und uns beobachtet. Das kann er halten, wie er will.

Nachdem wir seitwärts eine Treppe hinuntergegangen sind, verfolgen wir den Weg, der bald durch Gras und Geröll, bald durch Gebüsch und Dunkelheit auf die Neue Brücke und auf die Lichter des Jahrmarkts zu führt. Neben uns gurgelt der Fluß. Zuerst schweigen wir, keiner weiß, woran der andere nun denkt. Vielleicht denken wir beide an Jena. Wenn wir an den zwei Menschen, die da ein Stückchen vor uns im Grase liegen und leise miteinander reden, wenn wir erst an diesem Liebespärchen vorbei sind, will ich versuchen, ob ich das Fräulein nicht zum Erzählen bringen kann. Aber als ich mir noch überlege, mit was für einer Redensart ich sie verlocken soll, murmelt sie schon aus eigenem Antrieb etwas vor sich hin.

Hm hm, sage ich, aber vielleicht sprechen Sie ein bißchen lauter, damit ich Sie besser verstehen kann. Der Fluß und das Jahrmarktsgedudel rauschen so schwer über uns hin, Ihre Stimme ist so matt, Sie haben so wenig Kraft, liebes Fräulein.

Wenn ich will, bin ich imstande, mich so anmutig auszudrücken wie nur irgendein hochwohlgeborener Mensch. Ich habe nicht umsonst meine Jugend in einem geordneten Familienleben zugebracht und beim Mittagessen die Gabel in die eine und das Messer in die andere Hand genommen. Außerdem ist mir von Natur ein feines Benehmen angeboren.

Das Fräulein erhebt denn auch ihre Stimme ein wenig und sagt, ich solle nicht glauben, daß sie von jeher so ei-

ne Tränensuse gewesen sei. Früher habe sie tagelang getanzt und gesungen. Aber seitdem ihr das in Jena zugestoßen sei, könne sie nur immer in einer Ecke sitzen und heulen. Manchmal sei es so schlimm, daß sie sich direkt übergeben müsse.
Dies Jena, dies Jena! antworte ich.
Anfangs habe ich mich in Jena ganz gut amüsiert. Eines Abends gingen wir sogar auf einen Ball. Er hieß: ›Ein Sommerabend auf der Alm‹. Die ganze Familie. Ich war bei Professor Deierling zu Besuch. Der Ball fand im Alpenverein statt, wie Sie sich wohl denken können. Ende Februar, Fastnachtszeit, nicht wahr?
Jawohl, sage ich laut. Und in meinem Herzen denke ich, wie gut es ihr offenbar tut, daß sie sich einmal aussprechen kann. Ich brauche sie nicht besonders zu verlocken, die Worte drängen sich förmlich über ihre Lippen. Wenn du einen unglücklichen Menschen erst zum Weinen und zum Sprechen gebracht hast, ist er schon halb getröstet. Der Mensch ist eben eine armselige und bescheidene Kreatur.
Alle Astoren waren da, sagt sie, alle als Zillertaler Buam. Haben Sie schon einmal etwas von dem Jenaer Korps Astoria gehört?
Da und dort, sage ich.
Wenn ich so daran denke: wie leicht und sorglos konnte ich damals in den Tag hinein leben! Wir haben gelacht, wir haben uns amüsiert, es war blendend. Bei uns in Heidelberg gibt es auch allerlei nette Feste, aber so ein blendendes habe ich noch nicht mitgemacht.
So? sage ich.
Ja. Einer von den Astoren hatte den Namen Ernst. Ein frischer Kerl, so gesund und blauäugig. Ich dachte, er würde sich mit mir verloben. Er hat mich auf dem Nachhauseweg sogar an sich gezogen und geküßt.
Ist nicht möglich!

Doch! Und am nächsten Morgen wäre es sicher zu einer Aussprache zwischen uns beiden gekommen, wenn der andere nicht durch den Wald gegangen wäre.
Welcher andere?
Der andere Mann, der da durch den Wald ging.
Aha! Durch welchen Wald übrigens?
Auf den Sonnenbergen. In der Nacht, als wir das Alpenfest feierten, brauste ein Schneesturm über den Thüringer Wald und über Jena weg. Und am nächsten Morgen war alles verweht und vereist. Wir hatten uns mit ein paar Astoren zu einem Katerbummel verabredet, meine Freundin Erna Deierling und ich. Es schneite nicht mehr, von elf Uhr an schien sogar die Sonne, es war ein klarer Sonntagmorgen, aber ab und zu fuhr noch ein eiskalter Windstoß im Saaletal entlang und an den Bergen hin, daß man die Hände vors Gesicht hielt und zusammenschudderte, bis er vorbei war. Wir bummelten über den Landgrafen nach den Sonnenbergen. Ach so, Sie kennen Jena nicht. Die Stadt liegt tief im Tal, auf der einen Seite geht es steil zum Landgrafenberg hinauf, und neben dem Landgrafen ziehen sich die Sonnenberge gegen das Mühltal hinüber. Die Hänge sind kahl, aber oben breitet sich ein Föhrenwald aus. Verstehen Sie, wie ich es meine?
Ganz genau! Oben breitet sich ein Föhrenwald aus, und darin gingen Sie nun spazieren.
Nicht eigentlich innen drin. Wir mußten uns am Rand halten. Einmal, weil wir da die wunderbare Aussicht auf Jena hatten, und außerdem, weil jedesmal, wenn ein Windstoß durch die Föhren pfiff, dicke Schneeklumpen und Eisblöcke von den Bäumen schlugen, daß es nur so donnerte. An verschiedenen Stellen brachen auch Äste herunter. Der Wald war keinen Augenblick ruhig. Am schönsten fand ich es, wenn der Wind, der sich schon von fern mit tiefem Sausen ankündigte, näher und näher

kam und plötzlich eine Wolke Schneestaub von den Bäumen riß und sie heulend über uns weg, über den Hang weg ins Tal wirbelte. Dann waren wir fast blind vor Gestäube und Geriesel. Der ganze Wald rauchte weiß in den blaugrauen Winterhimmel hinein. Können Sie sich das vorstellen?
Was für Mützen hatten die Studenten denn auf ihren Köpfen?
Astorenmützen. Schwarz-rot-blau.
So so. Doch, jetzt sehe ich alles ganz deutlich vor mir.
Und der eine Herr, ich sagte Ihnen doch, daß einer sich für mich interessierte...
Ja, dieser Ernst.
Woher wissen Sie, daß er Ernst hieß?
Haha, Sie haben es mir ja selbst anvertraut, vor einer Minute erst! Sie selbst!
O Gott! Habe ich auch seinen Nachnamen genannt?
Nein.
Das möchte ich auch nicht. Er hat sich nämlich nicht mit Ruhm bedeckt. Sie werden es ja gleich sehen. Ach, ich werfe alles durcheinander! Wie bin ich denn darauf gekommen?
Sie wollten von diesem Herrn Ernst erzählen.
Ja, ja. Vielmehr von seinem Prinz. Er hatte einen wunderschönen schwarzen Schäferhund bei sich, Prinz. Aber ich wollte etwas anderes, die Hauptsache... Interessiert Sie mein Geschwätz eigentlich?
Es ist kein Geschwätz, liebes Fräulein. Sie wissen doch selbst, daß es kein Geschwätz ist.
Aber weil ich so kunterbunt durcheinanderschwatze.
Kurz und gut, Sie wollten von der Hauptsache sprechen.
Die Hauptsache war ein Zufall, ich bemerkte zufällig, daß drinnen im Wald ein Mensch durch den stäubenden Schnee, durch das niederprasselnde Eis stapfte. Er hatte

die Hände in den Taschen, den Rockkragen hochgeschlagen. Wenn ein Ballen Schnee auf ihn herunterfiel, dann nahm er weiter nicht die Hände aus den Taschen, sondern schüttelte nur seine Schultern und stapfte weiter. Ernst, der sich immer neben mir hielt, merkte, daß ich etwas im Wald entdeckt hatte und wollte wissen, was es da gäbe. Gerade warf sich wieder ein Windstoß durch die Föhren, Stämme und Wipfel waren in Schneerauch gehüllt, der fremde Mensch verschwand darin.

Haben Sie ihn gesehen? sagte ich zu Ernst.

Wen? Hä, dieser Boreas, dieser Deubelswind!

Wir drehten uns herum und ließen die weiße, prickelnde Wolke über uns weg brausen.

Den Mann im Wald.

Wo?

Dahinten. Hui, schon wieder!

Ein neuer Windstoß schlug uns ins Gesicht. Als wir aufblickten, hatte sich der fremde Mann waldeinwärts gewandt und verlor sich tief drinnen zwischen den rötlichen Stämmen.

Ernst erkundigte sich, was es mit dem Kerl für eine Bewandtnis habe. Kerl, das war so seine Art, sich auszudrücken.

Ich sagte, daß es gar keine Bewandtnis mit ihm habe. Ob er ihn vielleicht kenne.

Nicht die Ehre. Werde indessen sofort Bekanntschaft zu machen wissen, wenn allerhöchster Wunsch es befiehlt. Ein lustiger Student, so oft er den Mund aufmachte, so lustig und frech. Aber ich fand, daß er neben dem Fremden, der mit seiner Mütze und seinem gleichmütigen Gang durch Wind und Schneegestöber und unter den krachenden Ästen hin wie ein Räuber und Wanderer aussah, daß er neben ihm nicht bestehen konnte. Fand ich es wirklich damals schon? Ich will es nicht unbedingt behaupten. Aber nach einer Viertelstunde erwies es sich ganz von selbst. – Oh, was ist das?

Aus dem Getümmel des Jahrmarkts, dem wir uns inzwischen so weit genähert haben, daß wir die durcheinanderschwingenden Gondeln der Luftschaukeln, die Lichterreihen der Schießbuden, das Glitzern und Wehen der Karussells erkennen und zwischen den Schreien der Mädchen die beschwörenden Stimmen der Ausrufer unterscheiden können, gleitet eine Rakete in steilem Bogen empor, platzt mit schwachem Knall und zerfällt in lauter grüne Leuchtkugeln, die einen Augenblick oben in der Dunkelheit schweben und dann erlöschen.

Vielleicht geht jetzt ein Feuerwerk los, sage ich.

Wir warten auf die nächste Rakete, der Jahrmarkt brodelt und summt, wir haben beide den Mund offen vor Erwartung, aber es folgt nichts mehr.

Das Fräulein fragt mich, wer denn die Kugeln habe aufsteigen lassen und ob das nun alles sei. Ich antworte ihr, daß ich hier doch fremd umherirre und daß ich gedacht habe, sie könne vielmehr mich unterrichten.

Müßte ich eigentlich auch. Aber ich habe mich nie nach so etwas erkundigt.

Dann wird sich wohl nur irgendein Junge einen Spaß erlaubt haben oder so. Ich glaube, wir kehren um und bummeln wieder auf die Alte Brücke los. Einmal ist es so, einmal so. Vorhin haben Sie geäußert, Sie hörten mir so gern zu. Aber was mich betrifft, so höre ich Ihnen noch viel lieber zu. Ich bin auch von Herzen neugierig, was aus dem Hund Prinz wurde und wieso sich das mit Herrn Ernst ganz von selbst erwies.

Eine Weile herrscht Schweigen, dann reißt sich das Fräulein mit einem kleinen Ruck von dem Anblick des Jahrmarkts los, schwenkt herum und geht mit mir, der ich schon halb kehrtgemacht habe, den Weg zurück, den wir eben gekommen sind.

Ja, wieso erwies es sich? Es erwies sich auf eine ganz tolle Weise. Wo die Sonnenberge zu Ende sind, senken sie sich ziemlich steil zum Cospedaer Grund hinab. Unten liegen einige Häuser mit Gärten, manche Gärten ziehen sich fast bis zum Wald hinauf. Zwischen den Zäunen und dem Wald stand eine einzelne Föhre, ein junger Baum. Nein, ich hätte vorher erwähnen müssen, daß wir... ich will sagen, ehe wir den Baum... Ach, ganz im Gegenteil, ich kann überhaupt nicht erzählen, und Sie behaupten nur aus Höflichkeit, daß meine konfusen Reden für Sie von Interesse seien.

Nur aus Höflichkeit, haha! Aus purer Höflichkeit und Langeweile! Soll ich Ihnen Wort für Wort wiederholen, was Sie mir anvertraut haben?

Und indem ich vor sie hintrete, bewege ich meine Hände an ihren Armen entlang, ohne sie zu berühren. Ich möchte sie wohl an mich ziehen und wärmen, aber ich berühre sie nicht.

Und jetzt geht es weiter, nicht wahr?

Sie schüttelt den Kopf und meint, sie könne doch nicht begreifen, was ich an ihr fände.

Das habe ich ja mit mir selbst auszumachen! Also da stand eine junge Föhre, und vorher... was hatten Sie vorher gemacht?

Nun wandert sie wieder langsam neben mir her, setzt wie vorhin die Hacken zuerst auf und beugt sich bei jedem Schritt ein wenig vornüber.

Soll ich?

Sicher!

Sie holt Atem: Also vorher hatte Erna ein Eichhörnchen entdeckt. Wir jagten es mit Stöcken und Schneeklumpen von Baum zu Baum und gerieten immer mehr in Eifer. Die Astoren sprangen herum wie die Pennäler. Am tollsten benahm sich natürlich Prinz. Und allmählich trieben wir das Tierchen unter Lachen und Schreien bis an den

Waldrand. Da kam Ernst auf den Gedanken, wir sollten es zwingen, übers freie Feld zu rennen, damit Prinz es fassen könnte. Man ist in so einem Augenblick ja wie betrunken vor Jagdleidenschaft. Wenn Sie mir jetzt dasselbe vorschlügen, würde ich pfui rufen. Aber damals erhob ich keinen Widerspruch. Es gelang uns auch tatsächlich, das Eichhörnchen auf die Erde zu schütteln. Keinen Widerspruch? Ganz im Gegenteil! Ich war dabei, ich war glühend dabei. Es galoppierte in Bogensprüngen über den Schnee, Prinz jaulend vor Freude hinterher, aber da hatte es auch schon die kleine Föhre erreicht und sich wie der Blitz hinaufgerettet. Prinz stemmte sich am Stamm hoch und kratzte und heulte und sah sich hilfesuchend nach uns um.

Komm her, Krokus! rief Ernst. Schütteln! Bäumchen, Bäumchen, schüttle dich, wirf Gold und Silber über mich! Kusch, Prinz!

Der Hund tanzte und bellte und überschlug sich im Sonnenschein, Krokus steckte seinen Spazierstock in den Schnee, das Eichhörnchen saß unbeweglich im Gezweig. Wir andern hielten die Hände über die Augen und starrten zu ihm empor, während Ernst und Krokus mit aller Kraft an dem Stamm rüttelten, daß der Schnee aus dem Wipfel polterte und das arme Tier nicht wußte, wie ihm geschah. Gerade als ich dachte, jetzt käme es herunter, sagte eine ruhige und etwas heisere Stimme hinter uns: Bitte, lassen Sie das! Wir drehten uns alle um. Es war der andere. Ich brauche Ihnen nicht zu erklären, wen ich meine. Er hatte die Hände in den Taschen und sah sich, als wären wir überhaupt nicht vorhanden, mit zusammengekniffenen Augen und krauser Nase das Tierchen an. Seine rechte Hüfte schob sich ein bißchen vor, sein Kopf war gegen die eine Schulter geneigt, er stand ein bißchen knickebeinig da und richtete seine Aufmerksamkeit auf das, was in dem Föhrenwipfel vor sich ging. Ich könnte ihn malen, so deutlich habe ich ihn noch vor Augen. Seine Haltung drückte an jeder Stelle aus: ein niedliches Geschöpf, dies Eichhörnchen da oben, übrigens, bitte lassen Sie das! Ich könnte ihn malen. Ernst fuhr ihm sofort über den Mund: Möchte gebeten haben, Ihrerseits das zu unterlassen! Paß auf, Prinz! Er griff wieder an den Stamm. Der andere kam, ohne den Blick von dem Eichhörnchen zu wenden, auf ihn zu, nahm die eine Hand aus der Tasche und schob ihn beiseite. Er mußte eine ungewöhnliche Kraft in seinem Arm haben. Aber ehe Ernst, der feuerrot wurde, daraufhin irgend etwas unternehmen konnte, sprang Prinz schon auf den Fremden los. Einer von den Astoren rief: Prinz, hierher! Der Hund stockte und stand mit gesträubten Nackenhaaren auf der Lauer. Da sagte der Fremde, wir sollten ihn wegnehmen. Krokus fuhr ihn an, er habe sich nicht in anderer Leute Angelegenheiten zu mischen, er solle sich gefälligst selbst wegnehmen. Und Ernst gab es ihm noch kräftiger, mit so einem Knaben müsse man deutsch reden: Packen Sie sich! Verstanden? Er war natürlich wütend über seine Blamage. Wie es sich im einzelnen zutrug, weiß ich auch nicht mehr so genau, plötzlich fuhr Prinz dem Fremden an die Beine und biß sich fest. Im nächsten Augenblick flog er schon zur Seite und rutschte ein Stück auf dem Rücken durch den Schnee. Noch im Rutschen gauzte und geiferte er schon wieder nach dem Fremden. Faß, Prinz, faß! hetzte Ernst. Der Hund warf sich auf die Beine und stürzte von neuem auf seinen Gegner los. Aber der zuckte, als er ihn ansprang, mit seinen Händen zu Boden, ergriff den Hund auf eine besondere Art an der Kehle, so von unten her, riß ihn hoch und schwang ihn, wie er auch heulte und zappelte, ein paarmal über seinem Kopf im Kreise herum. Dann machte er, während der Hund vor Entsetzen immer höher aufheulte, einen Schritt auf Ernst zu und schmetterte ihm

den ganzen Prinz ins Gesicht, daß Mensch und Tier nur so gegen den nächsten Gartenzaun kollerten, ihn umrissen und noch ein Stück weiterrollten.
Donnerschlag! murmelte ich.
Das Fräulein ist jedoch so in Feuer gekommen, daß sie gar nicht darauf hört: Prinz richtete sich sofort wieder auf und lief mit eingezogenen Flanken wehklagend davon. So etwas war ihm denn doch noch nicht passiert. Ernst hatte sich eine Gehirnerschütterung zugezogen.
Ja, aber...
Der fremde Mann hob seine Mütze auf. Von seinem Handgelenk floß Blut in den Schnee. Das schadet nichts. Er setzte die Mütze auf seinen Kopf, schob die Hände tief in die Hosentaschen und ging seiner Wege. Das Gelenk blutete weiter, das Blut sickerte an seinem Hosenbein hinunter, er kümmerte sich nicht darum.
Toll, rufe ich aus, in jeder Beziehung toll! Entschuldigen Sie, Sie wollten noch etwas sagen!
Nein, wirklich, halten Sie diesen Schlag mit dem Hunde auch für eine tolle Sache? Ich war damals ja ganz überwältigt davon. Sie hätten nur einmal dabei sein müssen!
Es hört sich so großartig an, wie irgendein Vorfall aus Amerika oder aus einem Räuberroman. Und darum möchte ich Ihnen unbedingt eine Frage stellen.
Ja?
Und... und mit diesem fremden und gewalttätigen Mann, mit diesem Mordskerl, mit diesem großartigen Mordskerl haben Sie mich vorhin verwechselt? Unter allen möglichen Menschen mich?
Als ich mich umdrehte, sahen Sie ihm aber auch ganz unbeschreiblich ähnlich. Jetzt würde ich mich vielleicht nicht mehr täuschen lassen.
Dabei bin ich der friedfertigste Pilger unter Gottes Son-

ne, und an Hunde traue ich mich schon gar nicht heran!

Er war auch friedfertig, und in anderer Beziehung war er sogar ein richtiger Junge, ein abseitiger Mensch mit nachdenklichen Augen. Wie alt mochte er sein? Zwanzig, einundzwanzig, zweiundzwanzig Jahre. Ein Junge.

Ich bin aber schon an die Dreißig.

Ja, Sie sind auch sonst anders. Obgleich ich mir wieder vorstellen könnte, daß Sie imstande wären, sich genauso rührend und unbeholfen aufzuführen wie er. Sie sind anders und sind doch mit ihm verwandt.

Nennen Sie das rührend und unbeholfen? Ich weiß nicht...

Ich spreche von dem, was ich am nächsten Dienstag mit ihm erlebte.

Ach so!

Damals... aber das ist nun wieder etwas Neues... da bummelte ich nach dem Abendessen die Beethovenstraße entlang... und... und... Sie zögert, dämpft ihre Stimme und flüstert: Gleich. Lassen Sie uns nur erst an den beiden da im Grase vorbei sein.

Das Liebespärchen liegt noch immer umschlungen am Wege und schämt sich vor keiner Seele. Wir gehen unwillkürlich schneller.

Das Fräulein wirft einen verstohlenen Blick zurück und fährt leise fort: In der Beethovenstraße haben alle Häuser ein Gärtchen vor der Front. Das Wetter war umgeschlagen, es taute und regnete. Und gerade deswegen ging ich nach dem Abendessen noch spazieren, gerade wegen des schlechten Wetters. Ich mag es so gern, wenn die Dachrinnen gluckern, wenn der Regen durch den Lichtkreis der Laternen fällt, wenn die kahlen Zweige vor Nässe glänzen, die dünnsten sehen aus wie gläserne Fäden, wenn das Wasser in den Gossensteinen entlangschießt

und irgendwo dahinten mit dunklem Klang in ein Kanalloch bollert. Oder halten Sie das auch, wie meine Bekannten, für eine Albernheit?
Gut, daß Sie es erwähnen, gestehe ich dem Fräulein und reibe meine Hände vor Überraschung, ich bin ja genauso veranlagt wie Sie. Und ich dachte immer, außer mir fände kein Mensch und kein Hund an diesem Schlackerwetter Gefallen. Sie also auch?
Ich auch. Und ich kann Ihnen noch jemanden nennen, der...
Aber eins haben Sie noch... entschuldigen Sie, eins haben Sie noch vergessen! Wenn nämlich außerdem noch in einem Haus ein Fenster hell ist und dahinter leise Klavier gespielt wird...
Natürlich, unterbricht mich das Fräulein, das ist das Allerschönste! Und ich wollte Ihnen ja gerade...
Nicht wahr, sage ich in meiner Freude, man sieht so gut wie nichts, die gelben Vorhänge sind zugezogen, höchstens, daß sich einmal ein Schatten hinter den Gardinen bewegt und wieder verschwindet.
Aber... sagt das Fräulein.
Aber, fahre ich fort, aber mit einem Mal... erlauben Sie bitte... mit einem Mal setzt so ein weiches Tönen ein und dauert an und verwandelt sich. Es regnet und regnet. Man kann sich jedoch nicht mehr von der Stelle rühren und begreift nicht, aus welchem Grund man eigentlich noch stehenbleibt, obwohl einem doch immer trauriger ums Herz wird.
Jetzt ist die Reihe an mir mit dem Händereiben, ruft das Fräulein. Das ist doch...! Als ob Sie gewußt hätten, was sich ereignen würde!
Nein, wieso?
Geben Sie acht! Nicht anders, als Sie es eben ausgedrückt haben. Ich spazierte durch die Beethovenstraße, und da kam ich an so einem Haus vorbei, in dem jemand Kla-

vier spielte. Als ich genauer hinhörte, war es ein Auszug aus dem ›Figaro‹. Ich weiß nicht, kennen Sie ›Figaros Hochzeit‹?
Nein. Ist das ein Musikstück?
Eine Oper.
Nein, Opern kenne ich nicht.
Schade! Also ›Figaro‹. Nachdem ich eine Weile zugehört hatte, riß ich mich los, aber an der nächsten Ecke kehrte ich schon wieder um, ging zurück und lehnte mich wieder an das eiserne Gartengitter, um die Musik noch ein wenig zu genießen. Hauptsächlich horchte ich, aber nebenbei sah ich auch Verschiedenes in meiner Nähe. Keine Einzelheiten, nur so Ungefähres. Ich erkannte zum Beispiel, daß hinter dem Gitter einige Lebensbäume standen, und daß da ein Kiesweg vorbeiführte, wie man so etwas eben erkennt, wenn man nur halb hinsieht. Es war ja auch ziemlich finster. Aber mit der Zeit gewöhnte ich mich an die Finsternis, meine Gedanken wanderten umher, die schwarze Masse des Buschwerks löste sich auf in Äste und Stämme, in vorn und hinten, wurde ein tropfender, von grünem Nadelkram überhangener, von vertrocknetem und harzig riechendem Gezweig durchkreuzter Raum, so ein Raum, nicht wahr. Das Klavier nahm jetzt die Melodie auf: Will ei-nst das Gräflein... Da erblickte ich sein Gesicht. Zuerst meinte ich, es sei eine Erscheinung, aber es war Wirklichkeit. Das Gesicht des fremden Mannes, das Gesicht, die Brust, die Hände, der ganze Mensch zeigte sich in der Dunkelheit. Er hockte, keinen Meter von mir entfernt, unter einem Lebensbaum auf der Erde und starrte mich an wie ein Gespenst. Seine Augen bewegten sich nicht. Ich kann Ihnen beim besten Willen nicht beschreiben, wie erschrocken ich war, nein, nicht einfach erschrocken, wie beklemmend, wie verworren, wie... wie süß erschrocken ich war, als ich den Mann, an den ich seit Sonntag immerzu

gedacht hatte... oh, ich muß Ihnen gleich noch etwas anvertrauen, erinnern Sie mich bitte daran... als ich nun den Mann verregnet und blaß und von Finsternis umrauscht vor mir hatte. Die Finsternis rauschte richtig um uns beide her. Er ging also nachts in Jena herum und kroch unter Umständen in einen Vorgarten, um der Musik da im Hause zuzuhören, er streifte nicht nur durch Wälder und Felder, er griff nicht nur Hunden an die Kehle und schlug Studenten nieder, er ließ sich auch von schönen Melodien betören und hockte auf der Erde und bekam kranke Augen von all der Wehmut und Hoffnungslosigkeit des Lebens. Es machte mich so glücklich und tat mir gleichzeitig so weh, daß ich ihn hier in seinem Versteck sehen mußte, so unbeholfen, so krank vor Verlorenheit und Musik. Und die Musik spielte immer weiter, der Regen fiel, und die Augen starrten mich unentwegt an. Hach, diese Ohnmacht und Trübsal in meinem Herzen! Und wenn ich sonst etwas erlebe, nie, nie, nie werde ich die Augen wieder vergessen können. So hat mich auch noch kein Mensch angesehen, so aus seiner innersten Tiefe heraus, so menschlich, so unsäglich einsam, so hoffnungslos. Die Musik oder die regnerische Nacht oder daß ich... oder irgend etwas anderes hatte ihn so betäubt, daß er keine Macht mehr über seinen Blick und über seine Seele hatte, er ließ all den Schmerz herausschweben, es war ihm gleichgültig. Ein entblößter Mensch ohne Hilfe. Wie lange das dauerte und was noch geschah, weiß ich nicht mehr. Ich kann mich nur noch auf das dumpfe Stoßen des Blutes unter meinen Ohren zu den Schläfen hinauf besinnen. Und dann sehe ich mich die Beethovenstraße hinrennen, die Botzstraße hinab, nach Hause. Aber vor Erna und vor den alten Deierlings ließ ich mir nichts merken. Als ich nachher im Bett lag, floß eine selige Welle nach der anderen durch mich hindurch, ich hob meinen Kopf ein bißchen aus dem

Kissen und lächelte in meine Hände, ich zitterte vor wehmütiger Freude, daß ich ihn getroffen hatte und daß er ein Mensch war wie ich und daß er nicht glücklich war. Dadurch kam er mir so nahe. Ich konnte in Gedanken Mitleid mit ihm haben und zärtlich zu ihm sein. Wenn ich mich ausstreckte, spürte ich einen Schmerz in meinem Körper, als hätte ich eine lange Wanderung hinter mir und wäre vollständig zerschlagen.
Sie seufzt und schweigt.
Im großen und ganzen ist es eine Kleinigkeit für mich, mit anhören zu müssen, was für einen allmächtigen Eindruck der andere auf sie bewirkt hat. Ich könnte es niemandem übelnehmen, wenn er geradeheraus äußerte, daß ich, wie die Dinge nun einmal stünden, eine lächerliche Rolle spiele. Aber das habe ich mit mir selbst abzumachen, und ich werde schon den einen und anderen Grund dafür anzuführen wissen, daß ich mich nicht beiseite drücke, sondern aushalte und das Fräulein ermuntere, nur weiter von dem zu sprechen, was sie auf dem Herzen hat. Du sollst sehen, ich komme Schrittchen für Schrittchen vorwärts mit dem Fräulein. Ja, ja, sage ich, so ist es, wenn die Liebe in uns einströmt.
Erkennen Sie schon, daß es die Liebe war? Dann brauche ich Ihnen am Ende den Vorfall gar nicht mehr auseinanderzusetzen, an den Sie mich noch erinnern sollten.
Doch, setzen Sie mir nur alles auseinander. Übrigens einmal etwas anderes: Wollen wir noch weiter flußaufwärts gehen, noch über die Karl-Theodor-Brücke hinaus, oder wollen wir uns wieder dem Jahrmarkt zuwenden?
Mir ist es einerlei.
Dann lassen Sie uns nur umkehren.
Gut.
Wir schwingen uns herum und schlendern zum dritten Male am Fluß entlang.

Aus dem Lichtwirbel, der von dem letzten Bogen der Neuen Brücke schwarz überwölbt wird, fährt wieder eine Rakete hoch, diesmal eine rote. Als die leuchtende Traube erloschen ist, warte ich noch ein wenig, dann frage ich, da das Fräulein keine Miene macht, aus freien Stücken zu beginnen: Also...?

Das Fräulein antwortet: Ja?

Ich deute an, daß sie mir doch einen gewissen Vorfall auseinandersetzen wollte.

Sie hat sich die Sache schon in ihrem Kopf zurechtgelegt und fängt sofort an: Nichts Besonderes eigentlich, nur damit Sie nicht denken, das mit dem Eichhörnchen und mit dem im Kreise geschwungenen Hund hätte mich mehr oder weniger gleichgültig gelassen. Nur eine Zwischenbemerkung. Ich habe mich vorhin wohl zu einfach ausgedrückt. Es war unglaublich aufregend für mich, es war so aufregend, daß ich beinahe in Tränen ausgebrochen wäre. Zwei Männer, die aufeinander losgingen, Blut und Hundegeheul! Ich bitte Sie! Deshalb fand ich auch nicht eher Ruhe, als bis ich am Nachmittag noch einmal auf die Sonnenberge geklettert war, an demselben Nachmittag, und, ohne mich unterwegs aufzuhalten, den Kampfplatz besucht hatte. Der Schnee war rings um den alleinstehenden Baum zerwühlt. Dort oben hatte das Eichhörnchen gesessen und ängstlich heruntergeguckt. Der Zaun lag zerbrochen am Boden. Da führte die Spur des fremden Mannes hin. Ich sah mich um, mein Herz klopfte, aus irgendeinem Grunde hatte ich ein schlechtes Gewissen. Ich fürchtete, der fremde Mann würde plötzlich auftauchen und mich verächtlich betrachten. Das war vor der Begegnung in der Nacht.

Am Sonntag nachmittag.

Ja. Ich hatte das Gefühl, er stünde irgendwo hinter einem Baum und sähe mir zu. Trotzdem konnte ich es nicht lassen, die Spur gegen den Wald hin zu verfolgen. Zuerst wagte ich nur mit den Zehenspitzen in seine Stapfen zu treten, nach einer Weile wurde ich mutiger und setzte den ganzen Fuß hinein. Was mochte er gedacht haben, als er heute morgen in dieser Richtung davonwanderte? War er vor allen Dingen böse auf Ernst? Oder hatte er auch eine Erinnerung an mich mitgenommen? Oder befaßte er sich längst wieder mit seinen eigenen Angelegenheiten? Ich sah die Stapfen im Schnee an und bemühte mich, seine Gedanken zu erraten. Im Innersten hoffte ich, er wäre auf den Waldrand zugegangen, um... um... uns noch einmal zu sehen.

Uns? werfe ich vorsichtig ein.

Mich, entgegnet sie leise. Ihre Hand tut so, als streiche sie das Haar über ihren Kopf zurück. Aber sie hat ja eine weiße Kappe auf. Dann fährt sie mit ihrer gewöhnlichen Stimme fort: Die Stapfen bogen auch wirklich ein bißchen nach rechts, aber gleich darauf wandten sie sich wieder vom Waldrand weg und liefen in merkwürdigem Hin und Her um die Föhren herum, durch Tannendikkichte und an Schlehdorngebüschen entlang. Wissen Sie, was es damit auf sich hatte?

Na?

Er verfolgte eine Hasenspur.

Eine Hasenspur?

Ja, leider.

War er denn ein Jäger?

Ach, wo denken Sie hin! Nur aus Spielerei und Jungenhaftigkeit, nur aus Freundschaft zu den Hasen, nur aus Gleichgültigkeit gegen die Menschen. Er hatte sicher den ganzen Vorfall schon wieder vergessen. Die Spuren im Schnee waren ihm wichtiger als die dummen Spaziergänger, die in Wald und Feld nichts Besseres anzustellen wußten, als ein Eichhörnchen zu Tode zu hetzen. So tappte er dem Hasen nach und las aus den Abdrücken im Schnee, was das Tier alles getrieben hatte. Er war eben

so geartet, daß er sich gern damit beschäftigte. Es ist ja auch sehr interessant. Sogar ich, die ich nichts davon verstand, konnte alles mögliche erkennen: Hier hatte der Hase den Schnee aufgescharrt und Moos gegessen, dort hatte er unter einem Tannenzweig, der den Boden berührte, längere Zeit gesessen, dort war er gemütlich hingehoppelt, später hatte er lange Sätze gemacht, dann hatte er einen Baumstamm angenagt, dann am Dornenzweig ein Flöckchen Haar gelassen. Wie kam ich eigentlich auf diese Hasengeschichte? Ach so, ich wollte Ihnen nur zu verstehen geben, daß ich den fremden Mann... ich meine, wie es in mir aussah. Ich folgte der Spur durch dick und dünn. Er hatte schließlich den Hasen aufgegeben und sich anderen Zeichen zugewandt, die im Schnee zu sehen waren, Eichhörnchenspuren, wie ich annahm, weil zwischen den Krallenabdrücken ein buschiger Schwanz geschleift hatte und weil sie unten an einem Föhrenstamm endeten. Dann zog sich da ein Mäusegetrippel in Schlingen und Achten hin und verschwand in einem Brombeergeranke. Er hatte sich niedergekniet und die Tupfen bis in die Ranken hinein beobachtet. Ich bekam alles heraus, ich entdeckte all seine Heimlichkeiten, ich lachte auch wohl einmal über ihn, ich liebte ihn auf eine so ungewöhnliche Weise. An manchen Stellen war er freilich auf und ab geschritten oder in einem kleinen Kreis herum, ohne daß ich mir erklären konnte, aus welchem Grund er es getan hatte. Sie glauben nicht, wie spannend so etwas ist, nein, spannend ist nicht das richtige Wort. Oder würden Sie es spannend nennen, wenn man zum Beispiel hinter einem geliebten Menschen her schleicht? Nicht spannend, sondern...
Sie führt die linke Hand einige Male an ihrer Brust hoch, als schöpfe sie Luft auf.
Vielleicht bedrängend oder ergreifend oder... oder geradezu erschütternd, sage ich.

Ja, so könnte man es vielleicht... es war eine lange und unaufhörliche Erschütterung in mir, doch, eine... eine Erschütterung. Ich fühlte sein Wesen in meiner Nähe. Oft drehte ich mich schnell um, weil ich dachte, er stünde hinter mir. Aber das bildete ich mir nur ein. Zuletzt mündete die Spur in den Weg, der vom Landgrafen herüberkommt und über den Napoleonstein nach Cospeda führt. Da verlor sie sich in dem allgemeinen Getrappel. Nun können Sie schon eher verstehen, warum es mir den Atem verschlug, als ich ihm am Dienstagabend so ohne weiteres von Angesicht zu Angesicht begegnete.
Ich kann alles und jedes verstehen, was Sie mir mitteilen, liebes Fräulein.
Können Sie das wirklich?
Ja.
Gewiß, ja gewiß. Und doch...
Und doch?
Ich meine immer, so von Liebe, das können nur zwei verstehen, die sich liebhaben.
Das war also am Dienstagabend. Sie liefen nach Hause und legten sich zu Bett. Und dann?
Nein, meinen Sie das nicht auch?
Doch, ja, o ja. Ungefähr. Und dann?
Und dann habe ich noch verschiedene Dinge mit ihm erlebt. Ich blieb noch vierzehn Tage in Jena. Die unglaublichsten Dinge!
Ja? Zum Beispiel?
Zum Beispiel kam ich eines Abends mit der Straßenbahn von Burgau herein. Als wir eben vom Paradiesbahnhof abfahren, steht er da an einer Kurve und will die Bahn an sich vorbeilassen. Kaum erblickt er mich, kaum erkennt er mich, da springt er, ohne sich einen Augenblick zu besinnen, auf den Wagen, kommt herein und setzt sich mir gegenüber. Außer uns beiden ist nur noch ein Herr mit einer Zeitung anwesend. Als der Schaffner ihm eine

Fahrkarte verkaufen will, hat er einfach kein Geld bei sich. Ich meine jetzt nicht den Herrn mit der Zeitung.
Na!
Wo wollen Sie denn hin? sagt der Schaffner. Er starrt mich bittend an, als ob ich es ihm sagen sollte. Schließlich verlangt er: Einmal Endstation. Aha! Das war doch ganz schlau!
Ja. Aber nun soll er zwanzig Pfennige bezahlen. Er sucht in allen Taschen herum, findet aber nichts. Eigentlich suchen nur seine Finger, er selbst ist nicht bei der Sache, weil er seine ganze Aufmerksamkeit und Inbrunst auf mich gerichtet hat. Der Schaffner schüttelt den Kopf und wirft mir einen Blick zu, mit solchen Leuten müsse er sich also abgeben. Ich drücke ihm schnell die fraglichen zwanzig Pfennige in die Hand und winke ihm mit den Augen zu, die Sache sei erledigt. Er tippt an seine Mütze und geht hinaus. Ich weiß nicht, wie ich mich verhalten soll, ich öffne meine Handtasche und betrachte nacheinander jeden einzelnen Gegenstand, den ich darin habe, den Kamm, das Taschentuch, den Spiegel, die kleinen Quittungen. Aber ich fühle, daß der fremde Mann mich mit seinen Blicken verschlingt, ich fühle auch, daß ich allmählich rot werde. In meiner Not falte ich das Taschentuch auseinander und putze mir ununterbrochen die Nase. Am liebsten würde ich ihm ordentlich meine Meinung sagen.
Was für eine Meinung?
Die wütende Meinung, die ich von ihm hatte.
Ja, aber...
Sehen Sie, das war es ja! Kurz und gut, es dauerte eine Ewigkeit, bis wir am Holzmarkt waren. Ich steige um. Er hinter mir her. Der Wagen, der zum Mühltal hinausfährt, steht schon da. Ich steige ein, er steigt auch ein, ich setze mich hin, er setzt sich auch hin, nichts hat sich geändert. Überdies sitzen noch vier oder fünf andere Leute

auf den beiden Bänken herum. Diesmal werde ich nicht eingreifen, wenn der Schaffner sein Geld verlangt. Er soll sich nur selbst helfen. Zufälligerweise fügt es sich so, daß der Schaffner mich zuerst fragt, wohin ich wolle. Botzstraße, sage ich, indem ich meinen Fahrschein vorzeige. Dann ist der andere an der Reihe. Er sagt auch Botzstraße und nimmt gedankenlos den weißen Zettel in Empfang. Zwanzig Fennje, antwortet der Schaffner. Der andere sieht mich an, so zwischen Lächeln und Ergebenheit in sein Schicksal, und krabbelt zum Schein eine Weile in seinen Taschen herum. Aber ich mache ein böses Gesicht und denke nicht daran, mich zu rühren. Unterdessen hat der Schaffner die übrigen Fahrgäste bedient und bleibt wieder vor ihm stehen: Und von den Herrn kriechte ich noch zwanzig Fennje. Der Fremde greift zum Schluß noch einmal in die rechte und in die linke Hosentasche, er brummt mit geschlossenem Mund etwas vor sich hin, aber Geld findet er nicht. Der Schaffner sagt: Gäb'n Se mal Ihr'n Fahrschein reduhr. So. Hier gommt grode 'ne Haldeschtelle, do genn Se gleich ausschteichn. Die anderen Leute werden aufmerksam. Aber ich schäme mich und wage nicht aufzublicken. Dieser gräßliche Schaffner! Ich bin ein gräßliches Geschöpf, aber der Schaffner erst recht. Als der Fremde abgesprungen ist und in der Fahrtrichtung davonstolpert, sieht er ihm noch durch die Scheiben nach, der Schaffner, und nickt hinter ihm her: Eich Brieder gennt mer schon! Dann klingelt er, es geht weiter. Die Jenaer Straßenbahn fährt nicht besonders schnell, trotzdem bekam ich einen Schrecken, als ich merkte, daß er hinter uns her lief. Wir klirrten an ihm vorbei, da setzte er sich in Trab und lief hinter uns her. Ja, er überholte uns sogar, weil der Schaffner bei den Haltestellen immer so bummelte. An der Botzstraße nahm er mich wieder in Empfang. Obgleich er sich hinter einem Baum verborgen hatte,

entdeckte ich ihn schon, als ich ausstieg. Er folgte mir. Auf diese Weise erfuhr er, wo ich wohnte. Alles war ihm gleich, wenn er nur... ach ja.
Der Kerl gefällt mir, sage ich, ein Mordskerl, ein verwegener Junge, ein Satan!
Vielleicht gehe ich in meiner Begeisterung zu weit, vielleicht übertreibe ich geradezu. Du mußt meine Worte nicht auf die Goldwaage legen. Ich kann jetzt nicht anders sein, es hat schon seinen Grund.
Ein verwegener Satan, sage ich zu dem Fräulein. Und dann?
Ich will Ihnen nicht alle und jede Einzelheit erzählen. Nur konnte ich von da ab nicht mehr aus dem Haus gehen, ohne daß er sich irgendwo in der Nähe aufhielt und sich mir anschloß.
Und was sagte er dabei?
Kein Wort. Er ging schweigend hinter mir her. Allenfalls murmelte er etwas Unverständliches in sich hinein. Er stand an ein Gartengitter oder an einen Baum oder an einen Laternenpfahl gelehnt und stieß sich, wenn er mich erblickte, mit dem Rücken ab, um dann seufzend und mit den Händen in den Taschen hinter mir her zu gehen. Das genügte ihm schon, und so trieb er es tagelang.
Haben Sie sich etwa gewundert, daß es ihm schon genügte?
Gewundert... gewundert...?
Ich würde mich wundern, wenn Sie sich gewundert hätten, denn es bedeutet doch schon viel, wenn man einem Menschen nahe sein darf. Ich könnte geradezu... ich könnte geradezu glauben, daß die Liebe im Grunde nichts anderes ist als das Verlangen, dem Menschen, den man lieb hat, ganz nahe zu sein. Das ist so beruhigend.
Beruhigend? Dann kennen Sie es doch nicht richtig. Man beginnt doch zu zittern und außer sich zu geraten, wenn der andere in die Nähe kommt.

Ja, weil man ihm noch näher sein möchte. So nahe, daß es heißt: Ich könnte dich fressen vor Liebe. Da haben Sie es. Ein Geheimnis, liebes Fräulein, eine geheimnisvolle Religion der Liebe. Man müßte gelegentlich einmal darüber nachdenken. Aber es ist auch beruhigend, das Nahesein. Die qualvollen Gefühle werden beruhigt. Man weiß: er ist hier. Und das beruhigt einen doch, man braucht sich nicht mehr auszudenken, was er jetzt wohl tut, mit wem er jetzt spricht, alles ist hinfällig: da geht er ja. Und die angenehmen Gefühle werden aufgepeitscht, die einen mit dieser verrückten Seligkeit durchdringen. Die einen werden beruhigt, die anderen werden aufgepeitscht.
Sie mögen recht haben. Aber darum habe ich doch mein Unglück selbst verschuldet, ich selbst. Gewiß, es wäre auch sonst allerlei geschehen im Laufe der Zeit, davon bin ich fest überzeugt. Aber dies nicht, dies... sicher nicht. Ich habe ihn ja ermutigt.
Das verstehe ich nicht. Ermutigt? Inwiefern?
Sie haben von der verrückten Seligkeit gesprochen. Genauso trug es sich zu. Eine verrückte und tolle Seligkeit flackerte durch mich hindurch, wenn er hinter mir her ging. Ich fühlte, wie sein Blick mich berührte, wie er meinen Körper von oben bis unten berührte. Und dann wurden meine Knie schwach, meine Hände zitterten in den Manteltaschen, ich dachte oft, ich müßte vor Aufregung zusammensinken. Wenn ich morgens aufwachte und mir vorstellte, daß er nachher meinen Rücken wieder mit seinen Augen betrachten würde, dann krallte ich meine Finger ineinander und fing an, heiß und laut zu atmen vor Liebe und Sehnsucht und Verwirrung. Vor Deierlings biß ich immer die Zähne zusammen. Ich saß am Frühstückstisch und tat mir Marmelade auf meinen Teller und Sahne in meinen Kaffee, als wäre nichts geschehen. Und eine Stunde später zuck-

ten meine Schultern vor... vor dieser verrückten Seligkeit.
Sie steigert sich nach und nach in eine schmerzerfüllte Erinnerung hinein, ich höre, daß ihre Stimme immer dunkler wird. Und dem Liebespaar, an dem wir gerade wieder vorüberziehen, schenkt sie überhaupt keine Beachtung mehr. Ihr Gesicht ist gesenkt, sie spricht gegen den Boden.
Was ich eigentlich wollte, stößt sie mit etwas Verachtung gegen sich selbst hervor, wußte ich nicht, aber es konnte so nicht weitergehen, und deshalb nahm ich mir vor, es sollte zu einer Entscheidung kommen. Ich hatte keinen festen Plan. Nur so ein undeutliches Empfinden, daß sich zwischen uns beiden etwas ganz Herrliches und Wunderbares ereignen müßte. Was war ich denn? Ich war eine höhere Tochter, die noch nicht das geringste erlebt hatte. Ich war so dumm wie Bohnenstroh. Ja, wirklich. Und nun hatte es dieser räuberische Mann, dieser Landstreicher, dieser Arbeitslose oder was er nun für ein Individuum sein mochte, auf mich abgesehen. Mußte ich da nicht mein bißchen Verstand verlieren?
Liebes Fräulein, sage ich, ob Sie eine höhere Tochter waren oder nicht, ob Sie viel erlebt hatten oder nicht, das ist doch so nebensächlich. Wenn die Liebe einen überfällt, dann ist es vollständig aus mit einem. Mit jedem auf der Welt. Oder glauben Sie, mir ging es gestern und heute anders? Und ich halte mich, wenn ich die Wahrheit gestehen soll, keineswegs für Bohnenstroh.
Aber Sie wissen doch wenigstens Bescheid, was Sie erwartet, wenn Sie Ihren Arm um ein Mädchen legen.
Mmm...
Im großen und ganzen wissen Sie es doch. Aber für mich war alles verhüllt wie der Tod. Wenn ich daran dachte, daß ich eines Tages mit dem Fremden allein zusammen sein würde, dann klopfte mir das Herz vor Angst und

Grauen bis in den Hals. Ein Mann, das war wie ein unheimliches Tier. Nicht jeder beliebige Mann, Professor Deierling nicht und die anderen auch nicht, nur der eine Mann, den ich mit Zittern und Tränen liebte. Aber die anderen waren ja auch keine Männer. Wie ist das nur möglich, daß man sich vor jemandem fürchtet und doch Tag und Nacht an keinen anderen denkt als an ihn!
Sie haben sich sicher unter der Liebe nicht das Richtige vorgestellt. Sonst würden Sie sich nicht darüber wundern. Junge Damen sind meistens in ihrer Jugend von zarten Gedanken über die Liebe erfüllt. Da ist es denn kein Wunder, wenn sie eines Tages die Hände ringen und ohnmächtig niederknien. Die eigentliche Liebe hat mit Zartheit nichts zu schaffen, ach nein. Wer sie mit rechtem Namen nennen will, muß Worte gebrauchen wie Krankheit, Entsetzen, Untergang, Wahnsinn, Zerrüttung, Mord und Verlorenheit.
Oh, seien Sie still!
Gleich bin ich still, gleich! Wir sollten mit diesen Erwägungen endlich aufhören. Jedesmal, wenn wir an Liebe dahinsiechen, ist es anders, und das Gegrübel rettet uns doch nicht vor der Schmach. Ja, gleich! Die Liebe ist eine Schmach. Ich für meine Person schäme mich in den Tagen der Liebe von morgens bis abends vor mir selber, ich könnte dann nicht in einen Spiegel sehen, ohne mich anzuspucken. Entschuldigen Sie!
Wäre Ihnen denn wohler zumute, wenn es keine Liebe gäbe?
Wie gesagt, Sie sollten mir lieber erzählen, wie Ihre Geschichte ausgegangen ist.
Ich kann jetzt nicht mehr begreifen, wie jemand ruhig dahinleben mag, der die Liebe noch nicht an sich erfahren hat.
Ja, Sie sind eben eine Frau.
Und Sie?

Erstens bin ich ein Mann, und zweitens habe ich die Liebe schon an mir erfahren.
Und nun?
Und nun lebe ich ruhig dahin, wie Sie sehen, nun bin ich ein ruhiger Bürger geworden. Ich weiß sogar, wo ich heute nacht mein Haupt niederlegen werde. Weiß ich es? Vielleicht weiß ich es noch nicht ganz genau. Wir wollen nicht mehr davon reden. Eines Tages hat Ihre Geschichte doch ein Ende gehabt.
Ob sie ein Ende oder erst den richtigen Anfang gehabt hat, das müssen Sie selbst entscheiden. Ich finde mich wirklich noch nicht durch. Wann ist die Geschichte denn zu Ende, eine wahre Geschichte, ein Menschenleben, eine Begebenheit, wie sie sonst in der Zeitung steht? Aus Welt und Leben. Ein Ende gibt es nur in den Büchern.
Nein, nichts mehr davon! Bitte, erzählen Sie weiter!
Weiter und weiter, immer weiter. Das war also an einem Montag, am nächsten Montag, da schien die Sonne so warm, als ob es schon Frühling werden wollte. Ich trat aus der Haustür, die Luft roch so schön, so nach warmer Erde, man spürte sie so richtig auf der Haut, sie floß wie laues Wasser über einen hin. Als ich die Gartentür zufallen ließ, löste sich der andere von der Mauer des Nachbargrundstücks, an der er sich gesonnt haben mochte, schüttelte sich und tat so, als schlendere er nur aus Langeweile hin und her. Ich ging zunächst mit gleichgültiger Miene die Botzstraße hinunter. Aber im Gehen horchte ich nach hinten, ob er auch nachkäme. Und als ich seinen langen, gemächlichen Schritt hinter mir erkannte, knirschte ich mit den Zähnen und feierte innen einen kleinen Triumph. Es war ja selbstverständlich, daß er kommen würde, aber ich triumphierte trotzdem. Und ganz selbstverständlich war es doch wieder nicht. Wenn man verliebt ist, macht man sich tausend Sorgen, man kommt aus der Angst gar nicht heraus. Ich will mich

nicht besser hinstellen, als ich bin. Möglicherweise bewegte ich mich auch so, daß er merken mußte, wie angenehm es mir war, von seinen Augen geliebkost zu werden. Und dann nahm wieder, ohne daß ich mich dagegen wehren konnte... und mochte, diese bebende Lust von mir Besitz. Oh, das kann ich Ihnen nicht beschreiben. Von Rechts wegen hätte ich in die Stadt gemußt, aber ich war so sehr von Ungewißheit und Verlangen nach irgend etwas Neuem, Abenteuerlichem, Unerhörtem besessen, daß ich aus lauter Durcheinander am Ende der Botzstraße nicht nach links, sondern nach rechts abbog. Ich versichere Ihnen noch einmal, daß mir nichts Bestimmtes vorschwebte. Ich bog nur nach rechts ab. Als ich mit zehn Jahren in der Badeanstalt den Kopfsprung lernen sollte, war mir genauso zumute. Da dachte ich immer, während ich den Anlauf nahm: Jetzt ist doch alles vorbei, ich weiß nicht, wie es sein wird, schlimmstenfalls ertrinke ich. So flog ich durch die Luft und klatschte ins Wasser. Als ich am Ende der Botzstraße nach rechts anstatt nach links abbog, hatte ich auch einen Anlauf genommen, ich wußte auch nicht, wie es sein würde, ich wußte nicht einmal, wie es schlimmstenfalls sein würde. Nichts. Wohin wollte ich eigentlich gehen? Ich ging und ging, in meinem Kopfe drehten sich ein paar undeutliche Vorstellungen und eine Melodie langsam durcheinander. Ich lebte gar nicht mehr mit meinem Kopf, ich lebte mit meinem ganzen Leib, ich spürte ein süßes Ziehen in meinem Bauch. Erst ging ich durch das Villenviertel, dann an der neuen Hautklinik vorbei gegen das Mühltal hin. An der Papiermühle bog ich wieder rechts ab und wanderte den Cospedaer Grund hinauf. Von Zeit zu Zeit breitete sich eine Gänsehaut über meine Schenkel und verschwand wieder, gleichzeitig preßte sich innen in meinen Brüsten etwas mit einem krampfigen Schmerz zusammen, wissen Sie, mit so einer eisigen

Kälte, daß ich mich im Gehen zurücklehnte und den Mund öffnete. So... aah!
Kenne ich auch.
Nicht wahr, es ist wie eine grausame Krankheit. Sie kennen es ja auch. Aber es wurde bei mir nun immer qualvoller. Am Anfang des Cospedaer Grundes gab es rechts und links an den Hängen noch kleine Häuser, ich war noch in Sicherheit. Aber je weiter ich mich vorwagte, um so einsamer wurde es, um so aufregender. Nach einer Weile verengte sich der Grund zu einer Schlucht, die sich dann oben wieder zu einer Mulde mit Äckern und Wiesen gegen die Cospedaer Windmühle hinauf öffnete. Dort, wo die Schlucht am engsten war, führte links ein verhangener Weg durch Gebüsch und niedriges Gehölz auf ein Hochplateau hinauf. Ich zögerte. Sollte ich geradeaus weitergehen oder mich in das Gehölz wagen? Noch konnte ich umkehren. Aber als ich seine Schritte auf dem Gestein hinter mir knirschen hörte, blieb mir nichts anderes übrig, als mich nach links zu wenden. Wenn Sie jetzt im stillen meinen, ich schwatzte das nur so hin, ohne zu wissen, was ich sage, dann tun Sie mir unrecht. Mir blieb wirlich nichts anderes übrig. Mir... blieb... nichts... anderes... übrig. Wie kann ich Ihnen meinen Zustand begreiflich machen? Manchmal hat man keinen Willen mehr. Furchtbar! War ich das Wild und er der Jäger? War er der Schmetterling und ich die Kerze? Man liest das oft in Gedichten, aber es kommt auch in Wirklichkeit vor. Ein Jäger jagt ein Wild. Oder waren wir schon so verbunden, daß wir nicht mehr voneinander los konnten? War alles Unsinn? War es Liebe? War es der vorzeitige Frühling? War es das Blut? Die Vergiftung im Blut? Waren wir noch zwei Menschen, oder waren wir vielmehr zwei armselige Tiere, die unter einem unbekannten Gesetz standen? Gibt es so ein Gesetz über uns, so dumpf über Menschen und Tieren? Gott? Die

Ewigkeit? Der Sternenhimmel? Das Schicksal? Verstehen Sie mich recht: Das frage ich mich jetzt. Damals... ach, ich dachte damals doch nicht mehr nach! Ich hatte vollkommen den Kopf verloren. Auch das ist keine Redensart. Mein Kopf konnte ebensowenig einen Gedanken fassen wie meine Hand. Ich wußte nur, daß der Mann hinter mir her kam. Wußte? Ich wußte es nicht, ich fühlte es. Ich ging langsamer und langsamer, er kam immer näher. Zuletzt blieb ich einfach stehen. Ich wartete und war todunglücklich über mich und konnte doch keinen Schritt weitergehen. Ich wartete eine unvorstellbar lange, brausende Zeit, da schob sich endlich ein Arm von hinten über meine Schulter, winkelte sich an und zog mich zurück. Ein kleiner Vogel schnurrte über den Weg. Es roch plötzlich nach Leder und Stroh, sein Zeug hatte diesen Geruch an sich. Ich rutschte mit meinem Rücken an ihm hinunter. Er hielt mich fest und drehte mich herum. Kein Wort. Nur ein heißer Hauch von Mund zu Mund, nur ein scheuer Blick von Auge zu Auge, und dann... und dann... Ich möchte Ihnen nichts mehr... das übrige ist ja auch...

Sie hat recht, natürlich, das übrige stand ja von Anfang an fest. Habe ich im mindesten etwas anderes erwartet? Das nicht... aber man klammert sich zuweilen an einen Strohhalm. Es ist nur ein Strohhalm, aber man klammert sich daran.

Ja, ja, sage ich. Und was ich noch erwähnen wollte... ach so, eine Frage: Hat er gewissermaßen irgendwelche Gewalt gebraucht? Ich meine... Verzeihung!

Als ich es heraushabe, erschrecke ich selbst vor meiner Zudringlichkeit.

Sie bleibt stehen und sieht mich von der Seite an. Ihr Gesicht ist von dem Widerschein des Jahrmarktes schwach erhellt. Sie sieht mich wohl eine halbe Minute lang stumm und traurig an, als habe sie etwas gemerkt und sänne darüber nach, dann schüttelt sie, während ihre Finger die Jacke auf- und zuknöpfen, ein ganz klein bißchen den Kopf. Ihre Augen ruhen noch immer auf meinem Gesicht. Und dann holt sie tief Atem und geht langsam voraus.

Wie ist es nur möglich, daß einem so ein bißchen Kopfgeschüttel so verdammt weh tun kann! Na gut, ich schiebe meine Mütze zurecht und schließe mich dem Fräulein an. Sie knöpft noch immer an ihrer Jacke herum.

Gewalt, sagt sie, ach nein. Seine Arme waren von Eisen, um Regen und Schnee kümmerte er sich nicht, er hatte mehr Kraft in seinem kleinen Finger als andere in ihren beiden Händen, aber in seinem Herzen war er ein armer Mensch. Er bebte genauso wie ich vor Ratlosigkeit und Brausen in seinem Kopf. Habe ich ihn denn so falsch beschrieben, daß Sie gleich an Gewalt denken? Er war ein Junge mit Ratlosigkeit und Liebe zu mir.

Ich weiß nicht, antworte ich, ich hatte nur so einen Strohhalm oder irgendeine fixe Idee im Sinn, irgendeine Hoffnung und so weiter.

Eine Hoffnung? Wieso? Wäre es Ihnen denn lieber gewesen, wenn er gewalttätig gegen mich vorgegangen wäre?

Wir wollen es auf sich beruhen lassen.

Das verstehe ich nicht.

Dann hat sie also doch nichts gemerkt. Nein, nein, seufze ich. Sie verstehen es nicht.

Sie will etwas antworten, schluckt es aber hinunter. Eine Zeitlang sagen wir nun beide nichts. Ich seufze und ärgere mich über meine Anstellerei. Da setzt sie vorsichtig unser Gespräch fort: Vorhin haben sie mir verheißen, in einer halben Stunde würde ich die Lippen spitzen und ein Liedchen über den Neckar hin pfeifen. Nicht wahr?

Jjja...

Vorhin waren Sie es, der zuversichtlich redete, und ich ließ den Kopf hängen, nicht wahr? Und jetzt, da die halbe Stunde längst herum ist, kommt es mir beinahe so vor, als hätten wir die Rollen vertauscht.
Bedeutet das etwa, daß Sie jetzt zuversichtlich...?
Es handelt sich weniger um mich als um Sie.
Es handelt sich immer zuerst um Sie! Nur um Sie!
Um mich? Ich will nicht sagen, daß ich gerade zuversichtlich sei, ach nein, es hat sich ja auch nicht das geringste geändert, wenn ich mir's einmal überlege, aber ich bin doch nicht mehr so... vorhin lag alles so verworren vor mir, jetzt sehe ich, daß es im Grunde ganz einfach ist. Doch, ich bin richtig ein bißchen mutiger geworden. Das macht die Aussprache, ich meine, daß ich Ihnen einfach alles erzählt habe. Wann kann ich denn einmal mit jemandem von meinen Sorgen und Erlebnissen sprechen? Nie. Und das muß man doch von Zeit zu Zeit tun. Ich merke ja, wie es mich aufgerichtet hat. Dafür ist aber mit Ihnen etwas los, nicht wahr?
Nein, nein.
Doch! Das hört man doch!... Sie brauchen sich nicht zu verstellen!
Gar nicht!
Was ist denn geschehen? Habe ich in meiner Dummheit etwas Kränkendes gesagt? Habe ich Sie gekränkt?
Gekränkt? Nein.
Ach, Sie dürfen nicht von mir verlangen, daß ich Sie tröste. Ich habe noch keine Kraft dazu, ich kann es noch nicht, so viel kann ich noch nicht.
Da nehme ich mich endlich zusammen, hole Atem, lache, bin zerstreut, frage, was sie eigentlich wolle, wieso, ich hätte eben nicht richtig zugehört, weil ich nämlich einen beachtenswerten Einfall, eine Lebensweisheit oder wie ich mich da ausdrücken sollte, eine philosophische Frage, eine kleine Wissenschaft, die sich auf ihre Ge-

schichte bezöge, hin und her erwogen hätte. Gekränkt? Ach was! Haben Sie bitte Nachsicht mit meiner geistigen Abwesenheit. Aber sie war so interessant, diese Wissenschaft, die mich von Ihnen abgezogen hat, diese Lebensweisheit und Belehrung.

Darf man sie erfahren?

Ohne weiteres, ich habe mich ja nur Ihretwegen damit befaßt. Allerdings... wenn Sie mir noch eine Zwischenfrage erlauben...

Ja, bitte!

Was geschah denn nun danach?

Wonach?

Also Sie begegneten sich eines Morgens auf dem Waldweg im Cospedaer Grund, Sie beide, und sahen sich in die Augen und alles miteinander. Ja und dann? Ihre Geschichte geht doch noch weiter.

Nein. Sie ist zu Ende. Als wir voneinander abließen, ging er den Abhang hinauf, oben drehte er sich um und schüttelte mit zerrissenem Lächeln den Kopf... ich habe ihn nie wiedergesehen.

Ist ja nicht möglich!

Doch! Oder glauben Sie nicht, was ich Ihnen sage?

Selbstverständlich. Sie haben mich mißverstanden. Es war nur so eine Redensart. Ist ja nicht möglich, nur so eine Redensart. Liebes Fräulein, jedes Wort, das Sie mir anvertrauen, jedes Wort! Aber... ja, was denn? War er denn ein... Schurke? Und dann haben Sie ihn nie wiedergesehen?

Ich weiß nicht. Nein. Er war nicht so wie die anderen. Die Unruhe trieb ihn in der Welt umher.

Nichts? Keinen Gruß, keinen Brief, kein Andenken, nichts?

Nichts. Oder...

Oder?

Das Kind.

Ja, ja.
Ich habe ihn nie wiedergesehen. Vielleicht kommt er eines Tages zurück, der Himmel weiß es, ich nicht... ich nicht.
Hm. Tja... tjaaa... ich hätte da noch eine Frage... also... oder doch nicht... ich meine... mit einem Wort: Möchten Sie ihn denn... gern wiedersehen?
Ich würde sicher anfangen zu heulen.
Zu heulen, jawohl, vor Glück oder wovor?
Sie schweigt, und als ich sie ansehe, legt sie nur kläglich den Kopf gegen die Schulter und zuckt mit den Achseln.
Da seufze ich und schweige auch. Wir stehen beide da und betrachten das Geflimmer des Jahrmarktes unter dem Brückenbogen. Orgeln, Pauken, Trompeten, Glokken und lang hinhallende Gongschläge tönen herüber. Die perlenbestickten Gardinen des Karussells wehen sanft im Luftzug, und das Transparent von ›Grotes Achterbahn‹ leuchtet weiß am Himmel. Ununterbrochen donnern die Wagen durch all die Kurven, und jedesmal, wenn sie zu Tal stürzen, geben die Mädchen in ihrer Angst ein Geschrei von sich wie Schlachtschweine, die Burschen johlen und stoßen Pfiffe aus, die Männer halten ihre Zigarre mit den Zähnen und ihren Hut mit den Händen fest. Die meisten sind ein bißchen betrunken von Bier und Limonade und Lebenslust. Nur wir beide, das Fräulein und ich, stehen beiseite und lassen die Nasen hängen.
Eine Lebensweisheit und Belehrung, fragt das Fräulein aus ihrer Nachdenklichkeit heraus, wollen Sie mich nicht jetzt, da meine Geschichte ganz und gar aus ist, daran teilnehmen lassen?
Ich sage, es sei weiter nichts Besonderes, ich hätte nur gerade diesen Einfall gehabt.
Welchen Einfall?

Von dem Jetzt und dem Heute. Sehen Sie mal... wie soll ich mich am besten ausdrücken... die einen, die von gestern, die sind noch von gestern, die rollen noch mit dem Schwung dahin, den sie gestern bekommen haben. Gestern, das kann wirklich gestern gewesen sein oder vorgestern oder vor einem Jahr oder in ihrer Jugend. Was heute los ist, spüren sie nicht. Heute, ich meine in dieser augenblicklichen Stunde. Sie wissen gar nicht, daß auch der Augenblick, den sie gerade erleben, voller Schwungkraft ist, sie rollen nur so hin. Ich möchte es Ihnen noch deutlicher machen, aber...

Sie sind also gegen die Tradition?

Hm, Tradition. Das ist für unsereinen ein schwieriges Wort. Tradition... wenn ich bei der Wahrheit bleiben soll, so bin ich nicht einmal sicher, ob ich genau weiß, was das bedeutet. Unter Tradition habe ich mir immer etwas Erhabenes und Ruhmreiches vorgestellt, was man in der Schule auswendig lernt, die Schlacht bei Sedan, den Tod Kaiser Wilhelms des Ersten und so etwas.

Auch.

Das meine ich aber nicht. Ich meine nur so Sachen, die uns gewöhnliche Menschen betreffen, Sie und mich und wen Sie wollen. Ganz was Alltägliches. Zum Beispiel...

Ja, sagt das Fräulein, Sie müssen mir's an einem Beispiel erklären.

Zum Beispiel, antworte ich und hebe einen Kiesel vom Flußufer auf, um ihn zu befühlen und ihn, während ich spreche, von einer Hand in die andere zu werfen, zum Beispiel das, was Ihnen vor vier oder fünf Monaten zugestoßen ist. Fünf Monate, ein halbes Jahr, was für eine lange Zeit! Aber trotzdem leben Sie heute noch, jetzt an diesem warmen und duftenden Abend noch, als hätte sich seitdem nichts ereignet. Alles, was Sie tun und lassen, wird von dem Erlebnis bestimmt, das schon ein hal-

bes Jahr zurückliegt. Das sieht ja beinahe so aus, als seien Sie seit einem halben Jahr tot. Denn wer nichts Neues erlebt, der hat doch, wenn er auch noch ißt und trinkt und unter uns umherläuft, geradezu für tot zu gelten.
Wer nichts Neues erlebt... Man erlebt doch jeden Tag etwas Neues.
Das ist richtig, aber man... man... man erlebt es doch nicht, man... hach, es ist nicht leicht, jemandem das zu erklären. Wie soll ich es Ihnen nur...? Sehen Sie mal, das Neue gleitet nur so an Ihnen vorbei, Sie erfassen es nicht, Sie sind ja noch ganz und gar von dem anderen erfüllt. Oh, jetzt weiß ich, was ich sagen wollte! Man muß sich so benehmen, als wäre dieser Augenblick, dieser, der jetzt gerade an der Reihe ist, der einzige unseres Lebens, als wäre vorher nichts gewesen, als würde nachher nichts mehr sein. Nun habe ich es herausgebracht, das ist es, sehen Sie! Sonst lebt man nämlich nicht, sondern kriecht nur so herum und ernährt sich von allen möglichen Abfällen. Sehen Sie, es müssen einem nur erst einmal die richtigen Worte einfallen. Als wenn dieser Augenblick der einzige unseres Lebens wäre. Jawohl!
Daß man nicht immer an das denken soll, was gewesen ist, möchte ich Ihnen schon glauben. Gewesen ist gewesen. Nun gut. Aber die Zukunft, das, was nachher sein wird, wie kann man davon absehen? In der nächsten Stunde ist es ja da!
Sie dürfen mich jetzt fragen, was Sie wollen, ich weiß auf alles eine Antwort. Mit der Zukunft verhält es sich so: Wer immerzu an die Zukunft denkt, ob er nun sorgenvoll oder hoffnungsvoll tut, der ist genauso tot wie der andere, der von dem Gestern nicht loskommt. Morgen bleibt immer morgen. Wann ist für so einen denn heute? Nie! Und dabei ist doch jeden Tag heute! Nur nicht an die Zukunft denken, sonst rennt man blindlings an all dem leisen Schimmer des Lebens vorbei! Nicht

einmal an die nächste Stunde, nicht einmal an die nächste Minute! Für die nächste Minute ist es in der nächsten Minute noch früh genug.
Aber dann lebt man ja wie ein Tier!
Sie wissen sicher nicht viel von den Tieren, sonst würden sie das Wort nicht so geringschätzig aussprechen. Wie ein Tier... Soll ich Ihnen mal sagen, was mir gerade einfällt?
Ja.
Wie ein Tier oder wie ein Gott. Es ist ja ein Gott gewesen, der Sohn eines Gottes, der unter den Menschen gelehrt hat, das Leben sei mehr denn die Speise und der Leib mehr denn die Kleidung. Wir mußten es in der Konfirmandenstunde oft genug hersagen: Nehmet wahr der Raben, sie säen nicht, sie ernten auch nicht, und Gott nähret sie doch. Und nachher geht es weiter: Nehmet wahr der Lilien auf dem Felde, wie sie wachsen, sie arbeiten nicht, so spinnen sie nicht. Ich sage euch aber, daß auch Salomo in aller seiner Herrlichkeit nicht ist bekleidet gewesen als deren eines. Sie kennen es sicher auch? Es ist eigentlich wunderschön ausgedrückt, wenn ich es jetzt so höre: Nehmet wahr der Lilien auf dem Felde, wie sie wachsen...
Aber er hat es doch wohl anders gemeint, als Sie es auslegen.
Anders? Das haben Ihnen die Pastöre und Schullehrer nur vorgemacht, weil es nicht in ihren Kram paßt, daß er es so gemeint haben soll, wie er es gesagt hat. Ich möchte mal wissen, warum diese Leute denn klüger sein sollen als er selbst. Übrigens kann es uns ja ziemlich gleich sein.
Und ich werfe meinen Kiesel mit aller Kraft flach über das Wasser hin, er tupft auf ein paar Wellen und verschwindet dann mit einem dunklen Plumps im Fluß.
Nein.

Doch! Ob er es so oder so gemeint hat, ich für meine Person habe es jedenfalls so gemeint.
Ja, und das ist mir doch nicht gleich, ich dachte ja gerade an Ihre Worte! Ich wollte mich ja gerade danach richten! Der einzige Augenblick. Dies stellt also den einzigen Augenblick meines Lebens dar. Aber ich weiß nicht, was ich mit ihm anfangen soll. Was würden Sie denn tun, wenn Sie an meiner Stelle wären?
Was ein anderer einem sagt, hilft einem ja doch nichts. Man muß es selber in sich finden.
Trotzdem können Sie mir doch sagen, was Sie jetzt tun würden. – Warum schweigen Sie?
Gleich, sage ich in Gedanken. Und nach einer Weile frage ich sie, ob sie es noch immer wissen wolle.
Ja.
Ich würde vielleicht die Augen ganz fest zumachen, sage ich mit halber Stimme. Wollen Sie es nicht einmal versuchen? Ja, so. Ganz fest. Und dann würde ich glauben, ich träumte.
Was soll ich träumen?
Ich würde von Jena träumen.
Von Jena? Was denn?
Alles.
Ja.
Sie steht da und läßt ihre Arme hinabhängen. Ihre Augen sind geschlossen, sie träumt, ihr Gesicht sieht gläubig und gehorsam aus. Der Satan soll mich holen, wenn ich sie nicht liebe! Es handelt sich um eine besondere Art von Liebe, die ich beim besten Willen nicht... ich habe noch nie jemanden in dieser Weise geliebt. O Gott im Himmel, wie gern würde ich ihr helfen! Ich schwöre euch allen, daß ich mich nicht eher zufriedengeben werde, bis ich sie wieder fröhlich gemacht habe. Das unruhige Geleuchte des Jahrmarktes spielt über ihr Gesicht. Sie ruht und träumt, ihr Gesicht ist eine Kleinigkeit seit-

wärts geneigt, ihr Mund hat sich ein bißchen geöffnet, sie sieht aus wie ein schlafendes Kind.

Da flüstere ich gegen ihre geschlossenen Augen: Und jetzt würde ich langsam aufwachen... so... aber langsam... so... so... Wundern Sie sich nicht, es war nur ein Traum, er ist nun vorbei. Vorbei, dahin, zu Ende, schschscht... Mit einem Mal sind Sie in Heidelberg, und nun begibt sich etwas ganz anderes. Wer steht nun vor Ihnen? Ich. Schschscht! Und was ist das da vorn für ein Geglitzer, für ein orgelndes Getöse unter dem Brückenbogen, was sind das für umeinanderfliegende Lichter? Das ist ein Jahrmarkt. Was möchten Sie denn jetzt tun? Möchten Sie nach Hause gehen?

Nein, sagt sie und lächelt.

Möchten Sie sich wohl in das Menschengewimmel mischen? Mal Karussell fahren, mal die Luftschaukel besteigen und sich bis unters Zeltdach schwingen, mal in der Achterbahn auf- und niedersausen, daß Sie nicht mehr wissen, wo Sie sind, mal durch das verzauberte Haus, durch Himmel und Hölle wandern, mal dies und mal das und mal auf den Lukas hauen?

Da muß sie denn doch lachen, es geschieht gegen ihren Willen, aber sie wendet den Kopf ab und lacht über ihre Schulter, daß sie auf den Lukas hauen soll. Leider ist es im nächsten Augenblick schon wieder vorbei.

Ja, rufe ich, das war es! Ungefähr so! Eben befanden Sie sich schon auf dem richtigen Weg! Vergessen, nicht nachdenken, einfach das tun, was gerade getan sein möchte, lachen, weinen, hüpfen, sich hinlegen. Achterbahn fahren, einen Stein ins Wasser werfen, ein Bratwürstchen essen, wie es eben kommt. Haben Sie schon einmal gesehen, wie ich die Rickelrackeltreppe hinaufgehe, diese Treppe, die da, wo man seinen einen Fuß hat, runterrutscht, und da, wo man seinen anderen hat, in die Höhe zuckt?

Nein. Was für eine Treppe?
Dann will ich es Ihnen zuliebe einmal versuchen. Kommen Sie! Nein, halt! Ich will sogar auf dem verdammten Riemen herumturnen, der so schräg in die Höhe gleitet. Meist werden einem die Beine unterm Leibe weggezogen, man plumpst vor Schreck auf seinen... Dingsbums, streckt alle viere in die Luft und fährt in der merkwürdigsten Lage nach oben. Gott sei Dank, daß man keine junge Dame ist! Auf dem Balkon vor dem verzauberten Haus, vor aller Öffentlichkeit, malen Sie sich das einmal aus! Die Leute, die zugucken, verlieren ihre Hüte und Regenschirme vor Lachen. Kennen Sie es nicht?
Nein.
Müssen Sie aber! Holen Sie mal tief Atem!
Warum?
Tun Sie's nur!
Sie saugt ihre Lunge voll Luft und hält den Atem an.
Und jetzt lassen Sie alles herausströmen, was drin ist. Aber tüchtig.
Sie atmet mit einem langen Seufzer aus.
Soo! Weg damit! Das hat gut getan, nicht? Und jetzt lachen Sie mal!
Sie versucht es.
Lachen!
Sie kann es immer noch nicht. Da fasse ich sie bei den Schultern und schüttele sie, daß ihr Kopf vornüber und zurück wackelt: Das... ist... doch... kein... Lachen! So jeetzt! Haha!
Haalt! ruft sie.
Gar nicht halt, im Gegenteil: los! Haken Sie sich ein! Es fängt doch erst an!
Ich ziehe ihren Arm unter meinen und schleppe sie mit mir fort. Zuerst ist sie völlig überrumpelt und geht ein paar Schritte mit, doch dann sträubt sie sich. Aber ich lasse sie überhaupt nicht zu Worte kommen, sondern

schwatze ununterbrochen drauflos. Man muß ihr gegenüber ein wenig Gewalt anwenden, man muß ihr geradezu einen Stoß geben, sonst versinkt sie wieder in ihren Schmerz und ihre Unentschlossenheit.

Nein, nicht!

Wieso denn? Was denn? Ich bin doch bei Ihnen! Sie brauchen sich nicht zu fürchten! Passen Sie mal auf, wie nett es noch werden wird. Nun müssen Sie aber auch mitkommen. Ich glaube, es fehlt Ihnen noch an Erfahrung, wie man sich auf einem Jahrmarkt zu benehmen hat, wie? Seien Sie still!

Ich weiß es aber!

Um so schlimmer! Wenn Sie es wissen, dann wissen Sie es erst recht nicht. Man hat sich nämlich nur so treiben zu lassen, so zwischen den Menschen, zwischen den Buden, zwischen all den verschiedenartigen Musikstücken hin. Ach, du lieber Herr im Himmel! Auf einem Jahrmarkt geht es so leicht zu. Niemand meint es ernst. Man schwebt, man schaukelt, man dreht sich herum, die Tiere haben unter Umständen zwei Köpfe, die Schauspieler auf den Bühnen sind zu groß oder zu klein, wenn man in einen Spiegel guckt, erkennt man sich selbst nicht wieder vor Schiefheit und Gewackel, nicht einmal der Herr, der da erstochen wird, ist ein richtiger Herr, sondern nur eine Puppe aus Wachs, die Lampen erglühen bunter, die Musik spielt wirbelnder, die Gemälde leuchten verlokkender, die Gardinen schimmern silbriger als anderswo auf der Welt. Aber es ist nur Schein und Tand. In einer Stunde erlischt der Schein, vergeht der Tand, und wenn Sie morgen nachmittag wieder hierherkommen, finden Sie vielleicht nur ein paar Papierfetzen, Roßäpfel, Scherben und Blechdosen auf dem zerwühlten Rasen. Man darf an nichts glauben, wenn man auf einem Jahrmarkt umherwandert, nicht einmal an sich selbst. Und das tut so gut, ach, das tut so gut! Lauter Unglauben und Treu-

losigkeit. Wer etwas Gediegenes für sein Geld haben will, wird von Anfang bis zu Ende betrogen. Aber wer seine Groschen gegen Träume und Feuerwerk, seine Zehnpfennigstücke gegen Glockengeklingel und einen langsamen Wirbel um sich selbst, sein bißchen Hab und Gut gegen Luftschlösser und Schwindeligkeit eintauscht, das Beständige gegen Unbeständigkeit, das Schwere gegen Leichtsinn und buntes Glas, das Wertvolle gegen einen Luftballon, den man mit einer Zigarette zum Platzen bringt, der wird eine Viertelstunde lang mit aller Zartheit und Süße des Lebens belohnt. Je mehr einer vergessen kann, um so glücklicher lebt er dahin. So ist es. Wie die Brücke über uns dröhnt! Das ist die Straßenbahn. Habe ich Ihnen nicht einen wunderbaren Vortrag gehalten? Übrigens können wir froh sein, daß der Jahrmarkt gerade heute nacht stattfindet. Ich wüßte wahrhaft nichts, was heilsamer für Sie wäre als dies sausende Licht und dies Lalaladidelum. Und Sie?
Ich habe wohl zu plötzlich einen Punkt hinter mein Kauderwelsch gesetzt. Das Fräulein hört mir noch immer zu, sie merkt gar nicht, daß ich fertig bin.
Und Sie? frage ich noch einmal.
Ich?
Ja, Sie!
Ich bin zu nichts mehr imstande. Sie haben mich ja um und um gedreht, nun bin ich wie betrunken. Ich habe keinen Willen mehr, ich bilde mir ein, morgen früh, wenn ich aufwache, nachher oder wann, nicht wahr, ich wache auf, und dann ist alles vorbei.
Sie sind ja schon aufgewacht, vor fünf Minuten. Aber es schadet nichts, wenn Sie es schon wieder vergessen haben. Lassen Sie uns einmal näher herangehen! Was halten Sie von diesen Luftballons? Der hellblaue da würde gut zu Ihrer weißen Jacke stehen, ich bin für den... Ach, du grüne Neune!

Ich schnippe mit den Fingern, fasse mich an die Nase und haue mit der rechten Faust in den linken Handteller. Aber das Fräulein begreift nicht im mindesten, was plötzlich in mich gefahren ist.
Kommen Sie mal her, sage ich, wir wollen mal beiseite treten.
Ja? entgegnet das Fräulein und folgt mir nach. Jetzt bin ich aber neugierig.
Nämlich, sage ich mit gedämpften Worten, ich könnte Ihnen vielerlei herzählen, worüber ich verfüge. Über ein Paar Stiefel, einen Rock mit zwei Ärmeln, eine halbe Zigarette, ein Taschenmesser mit Korkenzieher und Büchsenöffner, ein Ende Bindfaden, ein weites Herz, was Schwarzes unter den Nägeln und so weiter, haha. Aber das Ding hat folgendes Aussehen: wie ich es auch drehen und wenden würde, irdischer Reichtum wäre weiter nicht dabei.
So? macht das Fräulein und ist wahrhaftig immer noch nicht im Bilde.
Nein, irdischer Reichtum wäre nicht dabei, sozusagen kein roter Pfennig. Da haben Sie es.
Kein roter Pfennig, das tut mir leid. Oder... wie gesagt, haben Sie irgendeine Anschaffung vor? Ich dachte, wir wollten erst einmal über den Jahrmarkt gehen?
Goldenes Fräulein, wie können wir denn über den Jahrmarkt gehen, wenn ich keinen roten Pfennig in der Tasche habe?
Hach! ruft sie mit hoher Stimme und läßt, indem sie die Hände vor der Brust zusammenschlägt, ihren Kopf vornüberfallen. Und darum stellen Sie sich so an! Ich dachte wunder, was jetzt kommen sollte. Und da kommt so etwas! Übernehmen Sie nur die Oberleitung, für das andere will ich schon sorgen!
Sie? Na, dann ist ja alles gut!
Sie sind ein Kerl! Ich könnte Sie beinahe auslachen!

Tun Sie es nur!
Aber sie lacht mich nicht aus, im Gegenteil, es fällt ihr wieder irgend etwas ein, sie wird wieder ernst. Nein, sagt sie und sieht mich an, was für ein Mensch mögen Sie sein?
Ooch bloß so. Weiter bin ich auch nichts. Wieviel haben Sie denn bei sich?
Sie holt ein kleines Portemonnaie aus ihrer Jackentasche und sagt, ich solle meine Hand aufhalten. Dann schüttelt sie alles hinein. Geld wie Heu! Hoho! Papier, Silber, Messing! Gott steh uns bei! Wir rechnen zusammen: ein Fünfmarkschein, ein Taler, ein Markstück, drei Groschen, ein Fünfer. Neun Mark und fünfunddreißig Pfennige, so wahr, wie ich hier stehe!
Genügt es?
Genügt? Es ist ja ein Kapital, ein Vermögen auf Heller und Pfennig! Ich kann mich nicht erinnern, wann ich zuletzt so eine Menge Geld auf einem Haufen gesehen habe. Wollen wir nicht lieber ein Geschäft damit eröffnen, eine kleine Firma in Autos und Zubehör? Nein, Spaß beiseite! Neun Mark fünfunddreißig, fiüüüt!
Das Fräulein verklärt sich ein bißchen, als sie merkt, daß ich mich in aller Aufrichtigkeit über ihr Geld freue. Und unter uns: es ist mir eigentlich ganz willkommen, daß es sich mit der finanziellen Seite so gemacht hat. Nun tut sie sich etwas darauf zugute, und zwar mit Recht, sie richtet sich auf, sie ist glücklich, es ist ihr so ungewohnt, daß jemand über eine Sache, die von ihr kommt, aus dem Häuschen gerät. Wieder ein Schrittchen vorwärts! Du sollst sehen, ich bringe sie doch noch dazu, ein Lied zu pfeifen. Vorläufig verlange ich erst einmal von der Ballonfrau die hellblaue Kugel da oben. Nein, die ganz große! Ja die! Kostet?
Eine Mark, Herr.
Teufel auch! Na, schadet nichts!

Müssen wir denn so einen großen haben? fragt das Fräulein.
Unbedingt! Wenn er morgen früh nichts Rechtes mehr taugt und Sie sich aus Spaß draufsetzen, gibt es einen viel größeren Knall, als wenn es nur eins von den kleinen Dingern wäre.
Was denken Sie wohl, meine Eltern dürfen doch nicht wissen... ich darf doch nicht mit einem Luftballon nach Hause kommen!
Dürfen Sie das nicht? Dann schlage ich was anderes vor. Wir binden unten eine Postkarte dran: Der ehrliche Finder wird höflichst gebeten, einen Gruß zu senden an... an... Wie heißen Sie?
Borchers. Julie Borchers.
Haben Sie vorhin nicht anders gehießen... geheißen... Jetzt weiß ich wahrhaftig nicht, wie es heißt. Geheißen, nicht?
Ich habe Ihnen doch meinen Namen überhaupt noch nicht genannt.
So? Ich dachte, sie hießen Else mit Vornamen.
Else? Nein.
Kurz und gut: Der ehrliche Finder wird höflichst gebeten, einen Gruß zu senden an Julie Borchers, Heidelberg. Und dann muß es natürlich erst recht ein großer Ballon sein, damit er bis nach Serbien oder bis in die Türkei fliegt. Zuletzt schreibt Ihnen sogar der Sultan, Sie sollten seine Lieblingsfrau werden.
Gott bewahre!
Sie können sich's ja noch überlegen. Halten Sie nur den Bindfaden hübsch fest. Dem Mann mit seinem Bergwerk hier würde ich auch eine Mark spendieren. Gucken Sie mal, er hat mit der einen Hand, die ihm geblieben ist, dies kleine Bergwerk gebaut. Eine Mark.
Aber das Fräulein meint, wenn ich mit dem Gelde weiter so umginge, sei es bald alle.

Während ich dem Bergwerksmann das Geld schenke, malt sie mit der rechten Hand, um deren Zeigefinger sie den Ballonbindfaden gewickelt hat, das Auf und Nieder der Karussellmelodie in die Luft: die blaue Kugel fährt hin und her. Der Mund des Fräuleins ist geöffnet, ihre Zunge trällert das altmodische Lied, ihr Kopf wiegt sich gerade umgekehrt wie ihre Hand von rechts nach links und von links nach rechts. Was habe ich geweissagt! Es fängt schon an!

Es fängt an und geht weiter. Wir tauchen in das Menschengewimmel, das sich langsam durch die Budenstraßen schiebt. Wenn es gar zu schlimm wird, gehe ich mit breiten Schultern voran und schaffe Platz, wenn einmal freier Raum um uns her ist, übernimmt das Fräulein die Führung. Sie macht zum Beispiel ein paar Schritte auf die Luftschaukel zu, bleibt stehen und sieht sich nach mir um. Dabei fällt ihr Blick auf ein Berg- und Talkarussell mit ungeheuerem Pomp und Lichterglanz. Oh, ruft sie, erst einmal das!

Das oder jenes, sage ich, einerlei! Nur die Achterbahn, die sparen wir uns bis zuletzt auf!

Sie läuft auf das Karussell zu, sieht sich wieder nach mir um, lacht und läuft weiter. Plötzlich schmettert ein Gong, all das Georgel überdröhnend, durch die Luft. Da hält sie an und horcht: Was ist denn das?

Nun handelt es sich wohl um Miriam, sage ich.

Um Miriam?

Ja, sage ich, um Miriam, das blaue Weib.

Wieso?

Sie ist sozusagen am ganzen Körper mit blauen Bildern tätowiert. Ich kenne sie schon.

Mit was für Bildern? O Gott, was es hier alles gibt! Lassen Sie uns doch hingehen!

Wenn Sie gestatten, sage ich, so hat sie auf ihrem einen Podex geradezu den Kaiser Franz Joseph stehen und auf

ihrem Bauch Garibaldi, den Freiheitshelden, wie der Mann, der es erklärt, sich ausdrückt. Aber auf ihrem... auf ihrem Busen ist sogar David mit dem Riesen Goliath abgebildet. Nachdem man sich alles angeguckt hat, wird sie zwanzig Minuten lang lebendig begraben.
David und Goliath, nein, wo denn? Sie stellt sich doch nicht etwa nackt dar?
Doch, ungefähr. Jugendliche unter sechzehn Jahren haben auch keinen Zutritt.
Allmächtiger, was es alles gibt auf der Welt! ruft sie noch einmal aus. Aber wir wollen doch lieber Karussell fahren.
Es geht weiter und weiter. Der Jahrmarkt überwältigt sie allmählich, ohne daß sie es merkt. Wir steigen in einen Wagen, der wie ein Schwan gebaut und mit faustgroßen Edelsteinen besät ist. Darin sausen wir bergauf und bergab, immer im Kreise um die Orgel herum. Bald sind die tausend Lampen des Karussells grün, bald rot, bald weiß, die Menschen singen und lachen, jemand wirft uns eine Handvoll Konfetti ins Gesicht, der Luftballon zappelt wie ein gefangener Vogel, der sich befreien will, eine Papierschlange nach der anderen raschelt über uns hin, wieder ein Konfettiregen, hinter uns kreischt jemand laut auf, der Jahrmarkt dudelt, manchmal hört man den Gong von Miriam herüberdröhnen, unser Wagen rollt ununterbrochen um die Orgel herum, das Fräulein lehnt sich in die Ecke, ihre Augen sind halb zu, sie bläst von Zeit zu Zeit die Konfettifetzchen von ihren Lippen, ihr ist schwindelig.
Macht es Ihnen Spaß?
Sie kuschelt sich ins Polster und nickt. Da läutet eine Glocke, die Wagen verlangsamen ihre Fahrt, ich stehe auf, um auszusteigen. Aber das Fräulein zieht mich zurück: Noch einmal! Gut, wir fahren noch einmal über Berg und Tal. Es kommt mir so vor, als habe ich schon

gewonnenes Spiel. Wenn ich bedenke, was für einen Eindruck sie machte, als sie auf der Brücke vor mir stand und heulte, und wie sie sich jetzt ihres Lebens freut, dann muß ich sagen, daß ich alle Ursache habe, hoffnungsvoll zu sein. Noch jauchzt sie nicht aus voller Brust, sie fängt erst an, glücklich zu werden, aber laß uns nur erst in dem verzauberten Haus herumirren oder in der Luftschaukel sitzen, dann werden ihre Augen schon anfangen zu glänzen, dann wird ihr Atem schon tiefer gehen vor Verlangen nach höher und höher. Ein Liedchen über den Nekkar hin pfeifen? Wenn's weiter nichts ist! Vielmehr: damit fangen wir erst gar nicht an! Das ist längst vorbei! Sie soll etwas zehnmal Verwegeneres tun. Sie soll die Fäuste ballen, sie soll leben und tanzen, sie soll geradezu schreien, sie soll so sein, wie die Mädchen hier alle sind, die mit ihren Freunden und Männern Karussell und Achterbahn fahren. Eher gebe ich keine Ruhe, beim Satan und seiner ganzen Hölle! Und zuletzt, zuallerletzt, wenn sie von dem Gerase auf der Achterbahn fast vernichtet ist, dann reiße ich sie einen Augenblick an mich und küsse sie auf den Mund. Das ist mir dann ganz gleich. Siehst du wohl, mein Junge, solche Pläne habe ich! Du machst dir keinen Begriff, was für ein Duft von ihr ausströmt, wenn sie ihren Kopf und ihre Arme zurücklegt und ihre Brust vordrängt. Denkt sie noch an den Februar, an Jena, an das Cospedaer Tal? Ich nicht! Ich denke nur an ihren Mund und an ihr liebebedürftiges Wesen. Man kann keinen anderen Gedanken fassen, wenn man in ihrer Nähe ist.

Wissen Sie was, sage ich zu ihr, jetzt machen wir aber Schluß mit diesem Karussell. Doch, doch! Da drüben ist eins, das finde ich viel amüsanter, das mit den Zeppelinen und Flugapparaten, da saust man durch die Luft, als wenn es Wirklichkeit wäre, sehen Sie mal da!

Huiii! Sie reißt die Augen auf und freut sich halb und

fürchtet sich halb. Huiii, das geht aber! Wenn da aber die Ketten mal durchreißen, an denen die Luftschiffe hängen!
Möglicherweise haben wir so ein Glück und fliegen dann üb... Du meine Güte, was schreien die Leute!
Vom anderen Ende des Festplatzes dringt wieder das Gekreisch weiblicher Stimmen und das Gejohle von Männern herüber, aber in diesem Fall so laut und in die Höhe schrillend, daß der ganze übrige Lärm übertönt wird. Man bleibt unwillkürlich stehen und horcht hin. Da sinkt es ab, um im nächsten Augenblick, begleitet vom Donnern des Wagens, abermals anzuschwellen.
Das Fräulein sieht mich ganz verstört an. Hat es ein Unglück gegeben?
Gott bewahre, antworte ich, im Gegenteil, da können sich welche vor Übermut nicht lassen.
Wo denn?
Auf der Achterbahn. Man kann sie von hier aus nicht sehen, nur das Transparent da über der Luftschaukel: ›Grotes Achterbahn‹, da ist es.
Lassen Sie uns doch hingehen!
Nachher, zuletzt, das ist der Schluß, die Krone, das Höchste, das Jüngste Gericht gewissermaßen. Wenn Sie erst mit der Achterbahn gefahren sind, wollen Sie von dem anderen Kram hier nichts mehr wissen. Aber vorläufig haben wir ja noch allerlei Geld zu verschwenden. Jetzt besteigen wir zum Beispiel das Luftschiff.
Habe ich dem Fräulein zu viel versprochen, als ich ihr vorhin von dem schwebenden Wesen und von den silbrigen Gardinen und von der Vergessenheit des Jahrmarktes vorschwärmte? O nein! Das Luftschiffkarussell schwingt uns höher und höher in die Nacht hinein, so schnell, daß sich die Lichter ringsherum wie goldene Bänder ausnehmen, daß die verschiedenen Orgeln zu einem einzigen dunklen Ton zusammenbrausen, daß meine Freundin ih-

re Augen mit dem linken Arm bedeckt und vor Aufregung nicht weiß, ob sie lachen oder jammern soll. Zuerst klammert sie sich mit ihrer rechten Hand an meinen Ärmel und jault und stößt zitternde Schreie aus und findet es schrecklich schön. Aber nach ein paar Runden gibt sie mich frei und über ein kleines nimmt sie sogar ihr Käppchen ab und läßt ihre Arme hängen, ihr Haar im Luftzug wehen, ihren Ballon knattern, ihren Mund singen, dom dada, da dom dadaa... Nun hat der Jahrmarkt sie trunken gemacht, sie, mich, uns alle...
In das verzauberte Haus will sie nicht hinein, weil da das rollende Band vorhanden ist.
Keine zehn Pferde kriegen mich da hinein! Hahaha, soll ich etwa den Leuten auch so eine Vorstellung geben, wie die dicke Frau da, haha, gucken Sie doch, sie überschlägt sich ja... sie hat ja... hahaha... Das Fräulein steht mit vorgestrecktem Kopf da und lacht, daß ihr eine Träne über die Backe läuft... einen Purzelbaum... sie hat ja einen... huu... schon wieder, keine zehn Pferde... haha, jetzt purzelt der Mann auch noch über sie weg!
Wir bleiben wohl eine Viertelstunde vor dem verzauberten Hause stehen und sind außer uns über die Kapriolen, die jung und alt auf dem schräg nach oben gleitenden Band vollbringt. Um uns herum torkeln die Leute gegeneinander vor Vergnügen, das Fräulein lehnt sich an meine Schulter, preßt die feuchten Augen zu und lacht und lacht, ohne einen richtigen Ton herauszukriegen, bis sie endlich vor Atemnot aufschreit, ich selbst bin auch nicht mehr ganz sicher auf den Beinen vor Husten und Erstickung. Es ist die Schadenfreude, meinethalben, aber es ist so gesund. Und warum soll man sich nicht freuen, wenn dieser junge Mann, der erst sein steifes Hütchen richtig aufsetzt, dann sein Jackett zurechtzieht und forsch auf uns herabblickt, als wolle er sagen, wir hätten jetzt aufzupassen, er käme jetzt, er verstünde sich wahrhaftig

anders auf die Sache als seine Vorgänger, wir sollten uns über die Eleganz wundern, mit der er bloß zum Zeitvertreib das Band hinaufpromenieren werde, warum darf man sich nicht schadenfreuen, wenn er im nächsten Augenblick mit den Armen am Geländer hängt wie ein betrunkener Geier, während seine Beine ein Stück weiter oben zappeln und sein Hütchen ganz einsam auf dem Band dorthin gleitet, wo er selbst gern hinmöchte? Er hängt am Geländer und kann nicht leben und nicht sterben, bis er das Ganze aufgibt, sich hinplumpsen läßt und, alle viere von sich streckend, hinaufgeführt wird. Gott steh' uns bei, wir sind alle miteinander Schurken und Halunken, aber so etwas wird einem nicht jeden Tag geboten.

Meine Freundin ist von dem ganzen Spektakel so mutig geworden, daß sie mit mir, als wir genug gelacht haben, die Rickelrackeltreppe hinaufsteigt und die Rutschbahn hinabsaust. Ich fange sie, die unmittelbar hinter mir mit ihrem Luftballon angeflitzt kommt, in meinen Armen auf. Eine Sekunde lang preßt sich ihre Brust an meine, ihr Atem keucht in mein Gesicht, ihre Augen sind hell. Weiter! ruft sie. Was kommt nun an die Reihe?

Jawohl, weiter!

Nun kommt die Luftschaukel an die Reihe. Es geht immer toller und übermütiger zu, aber das soll uns nur recht sein. Das Fräulein ist Feuer und Flamme. Nichts mehr von Zaghaftigkeit. Schnelle Bewegungen, blitzende Augen: Hier hinein! Sie stellt sich in das eine Ende des Schiffchens, ich bin das andere, ein weiß gekleideter Matrose nimmt uns das Geld ab und gibt uns einen Schubs, die Orgel fällt prasselnd ein, wir sinken abwechselnd in die Knie, um das Schiffchen ordentlich hoch zu drängen. Je höher wir schaukeln, je tiefer wir fallen, um so angenehmer wird der Schwindel, der von der Magengrube aus durch den Körper weht. Wenn wir den höchsten

Punkt erreicht haben, liegt die Welt einen Augenblick still unter uns, dann saust sie wie ein bunter Nebel vorbei, dann steht sie wieder eine Sekunde still. Der Schwindel, die Betäubung, das Brausen im Blut bewirkt, daß man sich nicht mehr klar ist, ob die Bude steigt und sinkt, oder ob wir es sind, die auf- und niederschwingen. Bald schwebt das Fräulein über mir, bald hebe ich mich auf der anderen Seite über das Fräulein empor.

Haben Sie auch keine Angst?

Sie schüttelt den Kopf und legt sich erst recht ins Zeug.

Herrlich, sage ich zu ihr hinauf, so rückwärts in die Tiefe zu fallen, nicht wahr?

Sie beißt sich auf die Unterlippe und stemmt ihren Körper noch tüchtiger in den Schwung. Während wir abwärtsfliegen, bläht ihr Rock sich hoch und faltet sich vor ihrem Bauch zusammen, daß ich ihren Schlüpfer sehen kann.

Schadet nichts, lache ich von oben herunter, Sie haben wunderschöne Beine...

Aber da wirft der Gegenschwung den Rock schon wieder in die richtige Lage.

Sie antwortet, während sie wieder in die Kniebeuge sinkt, jetzt müsse es gehen, wie es eben gehe.

Muß es auch!

Unser Schiffchen stößt hüben und drüben an das Zeltdach. Ein warmer Duft von gebackenen Waffeln, vermischt mit dem Geruch der Lokomobile, die das Berg- und Talkarussell treibt, hüllt uns ein.

Muß es auch! rufe ich noch einmal und starre dem Fräulein in die Augen.

Sie stößt ein berauschtes Hach! aus und wirft die Haare mit einem wilden Ruck aus ihrem Gesicht.

Da stammele ich, als ich wieder über sie hinaufgetragen

werde: Ach, Sie... Sie... ich... ich... ach, ich mag Sie so wahnsinnig gern!
Und dann stürzen wir hinab. Möglicherweise hat sie die letzten Worte nicht verstanden. Der Matrose hat gerade die Glocke geläutet, daß einem Hören und Sehen verging. Er zieht den Bremshebel an, unser Schiffchen schleift dreimal über den Klotz hinweg, dann ist es gefangen. Wir tappen heraus und haben beide Schweißtropfen auf der Nase und über den Augenbrauen.
Ich sage sofort, jetzt käme der restliche Krempel nicht mehr in Betracht, wir wollten geradenwegs zur Achterbahn gehen. Nein, hier herum. Alles andere ist nichts dagegen! Warum haken Sie mich nicht ein?
Natürlich weiß ich es und weiß es auch wieder nicht, was der Blick bedeuten soll, mit dem das Fräulein mich ansieht, als sie ihren Arm in meinen schiebt, so mutig, so neu und jung, so verwegen, so als wäre sie zu jeder Schandtat bereit, wie gesagt, ich weiß es nicht genau, ich will es auch gar nicht wissen, jetzt noch nicht. Laß uns um Gottes willen erst auf der Achterbahn sein!
Wir gehen nicht, wir stolpern nur so hin. Das kommt aber daher, weil sich der Erdboden vor uns so komisch in die Höhe hebt und sich gleich darauf, wenn wir ihn mit unseren Füßen berühren wollen, wieder so tief unten befindet. Man könnte uns für Betrunke halten. Ein Mann mit einem Zylinder auf seinem Hinterkopf will uns unbedingt photographieren. Sogleich zum Mitnehmen, die Herrschaften, ein reizendes Andenken an die Sommernacht in Heidelberg, bitte sehr, meine Dame! Aber wie ergeben er auch den Vorhang zu seinem Zelt lüftet, wir haben jetzt keine Zeit für ihn.
Nein, nein, erst die Achterbahn!
Das Fräulein sagt gleichfalls danke.
Wir bewegen uns weiter fort, ich markiere einen kleinen

Charleston mit meinen Hacken, dann biegen wir um das Hippodrom herum.

Ah, da ist sie!

Ein weitläufiges Gerüst steigt zum Himmel empor, über und über behängt mit Girlanden von Glühbirnen. Innen in dem hölzernen Gitterwerk hebt sich, senkt sich und biegt sich die Kurve der Bahn. Gerade donnert ein Wagen voller Studenten, die mit ihren gelben Mützen winken, vom höchsten Gipfel in einen Abgrund und rauscht an der anderen Seite wieder zu ziemlicher Höhe hinauf, um dann in verlangsamter Fahrt durch die Biegung zu gleiten und sich abermals mit anschwellendem Gedonner in die Tiefe zu werfen. Unterdessen beginnt oben schon ein zweiter Wagen zu rollen, ein dritter kriecht gemächlich die steile Bahn hinauf, die von der Kasse aus schnurgerade in die Nacht hinaufführt, bis dorthin, wo hoch über aller Welt die Worte: ›Grotes Achterbahn‹ flimmern. Um diese Zeit herrscht überall Hochbetrieb: die Wagen rasseln, die Insassen schreien und stoßen in Trompeten, die Lokomobile stampft, der Treibriemen klatscht um das kleine Rad der Dynamomaschine, die Zuschauer drängen sich in schwarzen Haufen zur Kasse, die Lichtgirlanden schwanken, hin und wieder gellt eine Glocke, Scheinwerfer flattern auf, Verkäufer von Salzbrezeln, gebratenen Fischen, Luftballons, Postkarten, Schicksalsbriefen, Anstecknadeln, Streichhölzern und Schnürbändern irren kreuz und quer durch das Gedränge und preisen die Vorzüge ihrer Ware an, aber der Fluß der Orgelmusik nimmt alles in sich auf und strömt schwerfällig über uns hin.

Ob das Fräulein auch so im Innersten zittert wie ich? Wir müssen vor der Kasse eine Weile warten, bevor wir an die Reihe kommen, aber ich kann beim besten Willen nicht ruhig stehen. Wenn ich meine Hände in die Taschen stecke, schlagen meine Hacken vor Aufregung zusammen, und wenn ich mich zwinge, die Füße im Zaum zu halten, beginnen meine Finger in den Hosentaschen zu trommeln und zu klimpern. Auf irgendeine Weise muß die Ungeduld ja heraus.

Wir rücken ein Stück vorwärts, bis die Reihe wieder stockt. Ein junger Mann bekommt eine unsägliche Handvoll Kleingeld heraus. Es ergibt sich, daß wir einander in die Augen sehen, das Fräulein und ich. Ich glaube, wir verbergen uns nichts mehr, ich wenigstens lasse ihr entgegenströmen, was nur strömen will.

Gleich, lächle ich, aach ja! Dabei ziehe ich meine Hände aus den Taschen und ringe und falte sie hinter meinem Rücken zusammen.

Meine Freundin läßt ihren Ballon tanzen. Ich weiß nicht, was sie denkt, das ist das Schlimme. Aber an Jena denkt sie bestimmt nicht mehr. Frauen und Mädchen haben ja Gott sei Dank die Fähigkeit, schnell zu vergessen. Wenn man sie mit Liebe und Tanz umgibt, wenn man es nur inbrünstig genug tut, wiegen sie sich ein wenig und vergessen. Wieder ein Schrittchen vorwärts! O Gott, ich werde sie küssen, so wahr ich jetzt zwei Eintrittskarten kaufe.

Wir laufen eine hölzerne Treppe hinauf, das Fräulein sagt, wir müßten aber nebeneinandersitzen.

Das will ich meinen, lache ich aufgeregt, mein Engel, mein goldener Engel, entschuldigen Sie, aber Sie haben so goldenes Haar unter Ihrer Kappe, natürlich, einer neben dem anderen, drängen Sie sich nur tüchtig vor!

Und dann stehen wir auf dem kleinen Bahnsteig unter all den Menschen, die gleichfalls durch Himmel und Hölle reisen wollen. Ein Wagen rollt heran, voll von geröteten und zerzausten Menschen. Die meisten krabbeln heraus, zupfen ihre Frisuren und Schlipse zurecht und sind erleichtert. Nur ein Wandervogel mit einer blauen Jacke bleibt sitzen, um die Nervosität noch ein zweites Mal zu genießen. Wir erwischen die beiden vordersten Plätze. Ich habe allerdings mit meinem Ellbogen und meinem Hintern etwas um mich stoßen müssen. Ei du Donnerschlag, fluchen Sie doch nicht so gotteslästerlich, verehrter Herr, da fährt ja schon der zweite Wagen heran, na also! Liebstes, bestes, goldenstes... ich sage immerzu goldenstes... liebstes, goldenstes Fräulein, wie fühlen Sie sich? Freuen Sie sich denn? Tschupp, es geht schon los! Halten Sie sich um Gottes willen an dieser Stange fest! Was hat die Direktion da angeschrieben? Hüte festhalten! Nicht aufstehen! Lebensgefahr! Keine Angst, wir rühren uns nicht vom Fleck! Ich würde den Luftballon noch etwas einziehen, so, sonst reißt er sich womöglich los, wenn wir bergab sausen. Nein, sehen Sie doch nur, wie unbeschreiblich das alles... was für einen unbeschreiblichen Anblick man von hier oben hat!

Phantastisch! ruft das Fräulein und beugt sich mit langem Hals an mir vorbei, um den Jahrmarkt, der sich linker Hand hinbreitet, richtig betrachten zu können.

Wir gleiten langsam die schräge Schienenbahn hinauf, jetzt sind wir schon höher als die Luftschaukel, ein rötlicher Dunst wölkt sich über die Buden hin, da und dort zischt weißes Karbidlicht auf, von Schatten umlagert, das Dach des Berg- und Talkarussells läßt bald die grünen, bald die roten, bald die gelben Lampen, die abwechselnd unter ihm glühen, gedämpft hindurchschimmern, das andere Karussell wirbelt seine Flugapparate und Zeppeline durch die Luft, die Menschenklumpen schieben sich zusammen und bröckeln auseinander, helle Gesichter wenden sich uns zu. Die Musik tönt nur schwach herauf, aber das Gepolter des starken Lukas hört man noch deutlich bis hier herauf. Wir erkennen die Wohnwagen hinter den Buden, die Wäsche, die auf den Leinen hängt, die Hunde, die rauchenden Schornsteinröhren. Alles so traumhaft, so fremdartig in der Tiefe.

Nun sind wir oben. Unser Wagen löst sich von der Kette, die ihn heraufgezogen hat, und rollt langsam durch einen unmerklich sich senkenden Halbkreis. Wir können eben noch einen Blick auf die Stadt Heidelberg und den Fluß werfen, dann fallen die Schienen in einen entsetzlichen Abgrund hinab. Das Fräulein beugt sich vor und flüstert, während wir in rasender Fahrt hinunterjagen, hastig und immer lauter vor sich hin: Nicht, nicht, nicht, nicht, niiicht! Als wir durch die tiefste Stelle dröhnen, klingt ihr Flüstern fast wie ein heiserer Schrei. Im nächsten Augenblick schleudert uns der Schwung auf der anderen Seite in die Höhe, als sollten wir ohne weiteres in den Himmel fliegen.
Oh, jetzt... stößt das Fräulein hervor.
Aber das Ärgste ist schon vorbei, der Wagen hat sein Ziel erreicht, hat seine Wucht verloren und rumpelt in mäßiger Fahrt wieder durch eine halbkreisförmige Kurve.
Das Fräulein sinkt in sich zusammen. Sie ist schneeweiß.
Ich frage, ob es zu schlimm gewesen sei.
Wunderbar schlimm... sagt sie, mein Magen... hach!
Der zweite Abgrund. Diesmal geht es, quer durch das Gerüst hindurch, so steil in die Tiefe, daß man denkt, der Wagen überschlüge sich, es geht von oben hinunter bis ganz unten auf die Erde. Hinter uns schreit eine Frau, als wolle sie ein Kind zur Welt bringen, das Fräulein wimmert leise, ich selbst erhoffe nichts mehr und mache die Augen zu, ein wehmütiger Schwindel braust durch meine Eingeweide und durch meine Nieren, steigert sich im Nu zum Schmerz und preßt ein Stöhnen aus mir heraus. Dann kippt man zurück, der Kopf sitzt einem so schlenkrig auf den Schultern, der Wagen schießt gen Himmel, ach du liebe Zeit, wir halten ja nie wieder an, das gibt ja ein Unglück...! Aber dann ist es, als rennten wir gegen weiche Luftpuffer, die Steigung besorgt das

ihre, der Kopf schlenkert nach vorn, und schon hat sich aller Schmerz und Schwindel verflüchtet, das Fahrzeug legt sich zum driten Mal widerwillig in die Kurve, wir leben noch.

Ich seufze erleichtert auf. Da wird einem wahrhaftig das Oberste zuunterst gekehrt! Haben Sie Ihren Ballon noch!?

Huuujj... antwortet das Fräulein, indem sie die Luft zwischen ihren zusammengebissenen Zähnen wie einen dunklen Pfiff einschlürft, huiijj, es war direkt wunderbar, Sie! Und was habe ich für eine Angst ge... au jemine, da kommt schon wieder was!

Nur für Kinder! Die Hauptsache ist leider vorbei.

Wir schaukeln zum Spaß noch ein bißchen auf und nieder und herum. Das Fräulein hält sich nicht einmal mehr fest, sie winkt mit ihrem Luftballon, sie läßt ihren Körper vor- und zurückfallen, sie lacht mich an. So habe ich sie mir vorhin erträumt, genauso, vorhin, als ich sie noch trösten mußte, so neugeboren... Wenn ich sie jetzt küssen würde, ich glaube, sie hätte nichts dagegen. Aber ich kann sie doch hier im Wagen nicht vor all den Leuten umarmen! Sie lacht mich so freundschaftlich an, so offen, so selbstvergessen, so sorglos, so berauscht von dem Glück und dem Durcheinander, ihre Augen lachen, ihr Mund lacht und leuchtet. Und ich? Ich lache sie auch an, nur verlangender und schmerzlicher. Und nun, wie unsere Blicke ineinandersinken, wird ihre Freude dunkler, ihr Mund bleibt etwas geöffnet, aber ihre Augen verschwimmen vor Weiblichkeit und Jugend! Jetzt, jetzt ist es so weit, mein Gott, endlich ist es so weit! Was soll ich tun? Die Sekunde ist da, und ich weiß nicht, was ich dieser meiner Freundin Liebes antun soll, diesem brennenden Mund, der so groß und verlockend ist. Ich meine, daß ich jetzt nicht einfach mit ihr abseits schleichen und sie küssen kann. Muß ich es jetzt tun? Noch nicht, noch eine Minute Gnade! Sie würde sicher anfangen zu weinen. Oder kann ich es doch? Ach Mensch, ehe wir uns durch das Gewimmel gequetscht haben, ist die Aufwallung ja längst vorbei. Jetzt muß es geschehen! Im Augenblick! Schnell, tu's doch! Ach Mensch, ich bin ja verrückt!

Unser Wagen fährt über einen Bremsbalken und rollt mit letzter Kraft vor den hölzernen Bahnsteig. Vorbei!

Wenn wir nun sitzen blieben? murmele ich in meiner Unentschlossenheit.

Ist das erlaubt?

Natürlich!

Ja, sagt sie aus vollem Herzen und legt ihre linke Hand auf meine Schultern, zieht sie jedoch, als ich eine Kleinigkeit zusammenzucke, sofort unter ihr Kinn zurück, ja! Dann also noch einmal!

Ich bezahle. Hinter uns poltern neue Menschen in den Wagen. Eine Glocke läutet. Abfahrt. Zunächst wieder langsam bergauf.

Das Fräulein: Beim zweiten Mal macht es erst richtig Spaß, wenn man es schon kennt, nicht wahr? Ich will auch nicht wieder so zimperlich sein.

Ich: Sagen Sie das nicht, Sie sind doch verflucht tapfer gewesen! Genaugenommen habe ich sogar mehr Angst gehabt als Sie. Allerdings... na ja.

Ich ziehe meinen Mützenschirm ins Gesicht, kreuze die Arme vor der Brust und schweige.

Allerdings? Was allerdings?

Nein, nein, ich dachte nur so...

Was dachten Sie?

Hm.

Bitte?

Sie haben A gesagt, nun müssen Sie auch B sagen!

Muß ich?

Keine Gnade! Was allerdings?

Ich weiß gar nicht mehr... was habe ich denn überhaupt gefaselt? Es ist mir so herausgerutscht.
Sie hätten noch mehr Angst gehabt als ich, allerdings...
Allerdings... ja eben allerdings. Allerdings an einer anderen Stelle als Sie.
Wieso? Meine Angst saß hauptsächlich hier über dem Magen.
An einer anderen Stelle dieser Achterbahn. Ganz zuletzt.
Ganz zuletzt? Was war denn ganz zuletzt?
Sie! flüstere ich.
Ich? fragt sie leise zurück.
Jawohl, flüstere ich wieder. Meine Kehle kann nur noch flüstern.
Das Fräulein wickelt den Bindfaden, an dem der Ballon festgebunden ist, von ihrem Finger ab und wickelt ihn wieder auf. Ich blicke nicht hoch, aber ich erkenne es doch. Nun nimmt sie ein Stück Faden, läßt es locker und zieht es straff, locker, straff, noch einmal und noch einmal, schnell und immer schneller, daß es wie ein feines Gezirpe klingt: Haben Sie vor mir Angst gehabt?
Jawohl.
Warum denn?
Sie neigt ihr Ohr zu mir, ihr Haar, das sich unter der Kappe hervorkräuselt, berührt meine Schläfe.
Ich senke meinen Kopf noch tiefer gegen meine Brust und bringe ein tonloses Gestammel hervor: Du... ach du... du... du kleines Fräulein, du kleines, verdammtes Fräulein... du...
Möglicherweise preßt das Fräulein ihr Haar einen Moment gegen meine Schläfe, es kann aber auch an dem Ruck liegen, mit dem sich der Wagen, als er oben angelangt ist, in die erste Kurve geht. Was weiß ich. Die Abfahrt beginnt, wir müssen uns zurechtsetzen und uns

festhalten. In meinem Kopf rauscht alles durcheinander, mein Kinn sinkt hinab, ich bin plötzlich so schlaff. Da höre ich, wie das Fräulein, ehe wir in den ersten Abgrund donnern, noch schnell sagt: Haben Sie nicht gemerkt, daß ich... daß Sie... daß Sie vor mir keine Angst zu haben brauchen?
Was heißt das, denke ich, um alles in der Welt, was heißt das? Will sie mir damit sagen, daß sie mich auch...? Was könnte es sonst heißen?
Wir stürzen in die Tiefe.
Ein süßes Entsetzen schlägt in mir hoch, Glück, Tollheit, Wirbelwind, brennendes Blut. Ich bin glücklich! Ich werfe den Kopf in den Nacken und blecke die Zähne zum Himmel, da oben glimmen ein paar Sterne, ich beiße die Zähne zusammen, ich... ich...
Wir tauchen wieder empor.
Da packe ich den Arm des Fräuleins, der mir am nächsten ist, ziehe sie zu mir her, stoße sie weg, ziehe sie wieder her und lache sie an. Sie auch, sie zeigt auch ihre Zähne, sie drängt ihr Kinn ganz nahe an meins heran und stößt einen heißen, schwebenden, zärtlichen Ton aus, ihre Finger ballen sich zur Faust, spreizen sich auseinander und ballen sich zitternd wieder zusammen. Wir sind zwei Menschen ohne Gestern und Morgen, endlich sind wir zwei Menschen und sonst nichts. Das Fahrzeug klirrt durch die Kurve und neigt zur neuen Tiefe. Und da stemmt sich das Fräulein vor Drang und Überdrang langsam an der Rückenlehne hoch, sie kann nicht anders, der Rausch, die Freiheit, sie weiß nicht, was eigentlich los ist, aber sie fühlt sich endlich so leicht, so wirbelnd, so in jeder Faser erschüttert, es strömt und strömt in ihr, es strömt über, ach jetzt, sie schlägt die Fäuste vor ihre Brust, drückt sie unters Kinn und wirft, während der Wagen in rasender Fahrt in den Abgrund stürzt, mit einem Schrei der Lebenslust, zu dem sie gewissermaßen

den ganzen Abend Atem geholt hat, mit einem erlösenden, lachenden, unbegreiflichen Schrei, sich und ihre Fäuste in die Höhe.
Brrruch!
Ein Krach, ein Schlag, ein Querbalken des Gerüstes schmettert gegen ihren Kopf, mäht sie hintenüber und schleudert sie weg, was denn? Was denn? Schleudert sie seitwärts aus dem Wagen heraus, ich fasse blitzschnell zu, die Beine, ich kann gerade die Beine noch festhalten, der Körper hüpft draußen von Schwelle zu Schwelle, ich sehe ihn nicht, ich halte nur die Beine fest und brülle nach hinten, sie sollten doch helfen! Aber die beiden Frauensleute, die da sitzen, biegen sich zurück und krallen die Finger in die Backen und kreischen, der Wagen rast, der Luftballon schießt plötzlich davon, ich zerre an den Beinen... liebes Fräulein... liebes Fräulein, was ist denn geschehen? Jetzt kann ich sie hereinziehen... die Beine, den Leib... War das denn Blut, die Fetzen, die die Frauen im Gesicht hatten? Komm, so... komm! Nun noch den Kopf! Der Kopf hängt noch über die Seitenlehne nach draußen, ich hole ihn hoch... Oh...! Weg, Mensch! Sieh nicht hin! Sieh... doch... nicht hin! Ich würge, ich muß würgen, ich kneife die Augen zu, meine Lippen krampfen sich vor Grauen vom Zahnfleisch weg, der Wagen fährt und fährt, wenn doch die verfluchten Frauen nicht so kreischen wollten. Der ganze Schädel ist... Blut und Gehirn... bis zu den Augen ist nichts mehr da, aus der Nase trieft Blut, die Nase ist so weiß... aus dem Mund fließt Blut... die Haare, die Jacke... der Wagen fährt schreiend über Berg und Tal, ich kann nichts machen, sie liegt auf der Bank, ich kauere vor ihr auf dem Boden und wühle meinen Kopf in den dreckigen Kokosteppich, ihr eines Bein geht über meinen Rükken herab, ich röchle und übergebe mich, ich kann nicht aufsehen, ich kann das blutige Haar nicht noch einmal...

oh, wie ist das furchtbar, wie ist das furchtbar! Sind wir denn immer noch nicht unten? Ein Menschenleben... es kommt heutzutage nicht darauf an, weiß ich, weiß ich... oh, wie ist das furchtbar... aber diesmal... Mensch, dies eine Mal! Den ganzen Abend Schrittchen für Schrittchen vorwärts und ausgerechnet, als... ein Schnips mit den Fingern: vorbei! So ist es richtig, haha, hahaha, haha ha... ha...! O Gott, ich träume ja bloß, wir fahren ja schon eine halbe Stunde, sind wir denn immer noch nicht... Zurücktreten? Wer soll zurücktreten? Wo sind wir denn überhaupt? Hört doch bloß mit dem Schreien auf! Hält der Wagen denn?

Der Wagen hält, zwei Männer heben mich hoch: Vorsichtig, Christel, er hat auch was abgekriegt!

Ich stehe auf meinen beiden Beinen. Der eine Mann, der mit dem blauen Sweater, hat den Arm um mich gelegt und stützt mich im Rücken. Eine Menschenmenge um mich herum, verzerrte Gesichter, große, entsetzte Augen. Alle starren auf meinen Hals, ich wische mit dem Handrücken darüber: Blut. Ja, Blut. Aber nicht meins, es ist nur auf mich herabgesickert. Die Orgeln spielen. Wer schreit da denn so?

Zurück, die Bahn ist geschlossen!

Ne, seine Frau!

Weiß ich nicht!

Nehmen Sie doch Vernunft an!

Man kann ja nichts sehen!

Sind Sie doch vernünftig, Sie bekommen Ihr Geld ja an der Kasse zurück!

Ein Arzt! Ist vielleicht ein Arzt unter den Herrschaften? Ein Arzt! Ein Arzt!

Ich möchte weglaufen, ich sage: Du bist verrückt mit deinem Arzt, weg! Laß mich doch weg! Aber der Mann mit dem blauen Sweater faßt mich um die Brust und hält mich fest: Ruhig, Mann!

Aaarzt, Sanitäääter!
An der Kasse, Frau! Sie bekommen Ihr Geld an der Kasse zurück.
Mann Gottes, wo wollen Sie denn hin?
Mann Gottes? sage ich. Ich bin kein Mann Gottes, ich pfeife auf deinen Gott, ich pfeife auf euch alle, ich... ich... nimm deinen Arm da weg!
Ruhig, mein Junge! – Herr Wachtmeister! Hier, Herr Wachtmeister!
Der blaue Sweater weist ein Loch auf, eine Masche ist bis auf das untere Ende gefallen. Nicht an das Fräulein denken, sonst muß ich mich noch einmal übergeben!
Wie heißen Sie?
Ich lasse mich auf die Erde fallen. Es hat keinen Zweck mehr.

Krank

Bei Worms ist der Rhein bereits aller Ehren wert, bald grau, bald grün, je nachdem das Licht gerade vom Himmel fällt, und wunderbar breit von einem Ufer bis zum anderen. Da liegt auch, direkt vor Worms, eine Eisenbahnstation mit Namen Rosengarten. Ein schöner Name, nicht wahr?
Entschuldige, daß ich so schnell spreche, daß meine Stimme so versoffen klingt, es hat nichts zu bedeuten, so gut wie nichts. Schau woandershin! Hörst du nicht?
Und überhaupt Rosengarten! Es lebt sich dort wie im Gelobten Land, die Mädchen sind so fremdartig und scheu mit ihrem dunklen Haar, mit ihren blauen und braunen Augen, mit ihren verschleierten Armen aus den weißen Kleidern heraus, so altmodisch, so siebzehnjährig, daß sie einen ganz verrückt machen. Wenn du die ei-

ne und andere endlich in der Abenddämmerung so weit hast, daß sie dir irgendein süßes Wort ins Ohr hauchen will, dann spricht sie es vor Verschämung französisch aus, und du bist genauso klug wie vorhin. Nur was sie dir mit ihren Lippen direkt auf deinen Mund beichtet, verstehst du ohne weiteres, ob sie es nun auf französisch oder auf deutsch tut. Nirgends habe ich die Mädchen so treu geliebt wie zu Rosengarten am Rhein in diesen paar Sommertagen und Nächten! Aber man kann ja nicht immer und ewig dort bleiben. Wenn du eines Mittags über die große Brücke spazierst... ich meine... über die Brücke spazierst... Warum siehst du mich so verwundert an? Wenn du eines Mittags... Nein, du bringst mich ganz durcheinander mit deinen hochgezogenen Augenbrauen! Merkst du denn gar nicht, was mit mir los ist? Mann, Mann! Ich habe es nicht vergessen, keine Sorge! Gebärde dich doch nicht so vorwurfsvoll! Sie hieß Julie Borchers. Ich weiß noch jede Einzelheit, jede grauenvolle Einzelheit! Aber du gönnst mir nicht, daß ich mich eine armselige Viertelstunde lang mit anderen Gedanken betäube. Sooft ich den Namen Heidelberg höre, zucke ich zusammen. Du kannst mir glauben, daß ich mein Leben lang daran krank sein werde. Ich gehe umher und sehe mir die Häuser und Bäume, die Menschen und die Autos, die Wolken und Spinneweben mit Augen an, die um Hilfe rufen. Wenn ich einem Mädchen begegne, versuche ich, ob ich es nicht lieben kann. Es geht nicht. Ich bin zu nichts mehr imstande. Ich bin fertig. Es ist aus mit mir. Hast du das nun begriffen? Aber ist das ein Grund, fortwährend davon zu schwatzen? Laß mich doch von einem vierzehnjährigen Mädchen phantasieren! Vielleicht ist ja nichts wahr von alledem, was ich da Wort für Wort vorbringe. Laß mich doch! An einem Krankenhaus in München steht unter der Uhr: Zeit eilt, teilt, heilt. Sag mir lieber, anstatt kummervoll den Kopf zu schütteln, ob das seine Richtigkeit hat! Die Schultern hochziehen kann ich auch. Scher dich weg! Scher dich weg oder bleib hier, mir ist es gleich. Was ich sagen wollte, bleib hier! Laß uns wie zwei vernünftige Männer miteinander reden! Wenn du eines Mittags über die Brücke spazierst und dann noch eine Strecke fort nach Osten, dann findest du da ein Örtchen, das heißt Bürstadt. Von Bürstadt geht es durch die glühenden und flimmernden Wiesen der Rheinebene nach Heppenheim. Vorher kommt Lorsch...

Zwischen Bürstadt und Lorsch.

Die Pappelblätter glitzern in der Sonne und strömen einen Geruch aus, der so schwer und warm um jeden Baum herumsteht, daß man ganz taumelig davon wird. Wenn wenigstens noch ein Lüftchen wehte! Aber so etwas scheint es in dieser Niederung nicht zu geben. Die Pappeln duften, das Wiesengras, das nach dem ersten Schnitt schon wieder ganz schön aufgegangen ist, duftet auf beiden Seiten zum Himmel empor, da und dort liegen Schierlingsflächen wie schimmernde Schleier neben der Straße und verbreiten eine säuerliche Schwüle, der Staub riecht auch nach tagelanger Hitze, das Wasser sikkert über meine zusammengekniffenen Augen, sickert über meine Backen und meinen Hals, über Brust und Bauch an meinen Schenkeln hinunter, der Durst macht einen allmählich kaputt, Lorsch ist noch zwei Stunden entfernt, gut und gern. Man hat's nicht leicht, wenn man auf dieser Erde vorwärtskommen will.

Du mußt nämlich ununterbrochen an etwas Angenehmes denken, ganz scharf und erbarmungslos, du mußt das Gehirn zusammenpressen, sonst läßt es die... Erinnerungen heraus... die Bilder... die Worte... Denken, denken!

Ich blase die Backen auf, wische eine Fliege hinter meinem Ohr weg und schleiche weiter. Woran soll ich denken? Ich weiß nichts mehr. Ach Gott, ach Gott! Rosengarten... Rosengarten... Worms... Rheinpromenade... Rosengarten... einmal stand ich an der Haltestelle einer Straßenbahn und wartete, ob nicht aus dem nächsten Wagen ein beliebiger Mensch aussteigen und mir guten Tag sagen würde. Manchmal bildet man sich ja so einen Unsinn ein. Wer sollte mir abgerissenem Schwartenhals denn in dem wildfremden Rosengarten guten Tag sagen? Und da... und da... ich weiß nichts mehr, es geht einfach nicht mehr weiter in meinem Kopf... wenn ich sie nicht überredet hätte, auf den Jahrmarkt... aber sie wollte sich ja von der Brücke in den Neckar... nein, zum Satan, nein, nein, nein, einmal stand ich an der Haltestelle einer Straßenbahn, wer sollte mir abgerissenem Schwartenhals denn... manchmal bildet man sich ja so einen Unsinn ein... ja merkte ich plötzlich, daß sich neben mir ein ganz wundersames Mädchen befand, wundersam, entschuldige den Ausdruck, ein... wundersames Mädchen, keine junge Dame, ein Schulmädchen, vierzehn, fünfzehn Jahre alt. Doch, eine junge Dame, lieber eine junge Dame! Ein Schulmädchen... eine junge Dame... ein Schulmädchen... eine... Was eigentlich an ihr so wundersam war, wenn ich das Wort noch einmal gebrauchen darf, kann ich auch nicht recht sagen. Es war wohl die Jugend, die Unberührtheit, es war wohl so das Ganze. Ich trat jedenfalls einen Schritt zur Seite und starrte sie an, zuerst nur heimlich und dann, als sie mir immer zarter und schüchterner vorkam, ohne alle Vorsicht. Als sie es merkte, wurde sie über und über rot. So etwas von Rotwerden hast du sicher noch nicht gesehen. Ich glaube, es stiegen ihr sogar Tränen in die Augen. Aber ich meinte weiter nichts Besonderes, ich fand sie nur so zart und wundersam, wie gesagt, gewissermaßen ein Mensch aus einer anderen Welt. Puiih, was für eine Hitze! Anderswo ginge heute sicher ein Gewitter nieder,

aber hier kennen sie das wohl nicht. Kein Lüftchen, kein Sturm und kein Gewitter. Ich habe in dieser Gegend noch kein Gewitter erlebt. Meine Finger sind so klebrig... Damals auf der Achterbahn auch, aber es war nicht mein eigenes Blut. Ja, und mit dem Mädchen wurde es schließlich so, daß sie doch, trotz ihrer Tränen und erröteten Wangen, einen blitzschnellen Blick zu mir her sandte. Einen blitzschnellen, kaum wahrnehmbaren Blick nur, dann sah sie wieder geradeaus, aber ihre Wimpern bewegten sich unruhig auf und nieder, und ihre linke Hand strich das Haar über ihrem Ohr zurecht, obwohl es gar nicht nötig war. Du hältst das für etwas Alltägliches, über das unsereins nur freundlich lächeln sollte. Sieh mal, ich kann es nicht. Im Gegenteil! Es bewegt mich tief. Und je verwirrter so ein Mädchen sich anstellt, um so geheimnisvoller ist der Schauer, der sich in mir regt, wenn ich auch äußerlich ein gleichgültiges Gesicht bewahre oder allenfalls die Stirn in Falten lege. Sieh mal, dies Erste, dies Allererste und Scheue in den Mädchen macht ja, daß ich zuweilen noch innen in meiner Brust traurig bin, nicht sehr lange, bewahre, aber doch mit richtigem Schluchzen und Wehmut. Sonst gibt es das schon längst nicht mehr bei mir. Man wird so grausam, wenn man eine Zeitlang am Leben bleibt. Sag deshalb, was du willst: die Unschuld ist still und langweilig, und die Schuld versetzt uns in Unruhe und Händeringen, aber das bange Erwachen mit vierzehn Jahren aus der Stille in die Unruhe hinein ist doch das Schönste und Schmerzlichste unter den Menschen.
Sei ruhig! Kein Wort! Ich denke daran! Ich Kopf war bis zur Nase zerschmettert, das Gehirn hing über die Wange herab. Ich vergesse nichts. Aber hör endlich davon auf! Quäl mich doch nicht so!
Da kam die Elektrische angesummt, das Mädchen stieg ein, setzte sich hin und wagte nicht aufzublicken. Erst als

die Bahn weiterfuhr, sah sie mich noch einmal durch die Scheibe hindurch eine Sekunde lang an, und abermals flutete, während sie ihren Kopf hilflos zur Seite wandte, eine Blutwelle über ihren Hals und ihr Gesicht. Dann führte der Wagen sie davon. Wir haben uns nicht wieder getroffen. Es genügt mir, daß ich jetzt an den schmalen Hals, an das abgewandte Gesicht und an die blinzelnden Augenwimpern denken kann. Du mußt mir bitte glauben, daß es mir genügt! Außerdem will ich dir etwas verraten: So auf der Landstraße, so mutterseelenallein, so in Gedanken kann man ein Mädchen viel behutsamer lieben als in Wirklichkeit. Bist du etwa imstande, in Wirklichkeit so fein mit deinen Fingern über die Härchen oben an ihrer Stirn zu hauchen, wie ich es jetzt tue? Nie! Behutsamer und ungestörter.

Nein, ich halte es einfach nicht mehr aus! Ich meine jetzt diese Backofenglut... und diesen Durst! Bestaubte Gräser, Geruch von besonnten Blättern, Pappelreihen und flirrende Luft in der Ferne. Die Spucke in meinem Munde ist schon ganz schaumig geworden. Es hilft nichts, daß ich von Zeit zu Zeit einen Halm abreiße und an den saftigen Stellen kaue, nichts hilft mehr, nur Wasser, Wasser! Ich könnte mich ja einfach ins Gras werfen und die Wanderschaft Wanderschaft sein lassen. Aber davon wird mein Durst doch nicht gestillt! Der Durst bleibt derselbe, ob ich liege oder gehe. Aber wenn ich gehe, habe ich eine gewisse Aussicht, eines Tages nach Lorsch zu kommen. Und in Lorsch wird ja so etwas wie ein Brunnen aufzutreiben sein. Jetzt einen eiskalten Wasserstrahl über die Arme laufen lassen, über den Schädel, über den Rükken, daß einem das Hemd am Leibe schlottert, und dann das Gesicht nach oben drehen und saufen und immer wieder saufen, bis einem der Bauch vortritt.

Eine Viertelstunde lang male ich mir das bis in die kleinsten Einzelheiten aus, ferner, wie es brennt, wenn man das Getränk aus Versehen mit der Nase einschlürft, was für ein taubes Gefühl es ist, wenn einem die Ohren voll Wasser gequollen sind, wie es kitzelt, wenn einem ein Rinnsal im Hosenbein entlangfließt, und was es sonst noch gibt. Dann stelle ich mir vor, daß dahinten der Rhein mit all seinen grauen und kühlen Wassermassen strömt und daß die dunstige Bläue, die sich vor mir am Horizont hinwellt, der Odenwald ist, dämmerige Buchentäler, Quellen in Schluchten, nasses Farnkraut, Moos und tropfende Steine. Hol's der Satan!

Meine Spucke ist schon nicht mehr schaumig, sie ist überhaupt nicht mehr vorhanden. Wenn ich meine Zunge gegen den Gaumen drücke, bleibt sie daran kleben wie eine Briefmarke. Ich weiß gar nicht mehr, ob ich eigentlich gehe oder nicht, doch, ich gehe wohl vorwärts, ich torkele mit halbgeschlossenen Augen und schlurfenden Schritten ungefähr in der Richtung auf Lorsch zu, einmal befinde ich mich auf der linken, einmal auf der rechten Seite der Straße. Die Luft glüht. Wenn ich doch nur meinen Kopf mal irgendwohin stecken könnte, wo keine Hitze ist!

Sollte nicht am Grunde der Wiese, vielleicht unter den breiten Schierlingsblättern, eine gewisse Feuchtigkeit herrschen? Diese Schierlingsart wächst ja meist an wässerigen... an wässerigen... Was ist denn das? Ach so, eine Frau! Warum auch nicht? Das ist schließlich das einzig Senkrechte, sich kurz und gut ins Gras zu legen und zu schlafen! Haha, das einzig Waagerechte müßte man in diesem Fall sagen. Senkrecht? Nein, waagerecht! Leuchtet dir das ein? Ein bißchen unheimlich sieht es ja aus, ein schlafender Mensch an der Landstraße, am hellichten Tage, dazu noch eine Frau. Und wie komisch sie daliegt! Auf dem Gesicht, die Hände unterm Bauch, die Fußspitzen im Gras, die Hacken seitwärts auseinandergebogen. Du, die schläft nicht, der ist etwas zugestoßen! Ich beuge

mich über sie. Der Hals ist gelb, die Ohren auch. Ich tippe sie an, ich räuspere mich laut, ich rufe: Sie, Frau! He! Sie rührt sich nicht. Soll ich dir mal was sagen: Sie ist von der Hitze ohnmächtig geworden, wenn sie nicht sogar der Schlag getroffen hat. Zeig mal!
Ich drehe sie vorsichtig herum. Ja, das Gesicht ist ebenso gelb wie die Ohren, aber schweißbedeckt, die Lippen grau, die Augen bis auf einen schmalen Spalt geschlossen, das schwarze Haar naß von Schweiß: eine Ohnmächtige. Dann also schnell ihr Zeug aufknöpfen, daß sie Luft bekommt! Zuerst die graue Leinenbluse. Muß übrigens eine arme Frau sein, macht so einen verhungerten Eindruck mit ihren Backenknochen und der Magerkeit an ihrem Halse. Ein Hemd hat sie nicht an. Natürlich hat sie den Rock viel zu eng gebunden. Darin sind die Weibsleute ja groß! Geh auf, verdammter Knoten! So, warum denn nicht gleich! Was nun? Ein Schluck Wasser wäre das Nützlichste. Aber woher soll ich Wasser bekommen? Auf alle Fälle muß der Kopf tiefer gelegt werden. Ich schleife sie neben den Straßengraben in den Schatten einer Pappel und lasse ihren Kopf etwas die Böschung hinunterhängen. Dann ziehe ich meine Jacke aus und wehe ihr Wind übers Gesicht und über die Brust. Das scheint zu helfen. Sie zuckt mit ihren Fingern, ihre Augenlider zittern, und schließlich, als ich sie aus Versehen mit meiner Jacke an die Nase treffe, wälzt sie sich schwerfällig von mir weg auf die Seite. Ich wehe immer weiter. Da greift sie mit ihren Händen ins Gras und stemmt sich hoch, ihr Kopf hängt vornüber, sie zieht die Luft durch die Nase ein und bläst sie zwischen den Lippen wieder hinaus, dann rülpst sie leise, läßt den Kopf noch tiefer auf die Brust fallen, schluckt und seufzt. Ihre linke Hand knöpft wie von selbst die Bluse zu. Da ich hinter ihr knie, glaube ich, sie hätte mich nicht bemerkt, aber sie fragt mit einem Mal, ohne sich nach mir umzu-

sehen, mit leiser Stimme, ob ich etwas zu trinken hätte.
Nein, antworte ich, keinen Schluck, nichts.
Sie gähnt und fährt sich kraftlos mit der Hand übers Gesicht: Hoaa... mir ist plötzlich schwarz vor den Augen geworden.
Kann vorkommen. Bei so einer Hitze. Mir wäre es beinahe genauso gegangen. Von gekauten Grashalmen halten Sie auch nicht viel, was? Aber, aber... natürlich! Das ist doch ein Apfelbaum da! Du meine Güte, daß ich den nicht schon längst entdeckt habe! Zwei Bäume sogar! Keine zehn Schritte von uns entfernt. Wissen Sie was, wir sollten ein paar von diesen grünen Äpfeln im Munde zerkauen. Das ist gut gegen den Durst. Ich gehe um den nächsten Apfelbaum herum und belehre die Frau, während ich mich auf die Zehen stelle und pflücke, mit lauten Rufen, sie solle ihren Rock nicht wieder so eng binden, sie solle tief atmen, sie solle mehr in den Schatten rücken.
So, hier haben Sie erst einmal drei schöne Äpfel, sind noch klein, aber Anfang Juli haben sie es eben noch nicht weiter gebracht. Erlauben Sie, ich will Ihnen meine Jacke unter den Kopf... dann können Sie bequemer essen. Bißchen sauer, was? Wie fühlen Sie sich denn?
Sie beißt in einen Apfel, kaut den Saft aus dem Fleisch heraus und spuckt den Rest auf die Straße. Es geht schon wieder, sagt sie mühsam, und Sie sollen auch bedankt sein.
Na ja, es geht schon wieder. Sehen Sie wohl! Wo wollen Sie denn drauflos, auf Bürstadt oder auf Lorsch? Teufel auch, dies Biest hat's aber in sich, einer von den allersauersten!
Sie will also nach Worms. Ihr Mann liege dort seit Mai im Krankenhaus. Da könne ich mir ja denken, wie es bei ihr zu Hause stünde, früher hätten sie ihr Auskommen

gehabt, ihr Mann hätte da und dort gearbeitet, Gras geschnitten, fremde Gärten saubergehalten, mal eine Küche geweißt, mal einen Zaun repariert, es hätte sich so zusammengeläppert, sie selbst trüge den ›Bergsträßer Anzeiger‹ in Lorsch aus. Vierzig Mark im Monat. Zum Sterben zuviel, zum Leben zuwenig.
So ist es, sage ich. Aber Sie sollten nicht so viel reden, das strengt Sie noch zu sehr an. Haben Sie Kinder?
Nein.
Wir kauen auf den Äpfeln herum, schütteln uns vor der Säure und sprechen hin und wieder über das Elend dieses Jammertals. Mit meinem Mund spreche ich, mit meinen Augen betrachte ich die Frau, die neben mir liegt, aber mit meinem Gehirn träume ich noch immer den entsetzlichen Traum. Mit meinem Mund spreche ich, mit meinen Augen... ach, still!
Obwohl die Frau sicher schon hoch in den Dreißigern ist und obwohl sie es in ihrem Leben nicht leicht gehabt hat, muß man ihr Gesicht noch schön nennen. Sogar die kleine Warze, die neben ihrem Nasenflügel gewachsen ist, steht ihr gut. Schön ist wohl zuviel gesagt, aber reizvoll. Ihre Oberlippe ist eine Kleinigkeit zu kurz, man sieht immer etwas von ihren großen Zähnen, ihr braunes Haar geht auf beiden Seiten über ihre Ohren hinab und vereinigt sich hinten zu einem flüchtig gedrehten Knoten. Aber das Beste an ihr ist diese Linie des Unterkiefers, dieser rassige Schwung von den Ohren zum Kinn hinab. Da drückt sich eine gewisse Wildheit oder ein Trotz oder eine Leidenschaft aus. Die Armut hat natürlich im großen und ganzen nicht viel davon übriggelassen. Ihre Augen sind sorgenvoll, beinahe krank. Ein Gesicht, das früher manch einem gefährlich geworden ist, wenn ich mich nicht irre. Ich könnte mir sogar vorstellen, daß es auch heute noch seine Wirkung tut. Jetzt zum Beispiel, wenn sich das Kinn so vorschiebt, während die

Hände das Schienbein reiben. Die Augen sind auch nicht krank vor Sorgen, sondern hauptsächlich vor Sehnsucht. Das ist es. Sorgen machen, daß die Augen erlöschen, in diesen wohnt dagegen ein dunkler Glanz. Die Armut hat das Gesicht verwüstet, aber eine leidenschaftliche Sehnsucht... Sehnsucht ist wieder so ein großes Wort... ich will einfach sagen eine Leidenschaft, ein Drang über die Sorgen hinaus hat ihm eine verborgene Schönheit bewahrt. So oder so. Meinethalben soll es nur an den Knochen liegen, die zufällig feiner gebildet sind als bei anderen Menschen. Was interessiert mich eine fremde Frau im Straßengraben! – Mögen Sie noch einen Apfel?

Sie macht eine wegwerfende Bewegung mit der Hand! Zu grün! Außerdem wird es allmählich Zeit.

Dabei setzt sie sich bedächtig auf, wischt mit der Zunge über ihre Lippen und blickt in der Richtung, wo Worms liegen muß. Man kann die Domtürme undeutlich erkennen. Ein Zug läutet durch die Ebene, Pappelreihen, Gebüsche, die grauen Schieferdächer von Bürstadt, Schierlingsschleier... die Luft läßt alles in zitternden Wellen zerfließen.

Und Sie? sagt die Frau, immer noch in die Ferne blikkend.

Ich höre es, aber ich antworte nicht.

Und Sie? wiederholt die Frau.

Was? Ach, ich... Ja, ich esse wohl noch einen.

Nein, wo Sie herkommen, was Sie hier wollen? Sind doch nicht von hier?

Wo ich herkomme...? antworte ich langsam. In Wirklichkeit bin ich gerade mit einem anderen Gedanken beschäftigt, mit einer Erinnerung, aus der niemand klug wird, du auch nicht. Ich richte meine Augen auf die Frau, aber es ist, als sei sie gar nicht da. Ich versinke in mir, ich besinne mich eine Weile, dann raffe ich mich auf und sage aus meiner Abwesenheit heraus: Ja, ja... ach

ja... Sie erkundigen sich, was für einer ich bin, gut... oder... nein, gut, im großen und ganzen: Stellen Sie sich eine Lichtung in einem Föhrenwald vor, da wächst nun allerlei niederes Gesträuch, Eichenbüsche, Birken, Brombeeren, Himbeeren, Gräser, Heide, dazwischen auch die roten Kerzen des Weidenröschens.
Ja, sagt die Frau, aber warum sprechen Sie mit mir jetzt so anders?
Anders?
So schwer und feierlich.
Feierlich? Das kommt Ihnen nur so vor. Hören Sie lieber zu! Es handelt sich nicht um etwas Feierliches, nein, weiß Gott nicht! Himbeerranken, Weidenröschen, verspätete Erdbeeren, warme, stille Luft mit Fliegen und Mücken, man riecht den Sommer, es ist Ende Juli.
Ende Juli, sagt die Frau, indem sie sich wieder umlegt, da hat's nicht mehr viel Himbeeren.
Mitten in dem Gestrüpp befindet sich eine Kuhle. Wahrscheinlich hat da vor einigen Jahren jemand eine Baumwurzel ausgerodet. Jetzt wuchert Gras und Moos darin, von den Rändern hängen vertrocknete Halmbüschel herunter, an der anderen Seite zieht sich ein dichter Wald von Weidenröschen hin. Himbeersträucher wölben sich herüber, am Grunde steht noch ein bißchen Feuchtigkeit. Zuweilen sirrt eine gläserne Libelle vorbei, oder eine grünliche Fliege schwebt regungslos in der Luft, zuckt zur Seite und schwebt wieder, ohne den leisesten Ton von sich zu geben, im Duft der roten Kerzen, bis sie in einer wahnwitzigen Spirale zwischen den Föhrenstämmen verschwindet. Gleich darauf rauscht es zart in der Luft, da läßt sich auf der nächsten Birke das Vögelchen Zilpzalp nieder, wippt mit dem Schwanz und ruft vorsichtig füid, dann taucht es in die Himbeeren hinein und hüpft unter den Blättern von Stengel zu Stengel immer näher an die Kuhle heran. Füid, füid. Obwohl es ei-

ne grüne Raupe im Schnabel hält, die ihm wie ein Schnurrbart rechts und links herabbaumelt, pfeift es in einem fort sein weiches Füid. Jetzt klammert es sich an ein Stengelchen Unkraut, jetzt flattert es vor dem Kuhlenrand in der Luft, jetzt schlüpft es blitzschnell unter das Büschel vertrockneter Halme. In demselben Augenblick zirpt darunter ein dünner Chor von sechs oder sieben Stimmen kläglich auf und verstummt schnell. Dann kommt der Zilpzalp wieder zum Vorschein, fliegt in ein Weidenröschen hinein und macht sich, nachdem er nur eben sein winziges Gefieder geschüttelt und füid gesagt hat, Hals über Kopf davon, um irgendwo eine neue Raupe aufzutreiben. So geht das von morgens bis abends, nachts kriecht er in das Nest hinein, das wie ein kleiner Backofen gebaut ist, und behütet seine Kinder. Der Wind weht dunkel über die Föhren hin, die jungen Käuze streichen fiepend umher, dann und wann nieselt ein Sprühregen nieder, hier drinnen ist es warm. Der Zilpzalp schließt die Augen und schläft, nur wenn ein Junges sich regt, wacht er auf und fühlt mit seinem flaumigen Bauche, wer von den sieben es ist. Gott mag wissen, ob er in seinem Kopf etwas überlegt, aber ein dumpfes Gefühl von Zärtlichkeit und Glück, eine Ahnung von Liebe wird wohl in ihm hin und her gehen. Meinen Sie nicht auch?

Möglich.

Alles in allem ein Geschöpf kaum so groß wie der Daumen eines Mannes, dieser Zilpzalp, und doch begabt mit einem Haufen von Kindern, mit sieben Stück, für die er zu sorgen hat. Sobald es dämmert, schwirrt er wieder nach draußen, hüpft von Ast zu Ast, flattert, sitzt auf dem Gipfel des Vogelbeerbaums, ruft sein djelm djem, djelm djem, sein zilp zalp, zilp zalp, sein füid, findet einen Bissen und zuckt mit zwei, drei Flügelschlägen wieder den Himbeeren zu, unter denen er sein Nest verborgen hat. Er ist so klein und leicht, daß nicht einmal der Tau von den Blättern rollt, wenn er sich von einem Himbeerstengel zum anderen schwingt. Nur als er sich in die Nestöffnung schmiegt, streift sein graugrüner Rücken ein wenig Nässe von den Gräsern ab. In den Heidelbeeren hängen silbrige Spinnennetze, das Moos leuchtet dunkelgrün, der Duft der Glockenheide mischt sich mit dem Geruch der Erde und des Taus. Zuweilen ist es totenstill, die ganze Bangigkeit des erwachenden Waldes atmet in dieser Stille, dann flötet die Goldamsel in einem Wipfel ihr klares, volles Güdleo, ein Rotschwänzchen macht leise tüüd, zeck zeck, der Fitis läßt seinen Schlag so weich und süß verklingen, und dann ist es wieder still. Das Laub des Birkenbäumchens steht unbeweglich in der Luft, da und dort sickert ein Tropfen herab. Ist das nicht eine ruhige Welt für sich, ein Paradies von Wohlgeruch und Frieden? Und der kleine Zilpzalp wandert darin umher, sucht Futter, singt, hat seine Sorgen und seine Freuden, er erlebt den Rausch der Liebe, den Bau des Nestes, die merkwürdige Zeit des Brütens, er liebkost seine Kinder mit seiner weißlichen Brust, er schläft, er schlägt mit den Flügeln, er hält das Nest sauber, er wippt mit dem Schwanz und hat ununterbrochen etwas zu tun. Jetzt wirft er sich zum Beispiel wieder mit einer Raupe in die Himbeeren, gleitet an einer Rute hinunter und duckt sich, um sich zum Nest hin abzustoßen, da schießt eine graue Masse aus dem Gras empor, zwei Pfoten taumeln gegen ihn, er schreit in seiner Todesangst schrill auf, es ist schon vorbei. Wie war das? sagt die Frau überrascht.

Ach, nichts Besonderes, antworte ich, eine wildernde Katze hat ihn gefangen und gefressen, die Jungen kommen auch noch an die Reihe. Der liebe Gott hat ihm diese Katze nur so gesandt, es war nur ein sekundenlanger Einfall von ihm, nur so ein stecknadelfeines Kitzeln in

seinem allmächtigen Denken, kein Erdbeben, keine Ermordung des Präsidenten von Amerika, nur ein Kitzeln wie mit einer Stecknadelspitze. Aber den Zilpzalp kostete es das Leben. Ob es sich nun um den Zilpzalp handelt oder um ein Fräulein unter dem Himmel, bleibt sich gleich. Man wandelt auf der Erde herum, man ist so schön von Angesicht, man hat so goldenes und krauses Haar, man will keiner Seele etwas zuleide tun, man schöpft seine Lungen voll Luft und möchte anfangen zu leben, da beißt einem plötzlich eine Katze den Kopf ab oder ein Balken von irgendeiner Achterbahn schmettert einen hintenüber. Können Sie mir erklären, was das für einen Sinn haben soll?
Sterben müssen wir alle einmal, sagt die Frau mit harter Stimme. Und der Vogel hat ja auch eine Menge Raupen und so Viehzeug gefressen. Eins frißt das andere. Kennen Sie denn die Welt nicht? Und dann sagt sie noch einmal wie zu sich selbst: Sterben müssen wir alle.
Aber das Fräulein? Was geht mich der Vogel Zilpzalp an! Ich spreche doch von dem Fräulein!
Von was für einem Fräulein?
Lassen Sie nur! sage ich und werfe den Krips des letzten Apfels an den Baumstamm gegenüber. Und dabei habe ich ihr eine Predigt gemacht, sie müsse nicht an gestern, sondern an heute denken, an diese heutige Minute, an diese gegenwärtige Sekunde! Und ich? Und ich? Hehe... Man sollte sich an den ersten besten Baum stellen, sein Wasser lassen und über das Ganze lachen. Über die Sonne, über den lieben Gott und über sich selber. Ob es wohl irgendwo eine Gegend gibt, in der es nicht so jämmerlich zugeht wie in unserer Welt?
Die Frau macht: Ach so!
Ach so? Was wollen Sie damit sagen?
Ach so, jetzt komme ich dahinter! Na ja! Dann ist ja alles halb so schlimm! Ich habe wahrhaftig schon bei mir ge-

dacht, Sie hätten einen kleinen Spleen mit Ihrem Zilpzalp, aber es ist nur wegen einer Liebesgeschichte, was?

Hm...

Ja... dann! Mögen wohl auch nicht darüber sprechen?

Nein.

Die Frau sitzt zusammengesunken da, ich liege auf dem Rücken, wir denken uns unser Teil. Irgend etwas ist mit dieser Frau los, was mir keine Ruhe läßt. Ich muß mich immer wieder einen Augenblick mit ihr beschäftigen, obwohl es mir gar nicht angenehm ist. Kann auch sein, daß der heiße Tag mein Blut allmählich zum Fiebern bringt. Anstatt müde zu werden, fühle ich mich immer zerrissener und kribbeliger. Oder habe ich tatsächlich einen kleinen Spleen?

Der Schatten, den die Pappel über uns wirft, schiebt sich langsam weiter, mein rechtes Auge kriegt schon Sonne, so ein Flirren von Sonne, weil die äußeren Blätter des Baumes vor Hitze zittern. Aber ich rücke nicht zur Seite. Wenn mich ein Hitzschlag trifft, ist mir's auch recht.

Nein, wirklich, wollen wir nicht über den alten Mann lachen, der da und dort an den Bindfäden zieht und uns zappeln läßt wie Hampelmänner?

Ich versuche zu lachen. Mit der Zeit wird es schon besser werden.

Schweigen, flirrendes Licht. Ich drücke meine Augen zu. Das ewige Grummeln der Ferne.

Da höre ich, wie die Frau sagt: Werden Sie erst einmal so alt wie ich! Es gibt keine Liebe. Alles nur von wegen hier, mein Schatz. Eins frißt das andere auf, Mensch und Vieh, aus Hunger, aus Langeweile, aus Liebe, alles dasselbe. Wenn einer mal abends nicht einschlafen kann, dann kommt er auf die Liebe. Kenne ich doch! Warum die Leute bloß so einen Sums darum machen? Sie auch!

Hat sie diese Worte an mich gerichtet oder nur so ins Blaue hinein gesprochen? Ich äußere mich weiter nicht dazu. Wieder Schweigen, wieder flirrendes Licht, wieder die Nähe der Frau und die Beunruhigung, die von ihr ausströmt. Ich habe sie vorhin halbnackt unter meinen Händen gehabt, aber ihre Brüste waren nicht besonders verlockend, was das betrifft. Davon rührt es sicher nicht her. Und doch muß es so etwas Ähnliches sein. Ich werfe mich herum und liege auf dem Bauch, die Nasenlöcher auf meinem Handrücken.

Nach einer gewissen Zeit meint die Frau, sie müsse sich auf die Beine machen, es würde sonst zu spät. Ich merke jedoch nicht, daß sie irgendwelche Anstalten trifft, sich zu erheben. Das ist ihre Sache. Nachdem wir abermals minutenlang unbeweglich dagelegen haben, sagt sie unvermittelt: Sie haben mich vorhin nicht am Weg liegenlassen, da wäre es nicht mehr als recht und billig, wenn ich Sie auch nicht am Weg liegenließe. Wie kann man so ein junges Bübele denn trösten? Was gibt es denn da? Wir brauchen uns ja nichts vorzumachen, was? Ich weiß ganz gut, was Ihnen fehlt, und vielleicht hätte ich auch das Zeug dazu, Sie auf die richtige Weise zu trösten. Oder trauen Sie mir das nicht mehr zu?

Worauf will sie eigentlich hinaus? Ich begnüge mich vorläufig damit, ins Gras zu brummen: Mm. Aber gleich darauf verbreitet sich eine gewisse Helligkeit in meinem Hirn, ich ahne schon, was kommen wird, mein Herz klopft, ich halte vor Schrecken den Atem an.

Könntest von mir aus gern heute abend in mein Bett kommen, aber ich will dich nicht unglücklich machen, verstehst du? Ich bin krank, verstehst du? Dürftest mich nicht einmal küssen. Schade, daß es so mit mir steht, ich wäre schon die Rechte für dich, ich wäre auch sonst so übel nicht. Na, dann mach's gut! Halt dich mehr an die verheirateten Frauen, da bist du besser aufgehoben als

bei den Fräuleins. Hast mich verstanden, nicht? Mach's gut, Bübele, 's Gott!
Das Blut jagt in Stößen durch meinen Kopf, ich schäme mich in Grund und Boden, ich weiß nicht, wie ich mich benehmen soll. Und vor lauter Verlegenheit bleibe ich stocksteif liegen und stecke die Nase ins Gras. Nun höre ich ihre Kleider rauschen, sie erhebt sich, sie tritt ein paarmal fest auf die Straße, sie schlägt mit der Hand an ihrem Rock hinunter. Dann wird es still. Ob sie mich ansieht? Ob sie noch etwas erwägt? Kein Laut. Doch, jetzt! Sie geht leise fort. Gott sei Dank... Gott sei Dank! Aber ich rühre mich noch immer nicht, nur die angestaute Luft zittert nach und nach aus meinem offenen Mund. Ein Grashalm kitzelt mich an meiner Lippe.
Als ich mich endlich entschließe, auch meinerseits aufzustehen, ist sie schon weit, weit weg. Ich spucke dreimals aus, vor mir, vor der Krankheit und vor dem Leben, hauptsächlich aber vor mir. Dann hebe ich meine Jacke auf und be... Was liegt denn da für eine Postkarte? Muß die Frau wohl verloren haben, ganz zusammengeknüllt. Oder ist sie gleich am Anfang aus ihrer Bluse herausgefallen, als ich sie geöffnet habe. Laß mal sehen!

Liebe Schwägerin!
Teile Dir mit, daß Otto letzte Nacht ein Uhr entschlafen ist. Abends habe ich ihn noch besucht. Er hat nichts gemerkt von seinem Ende. Er hat abends noch von Dir gesprochen. Die Schwester hat gesagt das Herz. Wo willst Du ihn beerdigt haben? Ewald will mit Büllsbach reden, ob er den Transport umsonst macht, wenn er nach Lorsch soll. Nun erwarten wir Dein Kommen. Du kannst in Ewalds Bett schlafen. Ewald schläft bei seinen Eltern. Es grüßt Dich auch von Ewald

Deine Schwägerin Anni.

Auf der anderen Seite steht: Frau Guste Seipper, Lorsch.
Bin ich nun klüger geworden? In einer Beziehung ja, aber in allen möglichen anderen stehe ich dümmer da als vorhin. Eine Frau macht sich auf nach Worms am Rhein, um ihren Mann zu beerdigen. Sie ist so arm, daß sie kein Geld für die Eisenbahnfahrt hat und kein Hemd auf ihrem Leib. Otto, das ist doch sicher ihr Mann. Ob sie sich mir angeboten hat, weil sie sich für die Hilfe dankbar zeigen wollte? Man soll sich nicht lumpen lassen, lieber schamlos als undankbar. Es war vielleicht das einzige, was sie noch anzubieten hatte. Nein, sie besaß ja nicht einmal sich selbst! Ich hätte aufstehen und mich vor ihr verbeugen sollen. Jetzt ist es zu spät. Womit sie sich wohl beschäftigt, während sie so allein die Landstraße hinwandert? Ihr Hab und Gut ist ein toter Mann und ein verseuchtes Blut. Ihr Kinn biegt sich in einem verwegenen Schwung von den Ohren hinab. Hast mich verstanden, Bübele? Na, denn mach's gut!
Jeder geht seines Wegs. Der eine nach Worms mit seiner Krankheit, der andere gegen den Odenwald, braun, verschwitzt und voller Gesundheit. Wir brauchen uns nichts vorzumachen, es läuft auf dasselbe hinaus.

Salut gen Himmel

Es fängt wahrhaftig schon wieder an zu regnen! Kaum habe ich mein Zeug ein bißchen getrocknet, da fängt es schon wieder an zu regnen. Das ist aber auch...! Na, mit uns können sie es ja machen!
Vor dem schwarzen Gewölk, das unbeweglich am Himmel hängt, brauche ich mich weiter nicht in acht zu nehmen. Das tut mir nichts. Aber diese weißlichen Fetzen,

die so schnell und dampfend darunter hin wehen, die haben's in sich, sage ich dir! Wenn sie irgendwo auf der Erde einen armen Reisenden herumkriechen sehen, kommen sie gleich angeflogen und schütten ein paar Eimer Wasser auf ihn herab, daß es nur so platscht!
Wäre ich doch nur noch eine Woche bei dem Pastor in Vilbel geblieben! Es ging mir gut in Vilbel, das will ich meinen, in jeder Beziehung. Statt dessen stehe ich jetzt mit meinem Haselstock und meiner nassen Mütze auf der Landstraße, die von Frankfurt kommt und nach Friedberg führt. Rechts und links rauscht der Hafer so schwer in seiner Feuchtigkeit, kein Vogel läßt sich hören, ich habe diesen unaufhörlichen Schnupfen, ich stehe da und friere an meinem Bauch herunter, und das ganze Leben ist nichts wert.
Dabei wächst nicht einmal ein anständiger Baum in der Nähe, daß man sich mal unterstellen könnte, kein Schuppen, keine Brücke, nichts. Nur Hügelwellen mit grauem Hafer. Aber die Ernte hat hierzulande noch nicht begonnen, es gibt noch keine Garbenhaufen, unter denen man so dumpf und trocken liegt, mag draußen in der Welt geschehen was will. Wenn ich wenigstens einen Regenschirm in der Hand hätte. Also weiter, Genosse Lampioon!
Ich ziehe ein paarmal den Schnupfen in meinen Nasenlöchern hoch und schlurfe weiter. Vielleicht kann sich einer denken, daß ich, wie ich so mit krummen Knien dahinschlurfe, gerade keinen Lobgesang auf die Allmacht im Himmel anstimme, wahrhaftig nicht! Ich schimpfe über jedes Ding, das mir zufällig in den Sinn kommt. Ich erinnere mich an verschiedene Vorfälle. Hapschi!
Zum Glück erinnere ich mich auch an das rote Pastorengustchen von Vilbel mit den unzähligen Sommersprossen an den Beinen. Und da wird mir etwas freundlicher ums Herz, eine Viertelstunde lang vielleicht. Sie konnte

die herrlichsten Gedichte von Liebe und gebrochener Treue singen, die ich in meinem ganzen Leben gehört habe. Laß sehen, sagte ich zu ihr, ob du anderswo auch solche hübschen Sommersprossen hast! Nein, anderswo hatte sie einen goldenen Flaum und dergleichen. Düdado. Das Pastorengustchen! Hapschi! Ich hätte noch etwas in Vilbel bleiben sollen.
Schließlich beschäftige ich mich wieder mit mir selbst und mit meiner elenden Lage auf dieser Welt. Und je länger ich mir vor Augen halte, wie ich so mutterseelenallein durch den Regen schlurfe, um so mehr werde ich von Barmherzigkeit gegen mich ergriffen.
Ich bleibe wieder stehen, schneuze mich gegen die Erde und bin traurig. Und dann fasse ich einen Entschluß, ich rede mir ins Gewissen. Irgend jemand muß sich ja um mich kümmern, wenn ich nicht vor Verwahrlosung krepieren soll. Und weil niemand anders weit und breit zu sehen ist, trete ich selbst ein bißchen liebreich gegen mich auf: Jedenfalls kann es so nicht weitergehen, fluche ich in mich hinein. Wenn man einen Schnupfen hat, Genosse Lampioon, daß einem das klare Wasser aus der Nase sickert, wenn einem die Augen zugeschwollen sind und die Zähne wackelig werden vor lauter Erkältung und Kopfweh, wenn es außerdem pladdert, was vom Himmel will, wenn einem die Hose wie ein nasser Lappen um die Beine schlabbert, dann kann es eben nicht so weitergehen. Siehst du das ein? Nicht wahr! Wir haben August. Schön und gut. Aber wenn ich es nicht schon einige Male in den Zeitungen gelesen hätte, würde ich es nicht für möglich halten. Ich pfeife auf deinen ganzen August! Es kommt nicht auf den August, es kommt nur auf das Wetter an. Und wenn ich das Wetter ins Auge fasse, so haben wir beinahe November. Infolgedessen mußt du deiner Nase und deinen Zähnen und allem miteinander einmal eine richtige Arzenei einflößen. Du ver-

fügst doch über die nötigen Mittel, Gottsverdammt noch einmal! Wer drei Mark und siebenundzwanzig Pfennige in der Tasche hat, kann sich doch wohl alle mögliche Arznei leisten, die es irgendwo zu kaufen gibt! Ordentlich heißes Wasser, das wirkt Wunder. Aber versteh mich recht, es sollen auch drei Stück Zucker dabei sein. Von dem Rum brauchen wir weiter nicht zu reden, ich und du. Wenn kein Rum zur Hand ist, tut Arrak dieselben Dienste, wie ich festgestellt habe. Schlimmstenfalls müssen wir uns eben mit einem Kognak begnügen, oder in Gottes Namen mit zwei Kognaks. In solchem Fall hat es keinen Zweck, übermäßig genau zu sein. Es handelt sich um Arznei und Medizin. Viel ist gut, mehr ist besser. Was hier so in der Hosentasche klimpert, ist lauter Geld. Paß auf, wenn wir nun nach Friedberg kommen, mein Jüngelchen, wie wir dich da alsbald gesund machen wollen! Was meinst du dazu?
Der Genosse in mir, dem ich so ernsthaft zurede, sagt: Hm hm. Er sagt vorläufig nicht ja und nicht nein. Da lasse ich noch ein Wörtchen von einem Teller mit Bratkartoffeln fallen. Mach, was du willst, meint der andere, ich gebe nach, und Zank und Streit führt doch zu nichts. Was soll man übrigens von ein paar Scheiben gebratener Blutwurst halten?
So sind wir uns also einig, wir beiden Wanderer und Genossen. Heißes Zuckerwasser mit Rum, gut! Zwei Kognaks, auch gut! Eine Portion Bratkartoffeln mit Blutwurst, jawohl! Drei Mark siebenundzwanzig. Es tut mir leid um die schönen Silberstückchen, aber andererseits läßt so ein Schnupfen nicht mit sich spaßen. Ehe man sich's versieht, ist eine Lungenentzündung daraus geworden. Wie ich mir das jetzt so überlege, möchte ich sogar zu drei Kognaks raten. Man soll nicht kleinlich sein, wenn es auf Tod und Leben geht.
Mit solchen Gedanken tippele ich die Landstraße ent-

lang. Was ich sagen wollte: ich gehöre nicht zu denen, die ihren Kopf bis in alle Ewigkeit hängen lassen. Als nach einer Viertelstunde der Regen aufhört, bleibe ich stehen und grinse in eine Pfütze hinein. Ich reiße meinen Mund auf, strecke die Zunge heraus und grinse: Hähä. Ich lege die Arme kreuzweise über meinen Bauch und schüttele mich leise. Dann schlenkere ich das rechte Bein zur Seite und dann das linke, und dann bin ich fertig. Friedberg in Hessen heißt die Stadt, auf die ich losmarschiere.
Es bläst so kalt. In der Ferne brummt ein Motorrad. Wenn ich längere Zeit zum Himmel emporblicke, merke ich, daß nicht nur das graue Gefetze, daß auch das schwere, schwarze Gewölk in langsamer Bewegung ist. Der ganze Himmel bewegt sich von Westen nach Osten.

Ich behaupte steif und fest, daß es ein Unterschied ist wie Tag und Nacht, ob man heißen Rum in seinen Eingeweiden hat oder nicht. Wie ich hier so im Wartesaal vom Bahnhof Friedberg sitze, so gemütlich in einer Ecke, die Beine auf der Bank, den Rücken an der Wand, in der einen Hand eine Zigarette, die ich mir aus Klopapier und allem möglichen Tabak gedreht habe, die andere Hand in der Hosentasche, hätte ich richtig Lust, ein Liedchen anzustimmen von Glück und Jugend meines Lebens. Und es wäre mir ganz gleich, was das Fräulein hinter der Theke und die alte Bauersfrau, die da drüben in ihrem Tragkorb herumkramt, was die von mir denken würden. Weiter ist niemand im Wartesaal.
Als ich vorhin hereinkam, habe ich gleich bei dem Fräulein einen Grog von Rum bestellt.
Einen Augenblick! antwortete sie. Ihr Busen war sehr weiblich, sie hatte sich einige Löckchen als Ponys über die Stirn gehängt.

Jawohl, sagte ich, aber in der Zwischenzeit geben Sie mir erst einmal einen Kognak.
In Friedberg nennen wir es Weinbrand.
So, Weinbrand? Na, die Hauptsache ist, daß er ungefähr wie Kognak schmeckt. Und ferner möchte ich um eine Portion Bratkartoffeln mit Blutwurst bitten.
Blutwurst führen wir in Friedberg nicht. Nehmen Sie ein Paar Frankfurter.
Ich sagte wieder: Ja. Außerdem flüsterte ich noch: Was das Fräulein mit den schönen Händen mir auch bietet, es wird mir gut schmecken.
Aber ich hatte kein Glück damit. Das Fräulein, das schon zur Küche gehen wollte, drehte sich um und fragte mich streng: Hören Sie mal, Sie haben doch Geld bei sich?
Ich fuhr in die Hosentasche und ließ meinen Reichtum klimpern.
Kupfer? sagte das Fräulein.
Gold! antwortete ich.
Zeigen Sie mal!
Ich holte ein silbernes Markstück hervor. Ach je, sagte ich, da habe ich ein Junges gefaßt, doch wenn es in die Jahre kommt, wird es golden, darauf können Sie sich verlassen.
Das Fräulein wollte es nicht glauben, aber sie brachte mir trotzdem einen wunderbaren Teller voll Bratkartoffeln und fischte aus dem blanken Kessel, der auf der Theke stand, die zwei dicksten Frankfurter heraus. Das ganze Mittagessen mit Senf und Messer und Gabel kostete eine Mark fünfundneunzig. Ich schenkte dem Fräulein zwei Mark in die dicke Hand, nahm meinen Teller und das duftende Grogglas und kroch in meine Ecke.
Sie kriegen fünf Pfennige zurück! rief das Fräulein hinter mir her.
Ich sagte, sie sollte sich ein Rittergut davon kaufen.
Das war vorhin. Jetzt fläze ich mich auf der Bank herum

und stelle mir in aller Ruhe noch einmal vor, wie großartig ich gelebt und wie ich eine Bratkartoffel nach der anderen verspeist habe.
Draußen regnet es wieder. Ein Läutewerk schnurrt ab, eine Lokomotive dröhnt vor den Fenstern vorbei, daß der Fußboden zittert, ein junger Mann, der sich so lange nicht rasiert hat, daß ihm ein Bart wie dem Herrn Jesus gewachsen ist, blond und gekräuselt, kommt zur Tür herein und setzt sich in die andere Ecke, sonst finden keine Ereignisse statt. Viel Handel und Wandel ist hier gerade nicht um diese Zeit. Wir haben drei Uhr nachmittags.
Woran dachte ich doch eben, ehe der unrasierte junge Mann erschien? Ach so! Die Würstchen trieften von Saft, und einige Bratkartoffeln, die etwas angebrannt waren, schmeckten wie Pasteten. Ich habe diese Delikateßwaren zwar in Wirklichkeit noch nicht gegessen, aber ich denke mir, daß sie einem ungefähr so vorkommen müssen, wenn man sie im Mund hat.
Mein Zeug ist noch nicht ordentlich trocken. Aber das schadet nichts, ich bin innen und außen so warm geworden, daß mir der Schweiß auf der Stirn steht, ich liege da und dampfe vor Wärme und Sattheit. Mein Schnupfen läßt nach, meine Zähne wackeln nicht mehr, und falls ich einmal ausspucken muß, so ist da ein Napf in der Nähe, den ich ganz allein benutzen kann. Es hat doch sein Gutes, wenn man nicht von aller und jeder Wohlhabenheit entblößt ist!
Die Bauersfrau steckt ihren Kopf in den Tragkorb, der vor ihr steht, und kommt nach einer Weile mit einem gewaltigen Stück Streuselkuchen wieder hoch. Dann taucht sie abermals hinab und hebt eine Henkeltasse mit Sahne herauf. Nun kleckert sie die Sahne über die Streusel und beginnt, nachdem sie den Aufguß mit dem Zeigefinger glatt gestrichen hat, den Kuchen in ihren Mund

zu schieben. Auf diese Weise ernähren sich die Bauersfrauen um Friedberg herum und anderswo. Manchmal gönne ich es ihnen, manchmal gönne ich es ihnen nicht. Heute bin ich selber satt, deshalb sage ich nur: Friß nicht so hastig, alte Hexe, man verschluckt sich ja, wenn man dir zuguckt! Und vor allen Dingen: Gesegnete Mahlzeit!

Fliegengesumme... Das Fräulein sitzt hinter ihrem Würstchenkessel und liest in einem Buch, die Bauersfrau schmatzt, der unrasierte junge Mann schläft. Ich hätte nicht geglaubt, daß es in einem Bahnhof so still sein könnte.

Da schiebt sich ein neuer Gast in den Wartesaal, ein Kollege sozusagen. Er bleibt an der Tür stehen, kratzt sich am Hintern und sucht jemanden. Als er den jungen Mann mit dem gekräuselten Bart in der Ecke erblickt, schlendert er auf ihn zu, setzt sich neben ihn und zündet sich eine Zigarette an. Der Unrasierte, der die Arme über die Brust gekreuzt und den Kopf nach hinten an die Wand gelehnt hat, beachtet ihn weiter nicht. Er hebt nur, als der andere sich neben ihm niederhockt, die Augenlider eine Sekunde hoch, senkt sie aber gleich wieder. Sein Mund ist etwas geöffnet, so müde ist er. Obwohl ich mich nicht erinnere, ihm jemals begegnet zu sein, ist mir doch zumute, als spürte ich ein bißchen Freundschaft zu ihm, er ist mir nicht so fremd wie die anderen Menschen hier im Wartesaal und draußen in der Welt. Je länger ich ihn betrachte, um so besser kenne ich ihn. Aber ich bin ihm noch nie begegnet, das wüßte ich sonst. Vielleicht kommt es auch nur daher, denke ich, weil unsereins sich doch allen Menschen, die elend dasitzen, mit etwas Brüderlichkeit verbunden fühlt. Die da oben im Glück sind, bleiben uns immer unbekannt, aber zu den Elenden sagt man unwillkürlich: du. Vielleicht ist es gewissermaßen die Liebe, vielleicht ist es nur, weil wir doch Menschen sind.

Der Kollege schiebt inzwischen die Unterlippe vor und läßt, dumpf vor sich hin denkend, den Zigarettenrauch herausgehen, dann sagt er etwas zu seinem Kameraden, worauf dieser, ohne die Augen zu öffnen, den Kopf schüttelt. Ich möchte meinen, er hat gar nicht zugehört. Er schläft nicht, er überlegt wohl irgend etwas. Alles übrige ist ihm sicher gleichgültig. Seine Backen sind verflucht mager, seine Nase geht spitz aus dem Gesicht heraus, vorn steigt sie in die Höhe, er hat eine Himmelfahrtsnase.
Die Bauersfrau verfügt über ihren Streuselkuchen mit Sahne, ich verfüge über meine Wärme und Annehmlichkeit, die Zigarette ist gerade zu Ende, das Fräulein hinter der Theke verfügt über allen Reichtum auf Erden, der Kollege wieder über eine Zigarette, aber dieser Unrasierte verfügt über gar nichts. Dabei ist er ganz adrett angezogen, soweit ich sehe, ein grünes Hemd, eine braune Jacke, Schlips und Kragen, und wenn er seinen Bart abnehmen und sein durcheinander gemengtes Haar richtig kämmen würde, könnte er direkt Staat mit sich machen. Jetzt natürlich, da er sich nicht einmal ordendlich gewaschen hat, sieht er aus wie... na ja, beinah wie ich und du.
Sein Kamerad stößt ihn an und hält ihm eine Tüte mit Zigaretten hin. Er schüttelt wieder den Kopf, seine Augen bleiben zu. Und nun fragt der andere ihn etwas. Aber er hat sich zurückgelehnt und hört nicht zu. Der andere fragt und flüstert, aber der Unrasierte hängt seiner Traurigkeit nach, er sitzt da mit geschlossenen Augen und spitzer Nase und schüttelt von Zeit zu Zeit den Kopf. Ich überlege, ob ich aufstehen und dem Kollegen sagen soll, er möge den müden Mann doch endlich, verdammt noch mal in Ruhe lassen, aber ich weiß ja nicht, was die beiden miteinander haben, ich mische mich eigentlich auch nicht gern in anderer Leute Angelegenhei-

ten. Und da erhebt er sich auch schon, der Unrasierte. Er wischt sich langsam mit der Hand übers Gesicht, nimmt seine Mütze vom Tisch und geht mit stakigen Schritten zur Tür hinaus. Er ist groß, ein ansehnlicher junger Mann, aber er hält sich schlecht.

Eben habe ich gesagt, ich mischte mich nicht gern in anderer Leute Angelegenheiten, das ist schon richtig, aber nun raffe ich mich doch aus meiner Behaglichkeit auf und humpele, nachdem ich vor der Bauersfrau und dem Kollegen so getan habe, als müsse ich gähnen und wisse nicht recht, was ich wolle, mit meinen eingeschlafenen Beinen hinter dem Unrasierten her.

Wenn ich nachts durch eine Stadt schlendere, in der ich mich gerade aufhalte, begegne ich zuweilen jemandem, der ein Aussehen hat, als liefe er einem besonderen Schicksal entgegen. Dann bewege ich mich unauffällig hinter ihm her und gebe acht, was er in dieser Nacht unternimmt.

Zuerst täuschte ich mich einige Male, es geschah mir, daß ich dreimal hintereinander Herren folgte, die alsbald vor irgendeinem Denkmal ein Fräulein trafen, sich dem nächsten Park zuwandten und dort auf einer verborgenen Bank im Angesicht der Sterne zu lieben und zu röcheln anfingen. Mit der Zeit haben sich meine Augen geschärft, und heute bin ich einigermaßen imstande, in den Gesichtern, auch wenn sie im Schein der elektrischen Lampen ganz steinern aussehen, die Abenteuer zu ahnen, denen sie entgegengehen. Was habe ich da nicht schon alles erlebt! Ein wenig Ehebruch, ein wenig Mord, ein wenig Diebstahl, auch Vergewaltigung, Schwärmerei, Unsinn, Verschwörung und alles das. Manchmal ist es unglaublich aufregend. Auch sind die Umstände meistens so, daß man nur einen winzigen Teil der betreffenden Begebenheit mit eigenen Augen wahrnimmt, nur einen Schatten, der dahinhuscht, nur einen nackten Arm, der aufflimmert, jemand schreit, jemand weint ununterbrochen, ein Fenster wird dunkel, ein Schlüssel dreht sich innen im Schloß, weiter nichts. Nachher kann man sich an ein Haus lehnen und stundenlang über das Wenige nachdenken, das vorhin so geheimnisvoll vorübergeflohen ist. Man lernt, daß die Menschen ganz anders sind, als man meint, viel, viel merkwürdiger und schwieriger, viel schöner eigentlich.

Und nun humpele ich hinter dem Unrasierten her. Es wird wohl nicht gerade ein Abenteuer werden, ich bin diesmal nicht aus Neugierde aufgestanden, na, aus Neugierde wohl auch, aber der Mann sah schrecklich hoffnungslos aus, als er eben zur Tür ging, traurig mit seinen mageren, braungebrannten Backen, ich weiß nicht.

Wenn die Leute aus der Haustür treten, blinzeln sie empor und überlegen, ob sie ihren Schirm aufspannen sollen oder nicht. Das schwarze Gewölk ist vom Himmel herabgesunken und hat sich über die ganze Erde verbreitet. Es nieselt. Die Stadt ist in lauter Dunst und Trübsal gehüllt. Und was den Unrasierten betrifft, so hat er seinen Kragen hochgeklappt und die Hände in die Rocktaschen gesteckt. Er schleicht aufs Geratewohl diese Straße hin, die zur Stadt hinaufführt, Große Klostergasse heißt sie. Er schleicht und schlurft, er schlurft so gemächlich, daß ich hin und wieder, um ihn nicht zu überholen, vor einem Schaufenster stehenbleiben und mir die Bücher und Postkarten, die Hemden und Strümpfe, die Torten und Bonbons oder was es da zufällig gibt, betrachten muß. Übrigens mag ich das sehr gern, durch die Straßen spazieren und die Schaufenster angucken.

Am liebsten stelle ich mich vor einen kleinen Kaufmannsladen. Öffnet dann jemand die Tür, riecht es so ausländisch und süß heraus, das tut einem gut. Man kreucht eben auf der Welt umher und achtet darauf, wie man seine Freuden zusammenbekommt, große und klei-

ne. Mein Großvater besaß auch einen Kaufmannsladen, früher. Daher kommt es wohl bei mir. In den fremden Städten unternehme ich es sogar von Zeit zu Zeit, in einen Kolonialwarenladen einzutreten, Sonnabend abends vielleicht, wenn alles voll von Menschen ist, dann trete ich ein und bleibe an die zehn Minuten in der letzten Reihe stehen. Ich ziehe die Gerüche, die aus den Säcken und Schubladen aufsteigen, ganz tief ein. Sie fühlen sich wahrhaftig wie Punsch an in meiner Nase und in meinem Mund. Und das bedeutet dann eine so unerwartete und vornehme Abwechslung in meinem Leben. Schließlich murmele ich vor mich hin, jetzt dauere es mir aber doch zu lange, und schleiche wieder hinaus. Zu manchen Zeiten, das muß ich eben noch sagen, gibt es wieder nichts Herrlicheres für mich, als hinter einer Dame her zu gehen, die sich bei einem Friseur das Haar mit einem sündigen Wohlgeruch hat zurechtmachen lassen. Ich nehme so gern ein wenig teil an der Gebildetheit der Welt und all diesem unbeschreiblichen Duft von Damen.
Aber heute habe ich nichts davon. Meine Nase ist noch immer verschwollen. Zwar läuft das Wasser nicht mehr heraus, aber sie ist noch verschwollen und zu nichts Feinerem zu gebrauchen. Ich möchte auch den Unrasierten nicht aus den Augen verlieren.
Was er wohl in dieser Stadt Friedberg vorhat? Er schlurft dahin, als gäbe es keine Schaufenster, keine Häuser mit Mädchen, die trotz des Regens zum Fenster herausgukken, keine Allee, keinen Nieselregen, nichts. Er versteht sich eben nicht auf dergleichen. Sein Kopf hängt vornüber, seine Hände hat er mittlerweile aus den Taschen genommen und auf den Rücken gelegt. Es kommt mir beinahe so vor, als wollte er durch die Stadt hindurch und, ohne anzuhalten, wieder in das graue und nasse Land hinauswandern.
Als wir auf eine Kirche stoßen, blickt er hoch, aber sein

Gesicht ist voller Gleichgültigkeit, er geht weiter. Es scheint, daß wir nun in der Hauptstraße sind. Da hinten über den Dächern erhebt sich ein Turm, als ob da eine Burg sei. Ich glaube, es gibt in Friedberg ein Schloß, nicht wahr? Schloß Friedberg... habe ich nicht einmal so etwas gehört? Laß es sein, wie es will, vorläufig entdecke ich noch alle fünf Schritte einen Laden, vor dem es sich verlohnt, stehenzubleiben. Und mit einem Mal ist der Unrasierte verschwunden. Während ich zufällig den Busen einer wächsernen Dame bewundere, die ein Friseur in sein Schaufenster gestellt hat, ist er von der Erde verschwunden, der Kerl. Er muß in ein Haus getreten oder in irgendein Seitengäßchen abgebogen sein. Und richtig, kaum gucke ich rechts um die erste Ecke, da spaziert er auch schon dahin. Aber er hat die Hände nicht mehr auf dem Rücken, sie hängen seitlich herunter, die Finger reiben sich unruhig gegeneinander. Er wendet auch den geduckten Kopf hin und her und achtet auf die altertümlichen Häuschen da und dort. Was mag denn hier los sein? Was ist dies denn überhaupt für eine Gasse? Da haben die Einwohner ja eine Bezeichnung angebracht, laß sehen: Judengasse. Soso, Judengasse, hm. Sie biegt ein bißchen herum, und da fällt einem schon wieder ein Schild über einer Tür auf: Historisches Judenbad. Der Unrasierte hält an, liest es, betrachtet die Tür, betrachtet das Schild, er denkt auch eine Weile nach und geht schließlich in das Haus hinein. Ich meinerseits bin mir nicht recht klar darüber, was das bedeuten soll, ein historisches Judenbad. Aber es kostet ja nichts, sich dem Unrasierten anzuschließen. Nachdem ich ein paar Minuten gewartet habe, trete ich gleichfalls ein. Ich tappe zuerst einen Flur entlang und befinde mich bald auf einem kleinen Hof. Rechts erhebt sich ein spitzes Glasdach aus der Erde, wie ein Zelt für Kinder. Mir gerade gegenüber hat jemand eine Tür offengelassen, und aus dem Keller dahinter drin-

gen rötliches Licht und eine leiernde Frauenstimme. An der rechten Seite des Hofes ist wieder eine Tür, daneben ein Fenster, und als ich hineinblicke, habe ich eine Küche vor mir. Auf dem Herd kocht ein Wasserkesselchen, der Deckel klappert, auf dem Tisch liegt eine Tüte, aus der zwei Brötchen herausgekollert sind, sonst rührt sich nichts. Und wo ist der Unrasierte geblieben?
Alsdann guten Tag, der Herr! sagt plötzlich jemand hinter mir, und aus dem Keller watschelt eine dicke Frau heraus. Ich wünsche auch guten Tag mit meiner Mütze, und was es denn hier zu sehen gäbe. Sie zeigt auf das rötliche Licht: Gehen Sie nur hinein, es ist schon jemand unten.
Unten? frage ich.
Die Frau antwortet mit einer langen und breiten Rde. Ich hätte also hier das historische Judenbad, welches im Jahre zwölfhundertsechzig ein reicher Kaufmann in den Felsen hauen ließ, bedenken Sie mal, damit also die verheirateten Frauen des Judenviertels... bedenken Sie mal, hier war doch das Getto von Friedberg, die Straße, wo Sie hergekommen sind, heißt ja bis auf den heutigen Tag noch die Judengasse, damit die also das Gesetz befolgen konnten, das ihnen vorschrieb, sich in jedem Monat einmal in unberührtem Wasser zu waschen. Nun gab es aber damals im Getto keine Quelle, bedenken Sie mal, wie hoch wir hier wohnen, und unten drunter ist alles Felsen, und das Wasser durfte ja von keiner Menschenhand angefaßt sein, in dem sie sich badeten. Und da wurde also dieses Bad vierundzwanzig Meter tief in den Felsen gebaut, senkrecht nach unten, ja so ist es. Heute benutzen wir es nicht mehr. Neunzig Treppenstufen. Das Judenviertel wurde nachts mit Ketten abgeschlossen. In Worms soll es auch so ein Bad geben, aber nicht so interessant. Die Säulen sind ja alle gotisch, jede anders, gehen Sie nur hinein.

Leider entdecke ich, während sie noch erzählt, eine Inschrift, die verkündet, daß man für die Besichtigung des historischen Judenbades fünfzig Pfennige bezahlen müsse.
Ach du liebe Zeit, sage ich zu der Frau, ich würde mir das ja gern einmal ansehen, aber nun habe ich dummerweise, als ich von Hause wegging, mein Portemonnaie liegengelassen.
No... macht die Frau und wackelt freundlich mit dem Kopf, das könnte man jedoch... Wo sind Sie denn zu Hause?
Ungefähr in Bremen, sage ich und ziehe die Augenbrauen hoch. Eine halbe Mark ist auch furchtbar viel Geld für meinesgleichen.
Die Frau nimmt jedoch die Inschrift nicht so wortwörtlich. Sie ist mir vielmehr wohlgesonnen und erkundigt sich bei mir, wohin ich denn wolle, ob ich Arbeit suche, ob meine Mutter noch lebe: Ja, ja, manche junge Leute haben es heutzutage gar hart im Leben. Gehen Sie einstweilen nur hinein, es ist sehr interessant. Die Säulen sind alle gotisch, die Treppen auch.
Sie sollen vielmals bedankt sein, sage ich mit einer Verneigung, dann will ich alles erst einmal besichtigen.
Im Keller brennt elektrisches Licht, dann kommen einige Stufen, dann eine Tür um die Ecke herum, Kälte schauert über mich hin, ich zögere, ich reiße die Augen auf, und dann bin ich im Judenbad.
Von oben sinkt aus einer runden Deckenöffnung graues Licht in den Abgrund hinab. Ich bin ganz beklommen. Wie soll man das Bad beschreiben? Es ist wie ein viereckiger Brunnenschacht, aber geräumig. An den Seiten führen steinerne Stufen hinab, die von Säulen gestützt sind. Blickt man in die Tiefe, so spiegelt sich da unten, ganz da unten, das wenige Licht in einer düsteren Wasserfläche. Und von da unten weht wohl auch diese mod-

rige Kälte herauf, die mich erzittern läßt. Was mag in diesem Schacht schon alles geschehen sein! Wie mögen die Frauen ausgesehen haben, die hier in den vergangenen Zeiten hinabgestiegen sind? Ich wußte gar nicht, daß die Juden so eine Sitte haben. Damals ist es ihnen schlecht gegangen überall auf der Erde, wo sie lebten. Aber die Frauen in Friedberg haben doch ihr Gesetz gehalten und dem Felsen und den Ketten getrotzt. Ich bleibe stehen. Totenstille und Dämmerung. Kein Tropfen fällt, nichts rührt sich, graues Licht an den Wänden hinab. Es gibt so vielerlei Geheimnisvolles auf der Welt, finde ich. Darf man dies nun ein Heiligtum nennen? Ich glaube, für die Juden ist es ein Heiligtum, wenn auch nackte Frauen hier ihr Wesen gehabt haben. Möglicherweise bilde ich es mir nur ein, aber es riecht hier wie der Geruch, der von bloßen Frauenbrüsten ausgeht, ich weiß nicht... Wo steckt denn übrigens der Unrasierte? Vorhin hat die Frau doch zu mir gesagt, es sei schon jemand drinnen, das muß er doch gewesen sein. Ah, da unten auf der letzten Stufe hockt jemand dicht an die Wand gepreßt, ist er das? Ja, das ist er. Wenn ich ganz unvermutet auf ihn gestoßen wäre, würde ich jetzt sicher Angst vor ihm haben, so gespenstisch sitzt er da auf der dämmerigen Treppe.
Er hat sein Kinn auf den Knien und grübelt vor sich hin. Dabei wickelt er ein Zwirnsfädchen, das er wohl aus seinem Rock gezupft hat, immerzu um seinen Zeigefinger, wickelt es auf, wickelt es ab und grübelt mit seinen Augen in das Wasser hinein.
Eben will ich die drei letzten Stufen hinuntergehen, da sehe ich, daß er sich langsam nach vorn neigt und sich mit einem Mal wie ein Stück Ufer, das die Strömung unterwaschen hat, vornüber in den Wasserspiegel fallen läßt. Es dröhnt den Schacht hinauf. Mensch! Ich bin mit einem Satz unten, knie mich nieder und zerre ihn heraus.

Erst den Hintern, dann den Kopf und dann den ganzen Kerl. Er wehrt sich nicht, aber er wiegt trotzdem sein Teil. Mein eines Bein rutscht noch ab und patscht ins Wasser. Schadet nichts, die Hauptsache ist, daß ich ihn habe! Nun schnell nach oben! Was, zum Satan, soll denn das heißen, denke ich. Es läßt sich gar nicht so einfach bewerkstelligen, ich fasse ihn um den Leib, seine Beine schleifen hinterher. Einmal will er etwas sagen, aber ich fahre ihn an, er solle vor allen Dingen seinen Mund halten, sonst würde er nur noch schwerer.

Es hat doch keinen Zweck, keucht er und spuckt Wasser aus.

Was hat keinen Zweck? Du sollst deinen Mund halten!

Das Leben hat keinen Zweck.

Darüber reden wir noch. Mensch, du bist ja verrückt! Kannst du jetzt wenigstens allein gehen? Halt deinen Mund, sage ich dir!

Aber als ich ihn auf seine Füße stelle, sackt er gleich wieder zusammen, er hat gar keinen Willen mehr in seinen Knochen. Ich lehne ihn wieder über meine Schulter und hebe ihn hoch. Sein Kopf hängt an meinem Rücken herunter.

Sie ist längst tot, flüstert er.

Wer?

Da bringt er einen Namen über seine Lippen, den ich nicht verstehe, Acha oder so ähnlich. Ich fluche und schleppe ihn weiter, endlich bin ich oben. Wo ist die Küche? Da! Ich trage ihn geradenwegs in die Küche hinein. Die dicke Frau sitzt ganz ruhig auf dem schwarzen Ledersofa und trinkt ihren Kaffee.

Erschrecken Sie nicht, stoße ich hervor, indem ich den Unrasierten zu Boden gleiten lasse, er ist aus Versehen ins Wasser gefallen!

Aber es nützt nichts, die dicke Frau niest vor Schrecken und Verschlucken den ganzen Kaffee, den sie gerade im

Mund hat, aus ihrer Nase heraus, daß es nur so zischt. Sie muß aufspringen und sich im Kreise drehen. Hierher, aufs Sofa!
Ich wälze den Unrasierten aufs Sofa.

Soviel habe ich schon herausbekommen, er ist im Grunde seines Herzens ein wehmütiger Mensch, er ist sogar direkt zimperlich, er versteht sich ganz und gar nicht auf unser Wesen in Freiheit und Härte und nicht auf das Ergreifen des Glücks, wenn es einmal erscheint. Ich könnte einen Eid ablegen, daß er nicht auf der Landstraße zu Hause ist. Obwohl er nur ein paar Worte von sich gegeben hat, redet er doch mit seinem Munde wie ein Studierter. So welche gehen in unserem Leben bald verloren. Jedenfalls muß man sich vorläufig mal um ihn kümmern, die Studierten sind ja auch Menschen, wenn sie auch nicht viel Nutzen unter uns verbreiten. Vorhin hat er zu der dicken Frau gesagt, er heiße Fritz Gehrken. Das mag schon stimmen.
Wenn er jetzt auf dem Ledersofa liegt und sein Gesicht gegen die Lehne gekehrt hat, so daß wir beide, die dicke Frau und ich, nur seinen jungenhaften Hinterkopf und seine gelblichen Ohren sehen können, so schämt er sich eben vor uns.
Warum will er denn nichts von uns wissen? flüstert die dicke Frau und guckt mich an.
Lassen Sie ihn nur in Ruhe, er schämt sich bloß.
Ich glaube, daß ich mich ungefähr auf seine Gedanken verstehe. Da hat er nun etwas getan, er hat sich ins Wasser sinken lassen, er hat gerettet werden müssen, und da schämt er sich natürlich vor uns. Ich habe keine Ahnung, weshalb er sein Leben beendigen wollte. Vielleicht offenbart er mir's gelegentlich, vielleicht auch nicht. Das ist seine Sache. Es gibt ja welche, die schämen sich, weil sie so sind, wie sie sind. Außerdem hat er ein altes Nacht-

hemd von der dicken Frau an mit gefaltetem Spitzenkragen um den Hals. Deshalb schämt er sich erst recht. Aber was ist denn weiter dabei! Seine Lumpen hängen über dem Herd und trocknen, er kann sich doch nicht nackt auf dem Sofa herumtreiben. Ich habe ihm einfach das Hemd von der dicken Frau angezogen und ihn in eine wollene Decke gewickelt, fertig.

Draußen regnet es, hier drinnen bollert der Herd, wir haben es hübsch warm bei Kaffee und Brötchen mit Süßrahmbutter. Wir sind in Gottes Himmelreich eingegangen. Die dicke Frau ist in jeder Beziehung großartig. Ich habe mein nasses Bein auf den Kohlenkasten gestreckt, das andere wickele ich um das Stuhlbein, mein Schnupfen bessert sich ununterbrochen, mit der rechten Hand esse ich ein Brötchen, mit der linken trinke ich Kaffee, ich schäme mich keineswegs. Und wenn ich noch eine Hand zu meiner Verfügung hätte, so würde ich der dikken Frau, wie sie neben mir am Herd steht und Spiegeleier in die Pfanne schlägt, aus lauter Spaß und Dankbarkeit sozusagen über ihren Hintern streichen, der allmächtig und rund ist wie die Welt im Osten und Westen. Jetzt backt sie für den Unrasierten, für diesen Fritz Gehrken, drei Spiegeleier, damit er erst einmal etwas in den Magen kriegt.

Wollen Sie auch eins? fragt sie mich.

No ja, antworte ich, wenn Sie mir so zusetzen, eins oder zwei, mehr aber auf keinen Fall. Es ist dann ein Aufwaschen.

Sie zwinkert mich von der Seite mit den Augen an, dann tut sie ohne ein Wort noch zwei Eier in die Pfanne.

Ach ja, stöhne ich unschuldig vor mich hin und trinke einen Schluck Kaffee.

Der Speck brutzelt, die Eier knallen und blackern. Nach einer gewissen Zeit sind sie gar. Der unrasierte Herr Gehrken darf von einem Teller essen. Ich für meine Per-

son bin hier schon so bekannt, daß ich mir meine Portion gleich aus der Pfanne picken kann.
So, Herr Gehrken, ruft die dicke Frau mit energischen Worten, nun aber mal hingesetzt, nun aber mal gefuttert, allons, allons!
Und weiß der Himmel, er rafft sich auf, er dreht langsam seinen Kopf herum und faßt den dampfenden Teller ins Auge.
Spiegeleier, Herr Gehrken, in Speck und frischer Butter gebraten! Hier, nehmen Sie ein Scheibchen trocken Brot dazu, wenn die Eier zu fett schmecken. Soll ich Ihnen Schnittlauch darüber schneiden? Manche mögen es ja nicht. Wie geht's Ihnen denn?
Es geht mir soweit ganz gut, sagt er leise. Dann hustet er etwas und fährt noch leiser fort: Entschuldigen Sie, daß ich Ihnen zur Last gefallen bin, Sie bemühen sich alle so um mich, der... der Kollege und Sie. Es geht mir schon wieder besser. Soll ich das alles haben? Das ist aber wirklich...! Danke schön, danke schön! Ja, ich esse gleich.
Er macht eine Pause und zupft ein Fädchen aus der Dekke. Schließlich spricht er stockend weiter: Ich habe mir überlegt, daß ich Ihnen vielleicht erzählen sollte... wie ich... wie es mir ergangen... ich meine, wie ich in diese Lage geraten bin, wenn es Sie interessiert. Es ist ja so merkwürdig gekommen heute nachmittag... ich meine mit uns. Sie sind so freundlich zu mir, ich meine, was Sie nun über mich denken.
Wir denken über Sie, sagt die dicke Frau, Sie sollten vor allen Dingen die Spiegeleier nicht kalt werden lassen! Es kann doch jedem Menschen mal passieren, daß er auf die Wanderschaft gehen muß.
Gewiß, aber uns kann es doch kaum passieren. Und dann das vorhin, da bin ich doch... da habe ich mich doch...
Ich merke, daß es Zeit ist, mich einzumischen. Die dicke

Frau braucht meiner Ansicht nach weiter nicht zu erfahren, was sich unten im Judenbad ereignet hat. Wenn wir nachher unter vier Augen sind, soll er mir schon Rede stehen, aber jetzt tut es nicht nötig. Es stimmt ihn sicher leichter, wenn ich ihn unterrichte, daß ich den Mund gehalten habe. So blicke ich ihn also scharf an, ziehe die Stirn kraus und sage, indem ich mir mit dem Zeigefinger auf den Mund tupfe: Mensch, iß nur erst einmal! Am Ende willst du dich noch bei unserer Gastgeberin entschuldigen, daß...

Bei wem? wirft die dicke Frau ein.

Bei unserer verehrten Gastgeberin, sage ich und verbeuge mich vor ihr. Ihren Namen weiß ich leider nicht.

Sie können mich Frau Rauch nennen.

Frau Rauch, jawohl. Am Ende willst du dich auch noch bei Frau Rauch entschuldigen, daß die Stufen im Bad so glitschig waren, oder daß du aus Versehen ausgerutscht bist, oder daß das Wasser dich so naß gemacht hat, oder daß du nicht, wenn schon, denn schon, auf der Stelle mit Haut und Haar abgesoffen bist, wie? Du bist mir ein Kerl! Frau Rauch, Ihre Spiegeleier, die ich hier esse, sind von einer Delikatheit... also in meinem Leben habe ich keine so knusprigen Eier vorgesetzt bekommen. Darf ich auch um eine Prise Schnittlauch bitten? Danke sehr!

Aber dieser unrasierte Gehrken versteht nicht gleich, worauf ich hinauswill, er bringt seine Beine unter den Tisch und setzt sich aufrecht hin, zwischendurch stammelt er: Nein, nein... wieso?

Das Tuch gleitet von seiner Schulter. Und als er die Hand nach der Gabel ausstreckt, ist sein Arm vom Ellbogen an nackt. Ein Damennachthemd hat eben keine langen Ärmel. Seine Stirn wird rot, er beugt sich über den Teller und fängt in seiner Verlegenheit an, die Eier in sich hineinzuschlingen. Seine linke Hand versucht fort-

während, das Tuch vor der Brust zusammenzuhalten. Verwirrung über Verwirrung.
Schmeckt's? fragt Frau Rauch.
Er hebt seinen Kopf und sucht meine Augen: Ich bin doch ausgerutscht, nicht wahr? Dann wendet er sich, ehe ich antworten kann, Frau Rauch zu: Wie meinen Sie? Ob's schmeckt?
Ja danke, ausgezeichnet! Es schmeckt mir ausgezeichnet!
Sein Arm ist weiß und dünn, seine Hand dunkelbraun. Wie er so dasitzt, wird er keine fünfundzwanzig Jahre alt sein. Der Bart macht ihn natürlich älter. Angenommen, er hätte keinen Bart, so würde er sicher ganz sanft und zart aussehen, nicht gerade wie ein Mädchen, dazu ist er auch viel zu verbrannt, aber doch feiner, als sonst die jungen Kerls gewachsen sind. Ich komme mir ordentlich wild und breit neben ihm vor. Aber er braucht keine Angst vor mir zu haben, im Gegenteil. Zuweilen, wenn ich ihn ansehe, wird er mir so lieb mit seinem kleinen Mund, der immer ein bißchen offensteht, und mit seinen blanken Zähnen hinter den Lippen. Die Bläue seiner Augen leuchtet hell in dem verbrannten und scheuen Gesicht. Soll man glauben, daß er schon vielerlei erlebt hat?
Frau Rauch erwägt wohl etwas Ähnliches in ihrem Sinn. Sie läßt sich auf einem Stuhl nieder, faltet die Hände vor sich auf dem Tisch und fragt mit einem Blick auf seine Arme, was er denn für ein Gewerbe gelernt habe.
Ursprünglich bin ich Lehrer gewesen.
Ist die Möglichkeit! Und jetzt?
Ach jetzt... macht er und lächelt bitterlich.
Nein, pscht! Essen Sie erst! Jetzt wird gegessen und nicht geschwatzt! So, Lehrer sind Sie gewesen! Richtig Lehrer?
Ja, ja. Um einmal von etwas anderem zu reden: Was sagen Sie als Lehrer und gebildeter Mensch denn zu unserem historischen Bad?

Als Lehrer ist es für mich etwas ganz Neues. Ich habe noch nie von so einer Architektur gehört. Es berührt mich auch so seltsam, daß ich mich gerade in diese Gasse und in dies Haus verirrt habe. Aber ich... ich bin jetzt kein Lehrer, Sie können auch nicht wissen, was für eine Gemütsbewegung ich erlitten habe, während ich die Treppe hinunterstieg und an etwas denken mußte, nicht als Lehrer, sondern als... als... wie soll ich es nennen... als gewöhnlicher Mensch, als... als... ja eben... als Mensch...

Er legt die Gabel hin und starrt auf seinen Teller. Seine Hände spielen mit einer Brotrinde. Ich höre auf, meine Pfanne auszuwischen, und sehe ihn an und warte, was er nun weiter erzählen will. Frau Rauch rückt näher an den Tisch heran und wartet auch auf seine Worte. Wir spüren, daß jetzt etwas Besonderes aus ihm heraus will. Ein oder zwei Minuten lang schweigen wir alle. Dann wirft er die Brotrinde weg, wendet den Kopf zur Seite und flüstert gegen seine Schulter: Wir waren einmal in Amsterdam...

In Amsterdam, fragt Frau Rauch, und da?

Und da... Kennt jemand von Ihnen Amsterdam?

Nein, sage ich.

Frau Rauch schüttelt nur den Kopf.

Ah, Amsterdam! Sie machen sich keinen Begriff, wie golden und zauberisch die Stadt aussieht!

Nein, ich mache mir sicher keinen Begriff davon.

Unten gärt lauter Brackwasser und Sumpf, flüstert er, die Häuser stehen meist auf Pfählen, müssen Sie bedenken, die Zuidersee drängt sich mit Ebbe und Flut durch die Schleusen. An allen Ecken und Enden ziehen sich Kanäle hin oder Grachten, wie man sie in Amsterdam nennt, schwarz und schillernd vor Fäulnis. Darum riecht es auch so sonderbar. Aber daraus steigt nun die Stadt empor, unten violett und dunkel, dann spielt sie ein bißchen ins Goldene und Grüne mit Giebeln, Baumkronen und Kaminen, nicht wahr, und zuletzt löst sie sich in durchbrochene Kirchtürme auf, immer höher, immer spitzer. Ganz da oben weht nur grauer Äther und Glokkenspielmusik und ein silberner, im Licht sich wendender Taubenschwarm. Amsterdam.

Wunderbar, wie Sie uns das beschreiben! meint Frau Rauch. Jetzt höre ich es ja auch, daß Sie ein Gelehrter sind in Sprache und lauter Kenntnissen. Liegt Amsterdam nicht in Belgien?

In Holland, verbessere ich sie. Ich hatte einmal einen Kameraden, mit dem ich Musik machte. Derselbe Kamerad ist dann nach Amsterdam getippelt, daher weiß ich es. Er blies auf seiner Mundharmonika und ich auf diesen zwei Fingern. Einen ganzen Monat lang sind wir Kameraden gewesen mit Liedern und Melodien. Dann wandte er sich nach Amsterdam. Friedel hieß er. Amsterdam liegt in Holland.

Gehrken sagt auch, es läge in Holland. An den Grachten entlang stünden Ulmen und Linden, die sich gegen den Wasserspiegel neigten und das bräunliche und klare Licht, das von Blatt zu Blatt ränne, langsam abtropfen ließen.

Entschuldigen Sie die Störung, unterbricht ihn da Frau Rauch, Sie sollen gleich weiterreden, aber Ihr Essen wird kalt!

Ach, ich kann beim besten Willen nicht mehr.

Nanu?

Nein, danke schön, ich bin vollständig satt.

Es wäre doch schade, wenn das umkäme!

Das muß ich auch sagen, mische ich mich ein, es wäre geradezu eine Sünde.

Da erkundigt sich Frau Rauch bei mir, ob ich meinerseits vielleicht noch Appetit hätte.

Wir wollen uns nicht weiter darum streiten, antworte

ich, geben Sie den Teller nur her, damit die Sache ein Ende hat!
Sie zwinkert mir mit ihren Augenwimpern zu: Sieh mal an, sagt sie, Sie feiern die Feste, wie sie fallen. Aber es ist Ihnen gern gegönnt, und nun muß Herr Gehrken uns beiden von Amsterdam erzählen.
Gehrken hebt seine Beine aufs Sofa, wickelt sich in die Decke und lehnt sich zurück. Seine Nase weist empor, seine Augen sind hell, er erinnert sich an die Zeit, als er in Holland war. Fast vergißt er, daß Frau Rauch und ich auf unseren Stühlen sitzen und ihm zuhören.
Ulmen und Linden stehen an den Grachten, sagt er, dahinter ragen hochgegiebelte Häuser auf, gebaut aus Klinker und Backstein. Manche sind von oben bis unten schwarz oder violett angestrichen. Sie meinen, das müßte aber einen düsteren Eindruck machen? Wie man es nimmt. Oder besser: wie man es trifft. Wenn man es so trifft, daß auf den Grachten gerade verschiedene Schiffe entlangtreiben, ist alle Düsternis verschwunden. Diese Schiffe in Holland stellen nämlich das Bunteste dar, was es auf der Welt gibt. Ein roter Bug, ein blaues Ruder, ein grüner Mast, ein gelbes Seitenschwert, eine lila Kombüse. Die Farben leuchten nur so durch ganz Amsterdam hindurch. Und ferner gibt es auch Blumenkähne in ihrer glühenden Pracht. Sie gleiten vorbei, ein paar purpurne Kelche fallen hinab und schaukeln im schwarzen Kielwasser. Habe ich schon gesagt, daß in der Ferne immer so goldenes und gedämpftes Licht herabsickert? Ja, das geschieht. Früher haben in Amsterdam große Maler gelebt. Und über die Grachten und Blumen, über die Giebel und Bäume, über die Menschen und Autos, die sich in den Straßen bewegen, geht von Viertelstunde zu Viertelstunde der Gesang der Glockenspiele hin. Zuerst hört man einen verschwebenden Schlag, dann folgt allmählich eine richtige Melodie, ein Bauerntanz, ein Choral,

ein Marschlied, so zögernd, so hilflos, so voll guten Willens, ein Abendsegen. Rechts läutet es ähnlich, links, schon ferner, ein bißchen anders, und da hinten, kaum noch zu unterscheiden, etwas Drittes. Kling... kling kling klang... klong klong...

Er macht eine Pause und ruckelt mit seinem Hintern auf dem Sofa herum, um ihn in eine bequemere Lage zu bringen.

Wunderbar! ruft Frau Rauch wiederum. Es klingt so wunderbar, als ob man es in einer Zeitung läse!

Ich finde auch, daß er es unvergleichlich heraus hat, uns irgendein Bild vorzugaukeln. Wie er es nur anstellt, daß ihm so viele und eigentümliche Wörter einfallen! Seine Stimme ist weich. Man hört ihm wie im Traum zu. Und jetzt bin ich vor allen Dingen neugierig, was für ein Schicksal er denn in dieser Stadt Amsterdam gehabt hat. Er will und will nicht davon anfangen. Und wenn er uns alles mögliche von den Grachten und den Glockenspielen berichtet, so redet er nur um die Sache herum. Ich habe es schon die ganze Zeit über gemerkt.

Ist es wohl erlaubt, sage ich leise zu Frau Rauch, sich eine Zigarette anzuzünden?

Na gewiß.

Ich besitze noch eine Handvoll Tabak in meiner Tasche. Die Zigarette ist geschwind gedreht, sie brennt, sie qualmt und erfüllt Frau Rauchs Küche mit scharfem Geruch.

Wie steht es, Kollex, magst du auch eine?

Er achtet jedoch nicht auf meine Rede, er wischt mit den Fingerspitzen über die blonden Haare an seiner Backe, blickt zur Decke empor und berichtet mit kraftloser Stimme, wie es in Amsterdam war.

Den ersten Abend saßen wir in unserem Gasthaus am Damrak, ich glaube, es hieß Hotel van Gelder. All das Neue, was uns tagsüber begegnet war, das ununterbro-

chene Umherwandern und Schauen, hatte uns ziemlich müde gemacht.
Nun muß ich Sie noch mal unterbrechen, fängt Frau Rauch wieder an. Wir, wer war das denn, wir?
Ach so, habe ich noch nicht davon gesprochen? Wir waren zu dritt, zwei Kollegen und ich. Wendelken und Schütze, zwei Lehrer aus Delmenhorst, und ich.
Delmenhorst... Delmenhorst...? fragt Frau Rauch.
Ich kann es nicht lassen, mich vor ihr mit meinen Kenntnissen vom Norden und Süden der Welt ein bißchen aufzuspielen und werfe beiläufig hin, Delmenhorst liege zwischen Bremen und Oldenburg.
Ganz recht, sagt Gehrken, Delmenhorst an der Delme, eine kleine Amtsstadt, Frau Rauch, mit einundzwanzigtausendachthundertundsiebzig Einwohnern bei der letzten Volkszählung. Wir drei waren in den Sommerferien nach Holland gefahren, und nun saßen wir in unserem Amsterdamer Hotelzimmer um eine Flasche Wein herum und gähnten. Die beiden anderen wollten zu Bett, aber ich meinte, man müsse sich diese fremdartige Stadt auch einmal bei Nacht betrachten. Lieber Gott, gähnte Schütze, wenn ich meinen richtigen Schlaf nicht kriege, bin ich morgen zu nichts Vernünftigem zu gebrauchen. Morgen ist auch noch ein Tag. Und Wendelken hatte von den unzähligen Autos Kopfweh bekommen. Es blieb mir nichts anderes übrig, als allein loszugehen.
Frau Rauch rückt zur Seite und macht mit beiden Händen eine wegwerfende Bewegung, als wüßte sie unter diesen Umständen bereits alles. Amsterdam bei Nacht, ruft sie, da kann ich mir ja denken, was sich begeben hat! Sie mit Ihren blonden Haaren und mit Ihrer Jugend allein in Amsterdam! Aber erzählen Sie nur weiter!
Ja, es ist nicht schwer, zu wissen, was kam. Nur... im Grunde genommen war es doch wieder ganz anders, als irgendein Mensch sich's ausmalen kann.

Er lächelt vor sich hin aus Scham und Traurigkeit: Ich setzte meinen neuen Hut auf und tappte in die Stadt hinein, in die unbekannte und verlockende Dunkelheit, vorbei an der Nieuwen Beurs in eine Gasse hinein, in der die Menschen in Massen auf und ab zogen, aus den Kneipen dröhnte Getrommel und Geklirr, donnerte Gelächter heraus, es war Sommer, es war Nacht, oben in den Schiebefenstern lagen schwere Frauen und blickten schweigend auf mich herab. Manche Häuser hatten sich zur Rechten und zur Linken mit ihren Giebeln so weit vorgeneigt, daß ich dachte, sie sänken jeden Augenblick gegeneinander. Weil ich möglichst viel lernen wollte, las ich überall die Aufschriften, manche verstand ich, weil ich Plattdeutsch konnte, manche blieben mir unklar. Ich kam auch an einer alten Kirche vorbei. Die Gasse zog sich rundherum mit ihren kleinen Häusern, freundlich erhellt. Und weil hier keine Kneipen betrieben wurden, herrschte Frieden und Stille. Allerdings wohnten in den kleinen Häusern die... die Mädchen, wissen Sie. Ich ließ mich aber nicht aufhalten. Nein, sagte ich höflich zu ihnen, danke schön, mein Fräulein! und schlenderte weiter. Nun überquerte ich eine Gracht, Laternen brannten, noch eine Gracht, dann stieß ich wieder auf großen Verkehr. Der Platz hieß der Nieuwe Markt. Ich merkte, daß unter den Leuten, die hier durcheinanderwogten, viele Juden waren. Und da fiel mir überhaupt das Judenviertel ein, von dem man in den Geographiebüchern und Städtebeschreibungen manches gelesen hat, das Getto von Amsterdam, Frau Rauch. Der Menschenstrom führte mich mit sich fort. Wenn ich mich recht erinnere, hatte die Straße, die ich entlang ging, den Namen St. Antonies Bree Straat. Und da war ich schon im Judenviertel. Ach ja, ich ging hin, ohne es zu wollen. Ich war so allein in der Fremde. Einige meinen, die Sterne beeinflussen unser Schicksal. Was soll man sich dabei denken? Es könnte ja sein, daß alle diese fernen Sonnen... ich meine, wie der Mond Ebbe und Flut auf der Erde erregt, daß die anderen Sterne auch so Gezeiten im Blut und in den Nerven des Menschen erscheinen lassen, ganz fein. Man könnte sich vorstellen...

Kollex! rufe ich vorsichtig.

Man könnte sich vorstellen, daß wir in ein gewisses Kräftesystem im Kosmos eingespannt sind mit unseren Nerven und...

Nein, Gehrken, sage ich, du mußt nun geradenwegs auf die betreffende Angelegenheit losgehen. Sieh mal, du redest und redest und kommst gar nicht zu dem, was du uns eigentlich erzählen willst, du weichst immerzu aus. Laß einmal die Sterne und erzähle uns, was dir bei den Juden in Amsterdam zugestoßen ist.

Er gibt sofort klein bei. In seinem Charakter ist wenig Festigkeit, finde ich. Ob ihn das Leben so windelweich geprügelt hat?

Was mir bei den Juden in Amsterdam zugestoßen ist? wiederholt er. Eine Straße heißt dort Joden Houttuinen. Da wohnte sie. Eine Straße, eine Gasse, ein Graben voller Dreck und Grauen. Die Häuser fallen allmählich zusammen, die Fenster sind mit Brettern vernagelt, die Türen gehen wie Höhlenlöcher in die Finsternis, es gibt keine Farben da, alles sieht grau und schwarz aus. Die Mauern sind grau, graue Backsteine. Wo Spülicht niedersikkert, sind sie schwarz. Auf dem Pflaster fließt Jauche und weißlicher Unrat, Heringsköpfe, verfaulte Kartoffelschalen, Gestank. Joden Houttuinen. Da standen Männer mit tief in die Augen gezogenen Mützen, hatten die Hände in den Hosentaschen und redeten mit vorgestrecktem Kinn aufeinander ein. Wabbelige Mütter hockten auf Kisten und Treppen mit dem Säugling an der nackten Brust, jetzt in der Nacht noch. Nur die Mädchen, die schweigend dahinglitten, den Lichtern, den Cafés, dem Untergang entgegen, sahen anders aus. Ihre Schuhe und Strümpfe, ihre Röckchen, Capes und Strohhüte, alles war hell. Sie hoben sich wohl nur einen Sommer lang aus dem Unrat empor, waren ein bißchen pastellfarben, waren ein bißchen glücklich und sanken wieder in die Tiefe. Wie dem auch sei, in einer Fensterhöhle saß ein alter Mann und starrte vor sich hin. Über seinem bärtigen Gesicht hing die ganze Schwermut und das uralte Wissen seines Volkes. Er saß da und sann zurück und löschte nach und nach aus. Ich wollte gern erkunden, wie diese Häuser wohl von innen aussähen, und schob mich gebückt in das Türloch neben dem Alten. Da tauchte aus der rückwärtigen Dunkelheit des Ganges ein Mädchen hervor und stand nun in der Dämmerung, die das Licht einer Straßenlaterne hier vorn bereitete, ein Fräulein, ich konnte es gar nicht glauben, ein Judenkind von sechzehn oder siebzehn Jahren, das Gesicht schimmerte matt, sie hatte einen leichten, grauen Mantel an und einen ähnlichen Hut auf dem Kopf, ich konnte sie nicht richtig erkennen. Wir standen uns ein paar Sekunden gegenüber. Und während ich dachte, wie sie es denn in aller Welt angefangen hätte, in der Pest und Verwesung dieses Hauses so schimmernd zu bleiben, stammelte ich eine Entschuldigung und fragte, ob man wohl einmal hier eintreten dürfe. Ich hätte gern... ich... nein... Sie antwortete mir etwas Holländisches, voll von röchelnden Buchstaben, die sie hinten in der Kehle aussprach. Ich verstand nicht ein einziges Wort, aber ich gab mir auch gar keine Mühe. Nämlich sie duftete mich an, sie flimmerte silbrig in der Nacht, wirklich, sie flimmerte, sie... sie...

Er läßt die Hand, mit der er, als ihm die Worte fehlen, einige suchende Bewegungen macht, fallen und atmet tief aus.

Schweigen.

So so, sagt Frau Rauch nach einer Weile und runzelt die Stirn, die war es also. Und dann?
Und dann wurden wir eben miteinander bekannt. Bitte, fragen Sie mich nicht, ich möchte das nicht alles beschreiben! Auch wenn zwei Menschen keine verständlichen Worte miteinander sprechen können, beginnt sich manchmal die Liebe in ihnen zu regen. Nur so der Blick, nicht wahr, nur die Gestalt, nur der Duft, nur eine Schleife auf der Brust, es braucht nicht die Schönheit zu sein. Immer, immer ist es doch wunderbar, wenn zwei Menschen sich ansehen und voreinander erbeben, ich meine, daß beide ganz dasselbe empfinden, eine Gnade senkt sich herab, es ist doch so unbegreiflich. Wir gingen dann durch alle möglichen Gassen und Straßen, auch über Brücken, auch an ruhenden Schiffen vorbei, es war so selbstverständlich, daß wir beisammenblieben. Das Wasser glitzerte und schaukelte, einmal rauschte ein langer Windstoß durch die Bäume, an bestimmten Stellen trieben Menschenscharen durcheinander, an den Seiten war Finsternis, mittendrin elektrisches Licht, Sommernacht und Glockenspiele in der Luft, Straßenbahnen und Autos. Wir kamen zum Beispiel an einem großen Haus vorbei, auf dem die Fahnen vieler Nationen wehten. Sie waren vom Dach aus mit Scheinwerfern erhellt, von unten herauf, und nun wehten sie leuchtend und still unter den Sternen. Die Schwarzrotgoldene war auch dabei. Ich zeigte sie meiner Geliebten und sagte: Deutschland. Sie blieb stehen und antwortete mit ihrer dunklen und heiseren Stimme: Dööitsch-chland. Und wenn sie es auch ungeschickt herausbrachte, es hörte sich doch zärtlich an in der fremden Stadt. Das war nun die Art, wie wir uns liebten. Wollen Sie denn immer noch mehr wissen?
Sicher! sagt Frau Rauch. So etwas habe ich ja noch nie vernommen. Aber Sie dürfen mich nicht mißverstehen, wenn ich jetzt etwas Dummes frage: War sie denn nicht

eine... eine... ich will damit ausdrücken, ob sie nicht... weil sie ja so ohne weiteres mit Ihnen ging... ob sie nicht so eine war...

Gehrken wendet seine Augen zu Frau Rauch hin und schüttelt den Kopf.

Sie nimmt sofort ihren Verdacht zurück, sie wird ordentlich rot: Nein, nein, es kam mir nur so vor, verstehen Sie mich nicht falsch!

Da fährt Gehrken mit seiner Erzählung fort und sagt: Sie können sicherlich nicht ahnen, wie leise alles zwischen uns war. Ich mag das Leise. Als wir später in eine menschenleere Gasse einbogen, hob ich im Gehen meine Finger auf und berührte ihr Handgelenk. Sie senkte nur den Kopf und bewegte ihre Hand nicht mehr, vielleicht neigte sie sich eine Kleinigkeit näher zu mir heran. Alles geschah so leise und glücklich zwischen uns. Schließlich fanden wir uns auf dem Damrak wieder, nicht weit von meinem Hotel. An der einen Seite lag ein Café neben dem anderen, jenseits war düsteres Wasser mit Schiffen, rötlichen Laternen und Mastspitzen. Vor den Cafés hatten die Kellnerinnen Tische und Sessel auf den Bürgersteig gestellt, Girlanden von Glühbirnen reihten sich aneinander, dahinter in den Räumen wogten und klingelten automatische Klaviere, aber die Melodien drangen nur gedämpft heraus, es wurde geraucht und gelacht, Damen und Herren, weiße Schuhe und bunte Hüte, blitzende Manschettenknöpfe und elegante Krawatten, das war die Welt, heiter und seiden, die jungen Leute von Amsterdam. Ich hätte es lustig gefunden, auch einmal dort zu sitzen, zu plaudern, mich im Korbsessel zurückzulehnen und die nächtlichen Spaziergänger an mir vorbeiziehen zu lassen. Als ich meine Geliebte fragend ansah, nickte sie und lächelte vor Verlegenheit gegen ihren Handrücken. Da drängten wir uns mutig zwischen die Tische und fanden neben einer Efeuwand einen guten

Platz. Und dann machten wir uns gleich daran, auf der Prijslijst unter den Dranken en Wijnen, unter dem Ijs en Gebak etwas Hübsches zu entdecken. Ich selbst wollte einen Cognac Fine und ein Fleschje Sodawater haben, meine Geliebte drehte die Prijslijst immer wieder herum, ob nicht hinten noch etwas Besseres stünde. Unterdessen hatte ich Zeit, sie erst einmal richtig zu betrachten, ohne daß sie es merkte. An beiden Seiten ihres Gesichts hing das blauschwarze Haar, nach Pagenart geschnitten, in weichen Bogen herab. Auf den Wangen vermutete ich einen Hauch von Puder. Sie waren an und für sich so mädchenhaft gebildet, die Nase auch, das Kinn auch, aber dieser Hauch von Puder machte, daß ich traurig wurde, nein, nur Wehmut, es war nur Wehmut und Wärme, was ich empfand. Und so saß ich denn zum ersten Mal in meinem Leben mit einem Mädchen zusammen, das sein Gesicht mit Puder betupft hatte. Die braunen Augen freilich, die unter schwarzen, metallisch glatten Brauen lagen, wußten nichts von Mädchentum und Puder, von Sommer und Jugend. Auch wenn sie über die Prijslijst hinglitten, zeigte sich in ihnen nichts als Ergebenheit in das Schicksal. Kein Glanz, keine Glut, nur Geduld und sanftes Braun und Ergebenheit. Ob sie wohl Rahel heißt, dachte ich. Vor vielen tausend Jahren lebte ein Mädchen mit Namen Rahel. Ich fragte, ob sie etwas gefunden habe. Eigentlich hätte ich sie mit Sie anreden müssen, nicht wahr, aber sie verstand mich ja doch nicht, und deshalb sagte ich ruhig du zu ihr, wie ich es schon die ganze Zeit über getan hatte. Sie verstand mich nicht, ganz recht, sie verstand meine Worte nicht, aber was ich meinte, verstand sie ganz gut. Sie hatte sich auf der Prijslijst einen Pedro ausgesucht und zeigte mit ihrem kleinen Finger darauf. Zoete Spaansche Wijn stand in Klammern dahinter. Als uns dann das Fräulein mit dem weißen Häubchen begrüßte, versuchte ich, auszusprechen, was wir haben wollten, und außerdem bestellte ich noch zwei Amandelbroodjes, weil ich den Namen so schön fand. Amandelbroodje... schön, nicht wahr? Das Fräulein konnte jedoch aus meinem Holländisch nicht eher klug werden, bis meine Geliebte sich einmischte und mit ihren Kehllauten alles erklärte. Dann lief die Kellnerin davon.

Sehen Sie, nun saßen wir uns gegenüber und waren glücklich. Ich flüsterte: Meine kleine Geliebte, Gott gebe, daß wir nachher noch einmal durch eine einsame Gasse gehen, damit ich dich küssen kann, meine kleine Geliebte. Wie traurig deine Augen doch sind, wenn du jetzt auch glücklich bist! Wie lieb ich dich doch habe, Rahel, dich und alles an dir! Deinen Strohhut aus leichtestem Hellblau, dein schwarzes Haar, den Hauch von Puder auf deinen Wangen und diese hellblaue Schleife, mit der dein Mantel auf der Brust zugebunden ist... Ich weiß nicht, was ich sonst noch alles vorbrachte in meiner lachenden und seufzenden Begeisterung. Sie flüsterte auch, indem sie mir ihr Gesicht ein wenig entgegenneigte, wirre Sätze vor sich hin, ihre Finger tasteten sich ineinander, ihre Lippen bewegten sich. Aber unsere Augen ruhten ruhig ineinander. Darum brauchten wir die fremden Sprachen nicht zu verstehen, wir beide, wir wußten so gut, was der andere sagen wollte, glauben Sie mir. Für einen Dritten klingt das gewiß kindisch und albern. Man sollte nicht darüber reden, aber Sie haben mich... Ach ja, ich komme vom Hundertsten ins Tausendste, und...

Gott bewahre, fällt ihm Frau Rauch ins Wort, ich will ja auf der Stelle tot umsinken, wenn ich auch nur ein Buchstäbchen an Ihrer Geschichte albern finde. Vom Hundertsten ins Tausendste? Wie gesagt, das ist ja gut so! Ja, und dann? Sie saßen also da und... ach Gottchen, ach Gottchen!

Sie hält die hohle Hand vor den Mund und blickt mit ih-

ren gerührten Augen zur Decke: Ach Gottchen, ich sehe Sie ja da sitzen in Amsterdam!
Gehrken zieht indessen seine Mundwinkel herab und atmet laut durch die Nase aus. Ich bin mir nicht klar, was es bedeuten soll. Dann erzählt er uns, ob wir nun zuhören oder nicht, noch etwas von seiner Begegnung mit dem Judenmädchen.
Als das Fräulein den Cognac und den Spaansche Wijn auf unseren Tisch gestellt hatte, ergab es sich, daß ich meinen Bleistift hervorholte und auf den Rand der Prijslijst schrieb: Zoete meisje van Amsterdam. So viel hatte ich schon gelernt. Das bedeutet nämlich auf deutsch: Du süßes Mädchen von Amsterdam. Aber was ich am liebsten hingeschrieben hätte, war mir auf holländisch noch unbekannt. Sie leuchtete auf, als sie es las, und wollte mir auch etwas hinschreiben. Nachdem sie einige Male ungeduldig an der Bleistiftspitze geleckt hatte, malte sie eine Anzahl runder Buchstaben aneinander: Beste heer uit Duitsland. Ich schob mein Glas dicht neben ihres, wir stießen an.
Zoete meisje, sagte ich zu ihr.
Beste heer, antwortete sie und ließ mich, während sie trank, in ihre offenen Augen hineinsehen. Das Klavier hinten im Café klirrte einen Marsch herunter, Autos tuteten vorbei, Straßenbahnen rumpelten über die Weichen, das summende Geräusch der Unterhaltung, überschwebt vom Geläut der Teelöffel und der Glasstäbchen, mit denen man die Eislimonade umrührt, war um uns her. Ich fragte meine Geliebte, ob ich nicht erfahren dürfe, wie sie heiße. Sie erriet auch gleich, was ich meinte, und zog mir mit spitzen Fingern den Bleistift aus der Hand, um auf die Prijslijst zu schreiben: Maacha Barrien. Während ich es las, sprach sie ihren Namen leise aus. Eine Blutwelle erschien in ihrem Gesicht. Sie gab mir den Stift zurück und bedeutete mir, ich sollte nun auch mei-

nen Namen zu Papier bringen. Ich warf ihn geschwind neben ihren hin. Sie beugte sich über meine Hand und verfolgte meine Bewegungen. Frietz, sagte sie, Chehrken, sagte sie. Und dann noch einmal Frietz. Das fuhr mir so schmerzlich in die Brust, daß ich es nicht lassen konnte, um die Worte Maacha Barrien ganz, ganz langsam mit dünner Linie ein Herz herumzuziehen. Sie hielt den Kopf noch immer über das Papier geneigt und rührte sich nicht, sie griff nur, als geschähe es ganz in Gedanken, nach dem Bleistift und zog um meinen Namen gleichfalls ein Herz, und dann umrahmte sie alles beides noch einmal mit einem großen Herzen. Es geriet ihr schief und etwas zitterig, aber was machte das aus! Im Gegenteil, ich liebte es ja um seiner Schiefheit und Zitterigkeit willen noch mehr, dieses große und gemeinsame Herz. Und weil sie so geduckt sitzen blieb und den Bleistift in der Hand behielt und nicht aufblicken mochte, sagte ich in ihr Ohr: Ich habe dich lieb, kleine Maacha.
Sie reichte mir, immer noch zusammengeduckt, den Stift, und ich schrieb dieselben Worte unter das große Herz. Dann malte sie als Antwort mit ihren runden Buchstaben darüber: Ik houd van je, Fritz.
Ich las es und flüsterte: Ik houd van je, Maacha.
Sie entgegnete: I–ach chabe di–ach liäbb, Frietz.
Dann lehnten wir uns mit unseren Schultern vorsichtig aneinander, aber wir hatten die Köpfe gesenkt und wagten nicht, uns in die Augen zu sehen, wir spürten unsere Wärme, wir hielten den Atem an, wir... wir... Sagen Sie nichts, ich weiß, was Sie sagen wollen, ich gebe Ihnen heute alles zu. Ja, wir haben uns kindisch und sentimental benommen, widerlich sentimental, sicher, ich gebe es nachträglich zu. Aber damals war es eben schön, ich kann mir nicht helfen. Wenn es einem so erzählt wird, klingt es sentimental, aber in Wirklichkeit kann es so... hold sein zwischen zwei Menschen in einer Nacht,

so zärtlich und hold. Ein Abenteuer für uns beide und für niemanden sonst.
Frau Rauch seufzt tief auf: Ich verstehe Herrn Gehrken schon, ich bin eine alte Frau, aber ich fühle ja mit der Jugend, und darum verstehe ich Herrn Gehrken Wort für Wort. Und wie zartfühlend Sie sich verlobt haben! Sehen Sie, ich verstehe Sie Wort für Wort. Man muß es ja eine Verlobung nennen, nicht wahr, Herr Gehrken? Und jetzt liegen Sie hier auf meinem Sofa! Nun sagen Sie, wie ist das denn bloß möglich?
Wie das bloß möglich ist? Sie sollen es gleich erfahren. Ich will von dieser Nacht nichts mehr erwähnen, in der sich noch ein Erlebnis an das andere reihte. Wir sind noch in ein Kino gegangen, wir haben noch auf der Straße getanzt zu Harmonium, Tamburin und Gesang von der Heilsarmee in St. Anna Straat, wir haben uns noch geküßt bei Oude Kerk, damit Sie auch das wissen. Ich will nicht mehr an die folgenden Tage denken, als wir nach Nordwijk aan Zee gefahren sind, Schütze, Wendelken, Maacha und ich. Wir bildeten eine getreue und bescheidene Gesellschaft im Huis ter Duin dort am Strande von Noordwijk. Huis ter Duin, Kurhaus, nun, ich kann Ihnen sagen. Des Abends ging es im Speisesaal so vornehm zu, daß wir alle schweigend dasaßen, solange uns die Kellnerin bediente. Drei Tage blieben wir dort, dann war mein Geld fast gänzlich aufgezehrt. Ich mag nicht mehr daran denken. Die langen Wogenzüge wälzten sich von England her, am Bug eines schwarzen Kohlendampfers, der sich draußen vorwärts arbeitete, schossen Gischtsäulen empor, Maachas Haar hing ihr beim Baden, wenn sie irgendwo aus der Brandung auftauchte, triefend über Augen und Mund, die Nächte waren voller Brausen. Am letzten Abend konnten wir in der Ferne die Lichter von Scheveningen erkennen, das feine Glitzern des Pavillons, der dort in die See hinausgebaut ist. Meine

beiden Kollegen reisten noch nach Delft und in den Haag, ich mußte nach Hause. In einem halben Tag war alles geschehen. Aber dann kam es. Ich meine die Qual. Als ich so allein in Delmenhorst saß...

Ja, aber, mischt sich Frau Rauch wieder ein, das war doch... entschuldigen Sie, das letzte haben Sie so Hals über Kopf erzählt... Sie mußten nach Delmenhorst zurück, aber vorher... fuhren Sie denn nicht vorher nach Amsterdam und sprachen bei den Eltern der Braut vor?

Nein, mit den Eltern habe ich nicht gesprochen.

Aber Herr Gehrken!

Er möchte den Vorwurf nicht auf sich sitzen lassen, er stützt sich auf seinen linken Ellbogen und streckt die rechte Hand schwach gegen Frau Rauch aus: Erlauben Sie, Frau Rauch, die Verhältnisse lagen doch nicht so einfach! Erlauben Sie bitte, Maacha Barrien war Jüdin, und ich bin doch reformiert, sie war Holländerin und ich Deutscher, ich mußte doch erst alle möglichen Erkundigungen einziehen, wie das zum Beispiel mit dem Standesamt und mit der Kirche gehandhabt wird, ich mußte mich um eine Wohnung bekümmern, ich mußte so vieles überlegen.

Aber Sie wollten Fräulein Barrien jedenfalls heiraten?

Er sinkt wieder zurück: O ja.

Dann bin ich wenigstens beruhigt.

Gehrken liegt wieder still auf dem Sofa und blickt mit halbgeschlossenen Augen ins Ungewisse. Als er weitererzählt, ist seine Stimme verschleimt. Er sollte mal husten.

Bei den Eltern vorsprechen, sagen Sie. Aber wenn ich die Wahrheit gestehen darf, so scheute ich mich, nach Joden Houttuinen zu gehen und mit den Eltern, mit diesen fremden Leuten, zusammen zu sein. Was hatte ich denn mit denen da in der Unsauberkeit zu schaffen? Nur Maacha liebte ich, niemanden sonst, nur Maacha. Sehen Sie, wir beide nur für uns auf der Welt, so sollte es sein. An Joden Houttuinen mochte ich nicht einmal denken, nein, mir graute davor.

Seine Augen pressen sich zusammen, sein Mund zuckt vor Ekel.

Ich ziehe mit dem Stiel der Gabel, die ich noch vom Eieressen her in der Hand habe, die Linien des Wachstuchmusters nach und schüttele den Kopf: Daß du so ein weiches Gemüt hast, Kollex! Je forscher man sich mit irgendeiner verdammten Sache befaßt, um so eher hat man sie doch hinter sich und kann sich das Maul abwischen. Habe ich recht, Frau Rauch?

Aber Frau Rauch hält es diesmal ganz und gar mit Gehrken. Wir wollen lieber Herrn Gehrken zuhören, sagt sie, was Herr Gehrken uns noch mitteilen wird.

Endlich hustet er sich frei.

Was soll ich Ihnen noch mitteilen, ich bin gleich fertig. Sehen Sie mal, es kam so anders. Wir hatten verabredet, Maacha sollte ihren Eltern, wenn die Gelegenheit günstig sei, alles auseinandersetzen. Im Herbst sollte ich dann nach Amsterdam reisen und sie holen. Inzwischen mußten wir uns mit Briefen begnügen. Maachas Großvater konnte einigermaßen Deutsch. Der alte Jude, wissen Sie, der so uralt und verlöschend aus dem Fenster geguckt hatte. Er sollte Maacha beim Lesen und Schreiben helfen. So mußte es eben gehen. Aber es ging nicht. Das Fallbeil hing schon über uns, ich kann mich nicht anders ausdrücken. Es war meiner Meinung nach von vornherein beschlossen, daß wir vernichtet werden sollten. Aber wir lebten so ahnungslos weiter. Du sagst, ich hätte ein weiches Gemüt. Das nicht. Ich bin nur zu der Einsicht gelangt, daß es doch keinen Zweck hat, Pläne zu machen, zu sagen, ich will da und da hin, Forschheit, Mut, Streben, Energie und alles. Wir sollten die Hände an unserem Leib herunterhängen lassen und hinnehmen, was kommt. Dann tut es nämlich nicht so weh, wie wenn wir noch zappeln und große Gesten machen. Allenfalls darfst du einmal gen Himmel grüßen: Jawohl, verstanden, ich salutiere ergebenst. Mehr nicht.

Frau Rauch läßt uns wissen, daß sie in der hiesigen Gegend das Sprichwort haben: Der Mensch denkt, Gott lenkt. Wäre das nicht so ähnlich?

Gott lenkt, sagt Gehrken, Gott oder irgend etwas Gewaltiges. Es ist mir unbekannt. Wir wollen uns nicht darum streiten. Ach, lieber Himmel, ja, ja. So ist es...

Als ich damals in Delmenhorst mit mir allein war, spürte ich erst, was für eine unbarmherzige Krankheit mich ergriffen hatte. Ich wurde förmlich geschüttelt von Sehnsucht und Leidenschaft, ich war einfach nichts. Jetzt biß ich mich in die Hände, jetzt tappte ich in meinem Zimmer auf und ab, jetzt tastete ich mit aufgereckten Armen wie blind am Bücherbord und an den Möbeln herum. Kein Gedanke blieb in meinem Gehirn haften, es trieb alles so grau und rauschend durcheinander, nur Maachas Gestalt, ihr triefendes Haar über Augen und Mund, ihr... ihr... alles und jedes, tauchte immer wieder aus dem Strom hervor, so deutlich, so nahe. Diese Nachmittage, diese Dämmerungen, diese Nächte...! Was bedeuteten da die Briefe, die ich bekam und die ich schrieb! Maacha sagte die Worte, die sie mir senden wollte, auf holländisch, und der Großvater buchstabierte sie ihr auf deutsch vor. Dann schrieb sie die fremden Laute auf. Briefe voller Unwissenheit und Zittern. Sie bedeuteten so viel und doch wieder nichts im Vergleich zu den Träumen und Erinnerungen. Und wenn ich ihr antwortete, mußte ich immer denken, was wohl der Großvater aus meinen Sätzen machen würde. Ich kaufte mir ein Wörterbuch und reihte auf einem Zettel, den ich gesondert beilegte, lauter holländische Lieb-

kosungen aneinander, damit sie etwas hätte, was sie gleich verstehen könnte, ohne erst den Alten fragen zu müssen.
An einem Sonntagmorgen im August... es ist mittlerweile ein Jahr her, wir hatten voriges Jahr auch so viel Regen um diese Zeit, erinnern Sie sich? Aber es war wärmer. Ich ging an diesem Morgen in Delmenhorst umher, der Regen tröpfelte lau in die Eichenbäume und in die Gärten, das eine und das andere Blatt fiel schon herab, die Luft roch so warm nach nasser Erde und nassen Pflastersteinen, ich ging umher in Ruhelosigkeit und Verlangen, die Menschen, die mir begegneten, kamen mir wie wandernde Tiere vor, ich sah sie an und wußte nicht, daß sie meinesgleichen waren, ich verstand nicht, was sie miteinander murmelten, die ganze Welt bewegte sich so unbekannt um mich her, ich konnte mich eben nirgends mehr zurechtfinden als bei der Einen mit dem schwarzen Haar und dem Hauch von Puder auf den Wangen. Als nun ein Lautsprecher eine choralartige Radiomusik aus einem offenen Fenster herausrauschen ließ und als sich die ganze verregnete Trostlosigkeit der kleinen Stadt vor mir erhob... Ach so, ich habe vergessen, zu erwähnen, daß schon seit einer Woche kein Brief mehr von Maacha eingetroffen war... Als ich nun so verlassen dastand, warf ich den Kram und alles zusammen in die Ecke und... Ich mußte jetzt etwas unternehmen, ich mußte, ich mußte... Und da fuhr ich, wie ich ging und stand, nach Amsterdam.
Haben Sie es gehört?! ruft Frau Rauch mir zu und ist vollständig überwältigt.
Ja.
Nach Amsterdam, wiederholt Gehrken, an diesem regnerischen Sonntagmorgen. Erst mit dem Personenzug nach Oldenburg, dann gegen drei Uhr mit dem Schnellzug über Neuschanz, Groningen nach Amsterdam. Als

ich um Mitternacht auf Centraal-Spoorweg-Station ankam, war es schon zu spät, um noch zu Maacha zu gehen. Ich übernachtete im Wartesaal. Am anderen Morgen begab ich mich nach Joden Houttuinen. Maacha war nicht zu Hause. Sie war vor acht Tagen nach Delmenhorst gereist.
Nein! sagt Frau Rauch, als wisse sie es besser.
Gehrken lacht höhnisch in sich hinein. Sie war vor acht Tagen nach Delmenhorst gereist, Frau Rauch. Der alte Großvater, der seinen Kopf vorstreckte und sein braunes Zahnfleisch vor Erstaunen entblößte, als er mich sah, hat es mir fünfmal hintereinander versichert. Ihm war ja alles... fast alles bekannt, was sich zwischen Maacha und mir begeben hatte. Maacha wäre zuletzt jedesmal, wenn sie einen Brief von mir in Händen gehalten hätte, in Siechtum und Besinnungslosigkeit verfallen, so weh hätte ihr die Liebeslust getan. Das Meidche hat Ihne liäbb wie forchtbar niets in Erde und Himmel, Heern Cherken. Naar Delmenhorst, Zondag, de achtste August, mijnheer. Zeker, mijnheer. Der Großvater hatte ihr selbst das Geld verschafft, obwohl er als Jude unser Verhältnis nicht billigte und auch von der Reise nichts wissen wollte. Aber Maacha gebärdete sich so, daß er befürchten mußte, sie würde sich zu Fuß nach Deutschland aufmachen. Und ferner weiß man ja, was für eine Macht Enkelkinder über ihre Großväter haben. Das weiß man ja. So gab er ihr also in seiner Güte das Geld. Vijftig Chulde, mijnheer. Wäre er doch ein herzloser, verschimmelter Geizkragen gewesen!
Herr Gehrken, sagt Frau Rauch weinerlich, wo war sie denn geblieben?
Er ruckelt sich auf dem Sofa hoch, zieht seine Knie unter der Wolldecke an und stützt sein Kinn darauf.
Wo war sie geblieben? Ich fuhr nach Delmenhorst zurück: nichts. Wieder nach Amsterdam: nichts. Sie war

aus Amsterdam abgefahren und in Delmenhorst nicht angekommen. Weiter weiß ich bis heute auch nichts, Frau Rauch. Da haben Sie meine ganze, bedeutungslose Geschichte.
Aber... aber es gibt doch noch Polizei, es gibt doch noch Kriminalpolizisten, es gibt doch Hunde! Die bekommen doch alles heraus!
Es gibt noch eine Polizei, aber mittlerweile waren schon zehn Tage verstrichen. Ich stürzte zur Polizei, versteht sich, ich stürzte zur Eisenbahn, ich begab mich zu Pontius und Pilatus: nichts. Der alte Großvater wankte an den Fahrkartenschalter, die Eltern heulten auf, verfluchten mich und liefen zur Polizei, ganz Joden Houttuinen wimmelte und redete mit röchelnden Worten durcheinander, die Zeitungen brachten Artikel und Ermahnungen, in Holland und Deutschland wurden in den Bahnhöfen neben den Fahrkartenschaltern Bekanntmachungen ausgehängt, wurden Belohnungen ausgesetzt: nichts. Doch etwas: eine Röntgenschwester meldete sich, sie sei von Amsterdam bis Deventer mit Maacha in demselben Abteil gereist. Das war alles, und das ist alles geblieben, was sie herausgefunden haben. Es kommen so viele Mädchen abhanden, Sie machen sich keinen Begriff davon. Die meisten finden sich nach einigen Tagen oder Wochen wieder ein. Da ist die Polizei allmählich gleichgültig geworden. O Gott, wie gleichgültig diese Menschen in ihren Schreibstuben sind! Heute hocke ich hier auf Ihrem Sofa und kann davon sprechen. Sie sehen ja, ich spreche ganz ruhig davon. Mein Mund flattert vielleicht etwas, das ist nur eine alte Angewohnheit. Aber glauben Sie mir, damals war ich verrückt, o verrückt... verrückt...
Er wühlt in einem Anfall von Fassungslosigkeit und Erinnerung seinen Kopf zwischen die Knie, daß seine Stimme ganz dumpf klingt, und schlägt sich jedesmal,

wenn er das Wort verrückt ausstößt, mit seinen Ellbogen in die Seiten.

Herr Gehrken! ruft Frau Rauch. Seien Sie ganz ruhig, Herr Gehrken! Wir hören Ihnen ja aufrichtig zu.

Ein paar Sekunden bleibt er mit verborgenem Gesicht und angespannten Gliedern sitzen, dann kommt er wieder zu sich. Nachdem er einige Male geschluckt hat, fährt er mit seiner gewöhnlichen Stimme fort: Ich habe Ihnen erzählt, wie leise und unbeschreiblich wir zusammengehörten, seit wir uns aneinandergelehnt hatten, nicht wahr? Und nun müssen Sie sich vorstellen, daß ich, ehe das Unglück passierte, von nichts anderem erfüllt war als davon, wie es werden würde, wenn ich Maacha erst richtig bei mir hätte, Tag und Nacht, so richtig in meiner Nähe mit ihren schüchternen Bewegungen, wenn ich nur die Tür zu unserer Küche aufzumachen brauchte, und dann stünde sie da und bliese wehklagend in die Milch, die ihr gerade überkochen wollte. Vielleicht hast du kein Empfinden für so etwas, Kollex.

Oh, sage ich leise vor mich hin, o Gehrken, Mensch!

Ja, ich meine nur, du urteilst vielleicht, es sei verächtlich, und ich hätte ein weiches Gemüt.

Ich schüttele den Kopf, er sieht's nicht.

Mag ich denn ein weiches Gemüt haben, fährt er fort, meinethalben, es stört mich weiter nicht, denn jeder sucht sein Glück woanders. Ich wollte nichts Höheres in meinem Leben als bei Maacha ruhen... ausruhen, atmen... still sein. Wir zwei, das sollte uns die ewige Seligkeit bedeuten, Maacha und ich eng aneinander, weiter nichts. War das denn so unbescheiden, Frau Rauch? War das denn Überhebung und Sünde? War das denn so übermütig, daß dieser Blitz und Donner aus heiterem Himmel erfolgen mußte? Ich stürzte zu Boden, aber ich war noch nicht tot. Ich raffte mich wieder auf und taumelte umher. Ich war nur ein bißchen verrückt geworden. Und in meiner Verrücktheit rannte ich umher und fragte jeden Menschen nach Maacha, ich suchte die Eisenbahnen ab, ich war in Deventer, in Hengelo, in Bentheim, in Rheine, in Osnabrück, in Bremen und auf der anderen Seite in Zwolle, in Assen, in Groningen, in Leer, ferner in Köln, in Düsseldorf, in den Ruhrstädten, Polizei, Bahnhofsmission, Schaffner, Heilsarmee, ich wandte mich sogar an die Toilettenfrauen. Nichts. Wo ist sie, Frau Rauch? Kollex, wo? Sag doch! Ich hätte längst wieder in der Schule sein müssen, aber das war mir alles so gleichgültig. Sie haben mich dann entlassen. Ich suchte, ich suchte... Zuletzt hatte ich auch kein Geld mehr, um die Eisenbahn benutzen zu können. Meine Uhr, meine verschiedenen Stiefel, meine Anzüge, meine Bücher waren verkauft. Ich ging zu Fuß. Man verkommt so schnell, wenn man zu Fuß reist. In einem halben Jahr war ich schon so verbraucht, wie Sie mich hier auf dem Sofa sitzen sehen. Und nun will ich Ihnen etwas sagen: Wenn ich wenigstens wüßte, daß sie tot ist, dann würde dieser Kopf bald seine Ruhe haben, aber so, da ich nichts weiß, erhebt sich jede Nacht wieder eine winzige Hoffnung in mir, aber gleich danach kommt das Entsetzen, dann ziehen die gemeinsten Bilder an mir vorüber. Malen Sie sich doch nur einmal aus, wem sie alles in die Hände gefallen sein kann! Vielleicht lebt sie noch und wird schlecht behandelt und jammert nach mir in Paris, in Antwerpen, in Berlin, während ich durch Regen und Schnee, durch Wälder und Getreide schlurfe, sie jammert nach mir, und ich höre nichts. Das kann ich nicht mehr lange aushalten, diese Ungewißheit, dies Hoffen, dies... es macht einen auf die Dauer so elend, all das Vergebliche. Sie wohnte in Amsterdam und war vorhanden, ich empfing Briefe, die sie selbst geschrieben hatte, und plötzlich wurde sie von einer geheimnisvollen Macht

ausgelöscht. Geheimnisvoll und wieder nicht geheimnisvoll. Gott hat sie doch nicht geheimnisvoll gen Himmel fahren lassen, es ist doch etwas ganz Bestimmtes mit ihr geschehen. Nur... ich weiß es nicht. Sie ist auf einem Bahnhof ausgestiegen, um sich die Hände zu waschen oder um sich eine Apfelsine zu kaufen, und da... Ja, und da? Was denn? Nichts. Es ist mir unbekannt. Ich sitze hier vor Ihnen und weiß nichts... nichts... nichts...! Können Sie irgendein Wort dazu sagen?
Er starrt zuerst Frau Rauch und dann mich mit gequälten Augen an. Und während sein Kinn mit den gekräuselten Barthaaren zu beben beginnt, während die Adern auf seinen nackten Armen, mit denen er die hochgezogenen Knie umklammert, immer dicker anschwellen, bricht er in ein Stöhnen aus, wie man es nur von sich gibt, wenn man mit sich allein ist: Warum hast du mich nicht da unten gelassen, Kollex!
Wir blicken mitleidig auf den stöhnenden Mann, Frau Rauch und ich, aber sagen können wir auch weiter nichts dazu.

Er hat diese komische Angewohnheit, nicht kurz und gut zu antworten, wenn man ihn etwas fragt, wie wir anderen Menschen es doch zu halten pflegen, sondern die Frage erst noch einmal, indem er traurig vor sich hin lächelt, zu wiederholen, als wolle er sagen: Ich habe deine Worte verstanden, ja, ja, ich werde dir auch gleich antworten, aber noch denke ich nicht richtig darüber nach, ach Gott, wozu betreiben wir eigentlich dies alles, es hat ja doch alles miteinander keinen Zweck...
Gegen sieben Uhr haben wir uns von Frau Rauch verabschiedet und sind jetzt, nach einigem Hin und Her, im Schloßgarten gelandet. Wenn die Kirchturmuhren von

Friedberg richtig gehen, muß es in diesem Augenblick in dem sie alle durcheinanderbimmeln, acht Uhr sein. Der Abend ist schon hereingebrochen.
Das ist übrigens auch so eine wunderbare Einrichtung in der kleinen Stadt, dieser Garten hier. Früher hat sich hier oben wohl ein breiter Graben um das Schloß herumgezogen. Den haben die Bürger dann vor hundert Jahren oder zu irgendeiner Zeit halbwegs aufgefüllt, haben in die lang sich hinschwingende Mulde Gebüsche und Bäume gepflanzt, die sich heute gewaltig emporwölben, haben Laubengänge angelegt und Wege in die Kreuz und Quer geführt, die bald auf der äußeren Grabenkante entlanglaufen, mit empfehlenswerter Aussicht nach Nauheim hinunter und ins Tal der Wetter hinein und weiter noch über die Berge und Wälder des Landes Hessen, bald, durch die Tiefe sich schlängelnd, zur inneren Grabenkante hinüberleiten und sich am Fuße der grauen Schloßmauer, vorbei an eisenbeschlagenen Türchen und vergitterten Kerkerfenstern efeuüberhangen hinschmiegen. Und alles zusammen ist ein bißchen verwildert, Reben und Ranken werfen sich von Gezweig zu Gezweig und schweben in der Luft, die Bänke sind ganz in den Gebüschen versunken, die Gräser haben sich an den Stellen, wo sonst die Sonne hintrifft, zu kleinen Wäldern voller Honiggeruch erhoben, die Laubengänge verlieren sich in Dunkelheit und Stille, wie geschaffen für Liebespaare und sonstige Persönlichkeiten, die einmal verschwinden müssen.
Wir setzen uns an der Außenkante auf ein Mäuerchen, den Blick nach Nauheim hin, und lassen die Beine baumeln. Das Laub rings um uns her ist naß. Wenn die Bäume sich bewegen, schlagen dicke Tropfen herunter, als ob ein Platzregen losginge.
Weißt du, wie die Stadt da drüben heißt, frage ich Gehr-

ken und zeige mit dem Fuß auf die Häuser und Lichter in der halben Ferne.
Wie die Stadt da drüben heißt? wiederholt er. Nein. Menschenskind, das ist doch Nauheim, Bad Nauheim! Dort quillt doch das Wasser kochend aus der Erde, ich bin schon einmal mit meinen eigenen Augen Zeuge davon gewesen! Aber ich glaube, sie haben da so einen geheimen Ofen in der Erde und alles ist Schwindel, nur damit die kranken Leute angereist kommen und sich wundern. Was hältst du davon? Prachtvolle Anlagen, kann ich dir versichern. Wenn du noch nicht selbst da warst, machst du dir einfach keine Vorstellung von den marmornen Häusern und den eleganten Damen. Wir sollten morgen mal hingehen.
Bad Nauheim, jawohl ich weiß.
Er hockt wie ein geschlagener Mann neben mir, die Schultern hochgezogen, die Brust so kümmerlich geduckt. Und weil Frau Rauch ihm zuletzt noch einen wollenen Strumpf um die Gurgel gewickelt hat, sieht er aus, als hätte er nicht einmal einen Hals.
Das Wetter will sich womöglich bessern. Direkt über uns ist der Himmel noch schwarz und dumpf, aber am Horizont hat sich ein Riß geöffnet, aus dem der Widerschein der längst untergegangenen Sonne wie gelblicher Dunst hervorbricht und unten an dem Gewölbe der Regenwolken in unzähligen, immer blasser werdenden Tupfen entlangschimmert. Gehrkens Gesicht mitsamt den Haaren und dem unrasierten Flaum bekommt auch etwas davon ab. Ich möchte ihn so gern auf andere Gedanken bringen und schwatze mit ihm, als wäre nichts geschehen. Aber er verfällt immer wieder in seine Zurückgezogenheit.
Sieh bloß mal, sage ich zum Beispiel, wie dahinten das Licht über die schwarzen Wälder weht! Wie Nebel, was?

Das Licht? Ja, ja...
Manches erfährt man nie in seinem Leben, fange ich wieder an. Wie es sich mit der heißen Quelle in Wirklichkeit verhält, erfährst du nicht und erfahre ich nicht. Bei anderen Sachen braucht man nur zu fragen, dann wird es einem gleich erklärt. Hör mal, Kollex, wir reden ja gerade von dergleichen: Wie hast du hier in Friedberg eigentlich so ohne weiteres die Judengasse gefunden?
Wie ich so ohne weiteres die Judengasse gefunden habe? Ach nur so... Ich kam zufällig vorbei und las das Schild: Judengasse und da... Er nickt in die Ferne hinein. Ja, eben..., sagt er. Judengasse hat für mich eine besondere Bedeutung, mußt du verstehen.
So ist das gewesen? Ich dachte zuerst, du hättest hier schon Bescheid gewußt. Und wo ist dein Kamerad geblieben, der mit dir im Wartesaal saß?
Gehrken zuckt die Achseln.
Tippelt ihr denn nicht zusammen?
Tippeln? Nein. Ich weiß nicht. Er ist auch nicht mein Kamerad, er will nach Paris, und da soll ich mit, weil ich die französischen Wörter aussprechen kann. Wir haben uns erst gestern getroffen.
Hast du keine Lust dazu?
Er stößt, während er immer noch in den allmählich sich erweiternden Wolkenriß starrt, ein bißchen Luft aus der Nase und verzieht den Mund wieder zu seinem hoffnungslosen Lächeln: Mit mir hält es keiner länger als zwei Tage aus, ich bin kein lustiger Kamerad.
Nein, sage ich, das bist du wohl nicht.
Unsere Beine baumeln gegen das Mäuerchen.
Von Nauheim her rollt ein Güterzug durch die Nacht. Wir verfolgen ihn mit unseren Blicken, wir erkennen die Lichter der Lokomotive, wir sehen die Bahnwärterhäuschen und die verschiedenen Signallaternen an seinem Weg. Als er rechter Hand um Friedberg herumbiegt,

sendet er zwei kurze Pfiffe und einen langen aus, und plötzlich schlägt aus dem Führerstand der Lokomotive eine rote Feuersglut nach oben und erleuchtet den Qualm, der aus dem Schornstein wabert, durch und durch, daß er wie eine wilde Flamme über der Lokomotive flattert.

Er ist beim Heizen, sage ich.

Wer?

Der Heizer auf der Lokomotive da unten.

Ach so.

Pfeifend und feuerüberlodert dröhnt der Zug zu unseren Füßen dahin und verschwindet hinter dem Schloßberg.

Das soll kein leichter Dienst sein. Ich bin einmal mit einem zusammengewesen, der hat mir erzählt, er müßte mindestens alle zehn Minuten was draufwerfen, zentnerweise gleich, hinten wäre es eisig kalt und vorn glühend heiß. Und dann immer die Strecke beobachten.

Gehrken sieht mich von der Seite an und fragt mich, ohne auf das zu achten, was ich ihm mitteile, mit langsamen Worten: Du hast doch auch einmal ein Mädchen liebgehabt in deinem Leben?

Wie? sage ich.

Er sieht mich schweigend an.

Ein Mädchen liebgehabt? O ja, das eine und andere schon. Ich könnte dir da zum Beispiel eine Geschichte erzählen...

Aber keins hat dich verlassen oder ist eines Tages von der Welt verschwunden?

Verlassen... Sie haben mich verlassen, ich habe sie verlassen... und die eine hat sich zum Beispiel auf der Achterbahn den Kopf zerschmettert...

Den Kopf zerschmettert?

Ja, du kannst da Sachen erleben! Mit den Mädchen ist es mir in all den Jahren so wunderlich ergangen, Kollex,

man weiß wahrhaftig nicht, was man von ihnen halten soll. Und worauf willst du hinaus?
Worauf ich hinauswill? Auf nichts will ich hinaus. Ich meine nur, du sitzt hier neben mir und richtest deine Augen auf das Abendrot über den Wäldern und auf den feurigen Rauch über der Lokomotive, du denkst alle möglichen Gedanken, du bist so ruhig und gleichmütig, als hättest du nie eine Wunde erlitten.
Das sagst du so, Kollex. Dabei habe ich auch schon verschiedene Male am Boden gelegen und sozusagen geblutet.
Aber du bist immer wieder aufgestanden.
Ja, das bin ich. Du mußt mir glauben, daß ich so ein Mädchen mit feinen Armen und Brüsten, mit Anpressung und heißem Atem an meinem Ohr hin, mit verwirrten und verschwitzen Haaren und hilfesuchenden Augen, daß ich die Liebe und diese ganze nackte Grausamkeit in einer Nacht, daß ich das für das einzig Wahre halte. Ich bin ein Klinkenputzer, und die Liebe ist das einzig Wahre auf Erden, Kollex, darüber brauchen wir nicht zu streiten. Aber sieh mal, darum soll das andere doch nicht einfach als Dreck und Asche gelten. Es gibt da so vielerlei. Und wenn ich mich einmal auf einer Landstraße vor Schmerzen hinwerfe und erst nach einer ganzen Weile so weit bin, daß ich wieder über meinen Arm blinzeln kann, dann wächst da vielleicht ein Sauerampferkraut wie eine zitternde rote Fontäne neben mir oder der Wegerich mit seinen langen Stielen, die von oben bis beinahe unten mit grünen Stecknadelköpfen besetzt sind, aber an einer Stelle schwebt ein Wölkchen aus blassem, gelbem Duft um den Stengel herum, da blüht er nämlich, und in dem Duft hängt ein himmelblauer Käfer, nicht größer als ein Sandkorn, der ernährt sich nun von dem Blütenstaub, ja, so ist das. Wie kam ich übrigens auf diese Sache? Ach so! Mit einem Wort, es gibt

noch so vielerlei anderes, und ich wende meine Liebe diesem und jenem zu, ob ich es will oder nicht. Oder ich halte mich in einer Stadt auf und gehe vor dem Garten einer Villa hin und her, mittags im April, siehst du wohl, die Sonne scheint, es ist so vornehm und feierlich, und da steht eine weiße Tulpe im Rasen. Die Blätter haben sich schlaff zur Erde gebeugt, aber der Stengel steigt dünn in die Luft empor, und obendrauf ist nun der Kelch angebracht, weiß und unbeweglich mit einem Hauch von Grün am Rand, als bestünde er aus kunstreichem Glas und würde oben durchsichtig. So etwas ist doch schön! Findest du nicht, daß so etwas einfach unvergleichlich ist? Du kannst dir die Geschichte auch so erklären, daß ich mich vielleicht nicht der Tulpe wegen vor dem betreffenden Garten eingestellt habe, sondern weil in der Villa dahinten ein Fräulein auf ihrem Klavier spielt. Fräulein von Consbrook heißt sie, ihr Vater ist General, mein Name und Stand lauten wieder anders. Aber wenn meine Brust auch zerrissen wird von Liebe und Aussichtslosigkeit, ich lasse doch keine Tränen an meinen Backen herunterlaufen, ich sinke nicht in Ohnmacht, Fräulein von Consbrook... vorhin schlug sie auf einem Platz die Tennisbälle über ein Netz, jetzt erfindet sie in ihrem kühlen Zimmer hinter den Gardinen eine Melodie auf dem Klavier. Ich kenne die Liebe auch, ich auch. Aber ich vergesse auch die Tulpen nicht, auch den einzigen Spinnwebfaden nicht, der vor einem schwarzen Zaunbrett wie ein blitzender Lichtstrahl auf und nieder weht, die Kaprifolien, die Holunderbäume nicht, blühend und atmend im Regen, die Ströme und Wälder, das Meer und die Dünste am Himmel nicht, auch nicht das Gimpelpärchen, das im Birnbaum sitzt und leise pfeift. Wenn ich es so bedenke, bin ich ja leicht glücklich zu machen. In welche Gegend man auch kommt, man muß nur ein bißchen achtgeben, dann findet man soviel Glück und Seltsamkeit, wie man nur will. Ob du wohl aus meinem Gerede klug geworden bist? Ich wollte nur sagen, daß du dich nicht für Zeit und Ewigkeit von allem Glück zu scheiden brauchst, wenn dir auch im vorigen Jahre dies Schlimmste passiert ist.

Gehrken läßt seine Augen nicht von mir: Willst du mir einmal erklären, was Glück ist?

Glück? Jaa... Glück, natürlich, na Mensch, Glück... ich kann das nicht so von mir geben. Glück ist, wenn ich eben glücklich bin, wenn ich eben ruhig bin. Glück... Glück... das ist dir doch bekannt!

Glück und Ruhe, murmelt Gehrken, meiner Meinung nach befindest du dich auf dem richtigen Weg. Ob du wohl verstehen würdest, was eigentlich das Schlimmste war, als ich Maacha verlor?

Ich kann nicht genau unterscheiden, mit wem er spricht, mit sich selbst oder mit mir. Er hat sein Gesicht zwar auf mich gerichtet, aber sein Blick ist ohne Leben. Er murmelt die Worte in sich hinein.

War es denn nicht das Schlimmste, sage ich, daß du sie überhaupt verlorst?

Wenn nicht vorher noch etwas passiert wäre, wäre es nicht so entsetzlich schlimm gewesen.

Du hast also Frau Rauch und mir nicht alles erzählt, was... was... Oder wie soll ich deine Worte auffassen?

Nein, nicht alles. Die Hauptsache habe ich nicht erzählt.

Das dachte ich mir schon.

Was dachtest du dir schon?

Nicht gerade die Hauptsache. Aber du hast dich vorhin, als du uns dein Schicksal erzähltest, einige Male so flüchtig ausgedrückt, so... so ungenau. Zum Beispiel... ich weiß nicht, ob ich das Richtige treffe, du nimmst mir's doch nicht übel?

Zum Beispiel?
Ja, du bist zum Beispiel in Joden... Joden... wie hieß diese Straße in Amsterdam?
Joden Houttuinen.
Ganz recht! Du bist da doch in das eine Haus hineingegangen, und dann ist dir doch deine Braut begegnet, nicht wahr? An dieser Stelle hast du dich zum Beispiel so ungeduldig ausgedrückt, daß ich unwillkürlich denken mußte, du hättest uns etwas zu verbergen, eine kleine Unbesonnenheit vielleicht. Oder irre ich mich?
Glück und Ruhe, damit hängt es zusammen. Du irrst dich und du irrst dich auch nicht, je nachdem. Damals ereignete sich die Hauptsache noch nicht, aber sie kündete sich schon an. Ach ja, wie soll man das beschreiben?
Er senkt den Kopf und fährt mit beiden Händen langsam über sein Gesicht von oben nach unten, bis die Finger vor seinem Mund angekommen sind; er spricht durch die Finger: Sieh mal, ich hatte sie um Entschuldigung gebeten, und sie hatte mir etwas Holländisches geantwortet. Maacha meine ich. Du erinnerst dich doch?
O ja!
Ich wich zurück, und sie schob sich, den einen Arm etwas vorstreckend, an mir vorbei und ging die dämmerige Straße hin. Im Grunde genommen war alles schon geschehen. Wir brauchten nur zusammenzutreffen, da war unser Geschick schon erfüllt. Von Wollen und Nichtwollen konnte weiter keine Rede mehr sein. Wenn all mein Denken ausgelöscht wäre, hätte doch nur dasselbe geschehen müssen, was nun geschehen ist. Wir gingen beide Joden Houttuinen entlang, und da merkte ich, wie unsere Schritte, ohne daß ich es beabsichtigt hatte, zusammenklangen. Sie war kleiner als ich, aber unsere Schritte stimmten trotzdem überein. Du glaubst nicht, was für eine Empfindung ich hatte, als ich darauf aufmerksam wurde, Schwäche und Wärme in den Gliedern,

es war so ein Schwingen und Schweben, dies Gehen, es war so eine Vereinigung, ich meine, so ohne Worte, so ohne Berührung, weißt du, aber doch eine Vereinigung, und sie dauerte immer noch an. Es kam dann ganz von selbst, daß ich nicht mehr hinter ihr, sondern neben ihr ging, wir blieben zusammen. Davon habe ich Frau Rauch gegenüber nicht gesprochen, weil ich... weil es nur der Anfang war. Als wir danach in der Nacht aus dem Kino kamen und in das düstere Gewimmel von St. Anna Straat einbogen, veranstaltete dort die Heilsarmee ein Konzert. Ein Korporal spielte auf einem Harmonium, das im Gossenstein stand, eine Frau ließ ein Tamburin schwirren und sang dazu, ferner war noch ein Mädchen dabei, das singend umherwanderte und Geld einsammelte. Sie waren auf religiöse Erweckung bedacht, die drei. Es herrschte ein schreckliches Gedränge von Matrosen und Frauen um sie herum, aber ich habe nicht gesehen, daß jemand erweckt wurde. Vielmehr führte von der Mitte der Straße ein finsteres Gäßchen auf Oude Kerk zu, darin wogte ein kleiner Ball auf und ab. Die schwirrende Musik, die sich manchmal wie ein begeisterter Marsch anhörte, drang um die Ecke, vier oder fünf Paare schoben sich schattenhaft in einem Steptanz umeinander herum, die Mädchen hingen unter der Brust der Männer, Zigaretten glühten, weiter hinten dämmerten einige gelb erleuchtete Fenster auf, niemand sagte ein Wort. Da war es wieder so selbstverständlich, daß Maacha und ich uns daruntermischten. Ob das rohe Kerls und Huren sein mochten, unter denen wir uns bewegten, ob das Lied, zu dem wir tanzten, nun von Heiligkeit und Jesu Gnade handelte, kümmerte uns kein bißchen. Wir umschlangen uns in der Finsternis und gingen auf den Zehen vorwärts und rückwärts, wir knickten auch dann und wann einmal ein, wir glitten zur Seite, drehten uns mit zwei weichen Schritten herum und gingen wie-

der, indem wir die Hüften links und rechts wiegend vordrängten, geradeaus. Verstehst du dich aufs Tanzen?
Na Mann, sage ich, du hättest mich neulich auf dem Schützenfest in Vilbel sehen sollen!
Er nickt mit dem Kopf: Sonst habe ich mir nie etwas daraus gemacht, ich konnte es auch nicht besonders gut, aber in dieser Nacht brauchte ich mir nicht die geringste Mühe zu geben, wir glitten und kreisten so leicht dahin. Es war wie damals beim Nebeneinanderhergehen, nur viel, viel bebender und schwebender. Alles, was mich quälte, alle Unruhe, alles Verlangen... man ist doch immer verwirrt, man hat doch immer Sorgen und Gedanken, das Leben läßt einem doch keinen Frieden... alles das schlief ein. Wir tanzten eigentlich nicht mehr, die Musik hob und senkte uns, wir hielten einander in den Armen und wurden nur schnell und unaufhörlich von der seltsamen Musik bewegt, ich konnte... nein wir, wir konnten die Augen zumachen und zusammen träumen. Man braucht sich nicht mit Worten zu nahen, wenn man sich lieb hat. Man darf es nicht einmal. Es ist unaussprechlich. Nur Ahnung, Traum, Tanz, Schwindeligkeit... Wie falsch doch die Vorstellungen waren, die ich früher von Liebe gehabt hatte! Aber dies hier in der dunklen Gasse, umorgelt von Harmoniumspiel und hohem, langgezogenen Gesang, umklirrt von anhaltendem Tamburingestampf. Liebe... man sagt so oft Liebe... ich habe etwas erlebt, wir wollen es mit keinem Namen benennen. Glaubst du, daß Frau Rauch...? Ich habe es selbst nicht begriffen, es war wie Mystik und Nirwana. Als die Musik aufhörte, gingen wir ganz nahe an Oude Kerk heran und küßten uns. Mystik und Nirwana. Aber das Letzte und Allerschmerzlichste war es noch nicht.
Ich glaube, sage ich, nachdem es eine Weile still zwischen uns beiden geblieben ist, daß ich weiß, wann das eingetroffen ist.

Er zerrt an dem Strumpf herum, den Frau Rauch ihm um den Hals geschlungen hat, und fragt, beiseite blikkend, wie ich das meine.
Seid ihr nicht in diesem Badeort gewesen? Ich habe den Namen vergessen.
In Noordwijk. Ja.
Soll ich dir einmal aufrichtig sagen, was ich schon die ganze Zeit über denke?
Sag es nur.
Wie wir auf dieser Mauer sitzen, sind wir ja zwei Männer und brauchen uns nicht voreinander in acht zu nehmen, ich denke, daß ihr dort in Noordwijk eure Hochzeit gehalten habt.
Gehrken krallt seine beiden Hände unterm Kinn in den Strumpf, er rührt sich nicht, er sagt nur: So?
Deshalb konnte sie es auch in Amsterdam nicht mehr aushalten. Wenn ein Mädchen merkt, daß sie ein Kind bekommt, weiß sie überhaupt nicht mehr, was sie tut. Wie alt war sie denn eigentlich?
Siebzehn.
Da würde es doch kein Wunder gewesen sein, wenn sich die Sache so verhalten hätte, wie ich es glaube.
Ich will dir nichts vormachen, antwortet Gehrken leise, du hast recht. Ob nun wirklich ein Kind vorhanden war, kann ich nicht einmal behaupten. Maacha hat mir nichts davon geschrieben. Aber das... das eine... das haben wir getan.
Dann möchte ich dich noch etwas fragen, du brauchst mir aber nicht darauf zu antworten, wenn du nicht magst.
Was möchtest du mich fragen?
War sie noch unschuldig?
Nein.
Gehrken, der den Kopf zwischen seine Fäuste rutschen ließ, sagt nichts mehr, und ich sage auch nichts mehr.

Der Wolkenspalt am Horizont hat sich wieder zugezogen, auf der Erde ist es vollständig Nacht geworden. Die Lichter von Nauheim glitzern. An verschiedenen Stellen steht ein grünlicher Schimmer über dem Ort. Wir schweigen immer noch. Gerade will ich den Vorschlag machen, wir sollten uns allmählich überlegen, wo wir heute nacht bleiben wollten, da fängt Gehrken hinter seinen Fäusten wieder an zu sprechen:

Noordwijk. In was für eine Welt wir damals eintraten, wir vier! Ach du liebe Zeit! Obgleich wir nur in der Dependance wohnten, kostete es jeden Tag zehn Gulden, das waren über sechzehn Mark, denk einmal an! Aber zu den Mahlzeiten gingen wir in den großen Speisesaal, der im Hauptgebäude lag. Unser Hotel war das wundervollste weit und breit. Als ich zum ersten Mal ins Huis ter Duin eintrat, wollte gerade ein Herr die Tür aufmachen. Er sah so vornehm aus, daß ich ihn bat, voranzugehen. Er sträubte sich, aber ich wußte, was sich gehört, und gab nicht nach. Später kam ich dahinter, daß es sich um den Ober gehandelt hatte. Wendelken irrte sich in anderer Beziehung. Da reichten die Kellnerinnen eines Tages so goldene Schüsselchen mit Wasser herum. Sofort behauptete er, man müsse sich seine Finger darin waschen, er wisse es ganz genau. Und er tat es auch. Wir übrigen, Schütze, Maacha und ich, warteten lieber so lange, bis wir uns nach den anderen Leuten richten konnten. Siehst du, da tauchten die anderen Leute die Weintrauben hinein, die es zum Nachtisch gab. Aber Wendelken blieb dabei, er habe recht, und die anderen seien Proletarier. Er hatte überhaupt mehr Mut als wir alle miteinander. So konnte er eine Kellnerin mir nichts, dir nichts herbeiwinken und sich einige Stückchen Eis in sein Weinglas tun lassen. Wir saßen ganz starr daneben. Aber was die verschiedenartigen silbernen Geräte bedeuteten, die jeden Abend zu Beginn der Mahlzeit neben den Tellern lagen, konnte auch er uns nicht erklären. Es blieb uns nichts anderes übrig, als uns mit dem Essen zu gedulden, bis die feinen Leute am Nachbartisch nach all den Gabeln und Haken griffen. Maacha besaß nur ein einziges Kleid, und ich hatte natürlich auch nur meinen blauen Anzug mitgenommen. Nun hättest du aber einmal beobachten müssen, wie die richtigen Gäste sich jeden Tag dreimal umzogen und jeden Tag wieder etwas Neues vorführten. Und wenn du meinst, sie hätten sich damit besonders aufgespielt, so irrst du dich. Das war ihnen ganz selbstverständlich. Ich wäre am liebsten woandershin gereist, aber Wendelken und Schütze wollten nichts davon wissen, und Maacha fand diese teure und gedämpfte Welt, glaube ich, auch ganz interessant. Sie meinte, sie müsse noch so vieles lernen, bevor sie zu mir nach Dööitschchland käme. So war es also in Noordwijk. Nur abends, wenn wir am Strand hin wanderten, wurde das Leben wieder freundlich. Wendelken und Schütze blieben im Hotel und lasen ihre Zeitungen, aber Maacha und ich, wir verloren uns in der grauen Weite gegen Katwijk hin. Die Luft war vom Brausen der Nordsee erfüllt, langsam wehte die Nacht vom Land her über die Brandung hin und auf die unendliche Fläche des Meeres hinaus. Am längsten hielt sich ganz da draußen ein dünner Streifen Himmel hell, da draußen am Horizont, es war so eine gespenstige Helligkeit. Dreimal wanderten wir in die Dämmerung hinaus, die uns mit Dröhnen und Feuchtigkeit umhüllte. Wir blieben ja nur drei Tage in Noordwijk. Nach allem, was ich dir erzählt habe, kannst du dir schon denken, wie schweigend wir zusammen waren. Ich hatte, während wir dahingingen, Maacha im Arm, meine rechte Hand ruhte auf ihrer Hüfte, und wenn eine Welle unvermutet im Bogen den Strand hinaufschäumte, daß wir zur Seite laufen mußten, hob ich sie fast hoch. Dann drängte sich meine Hand wohl, ohne daß ich es

wollte, von unten gegen ihre Brust. Sie war so scheu, sie war kein Mädchen mehr, aber sie war scheu. Wir hatten beide ein Verlangen zueinander. Sie auch. Das merkt man doch. Aber es war nicht dies Lachen und nicht diese aufflammende Lust, unter Umständen war es nicht einmal die Liebe. Ich weiß nicht einmal, ob du es Liebe nennen würdest...
Doch! antworte ich, Liebe... ich habe das auch schon gefühlt... erst ist es lauter Raserei, aber nachher... die wirkliche Liebe ist sicher traurig und dunkel. Am liebsten reiße ich mich dann los und tippele weiter. Wenn ich mich so erinnere... Nein, jetzt mußt du weitererzählen!
Traurig und dunkel, sagst du? Das sind zwei schöne Worte, traurig und dunkel. So ist es auch. Die Liebe ist etwas wie der Tod. Man irrt umher von klein auf, man wird getreten, man liegt im Bett und heult, das Leben ist voller Schande und Erniedrigungen. Aber da senkt sich plötzlich die Liebe auf einen. Man schließt die Augen und ruht so tief und besinnungslos an seiner Geliebten. Zwei Menschen ruhen nebeneinander, sie sind sozusagen gestorben, die Welt ist nicht mehr da, sie umarmen sich und versinken in der ungeheuren Stille.
Hier macht Gehrken eine Pause und blickt nach oben. Es sind Tropfen von den Parkbäumen auf uns niedergefallen. Ich weiß auch nicht recht, ob es wieder angefangen hat zu regnen oder ob der Wind nur die Nässe aus dem Laub geschüttelt hat.
Regnet es? frage ich.
Er bewegt den Kopf hin und her und denkt an Maacha. Nachdem er einige Male tief Atem geholt hat, sagt er, in der letzten Nacht hätten sie sich in den Dünen verborgen. Der Sand fühlte sich noch warm an, sagt er. Da zogen wir uns aus und kamen in der rauschenden Nachtluft

zusammen. Wir hockten uns nieder und verbargen unsere Gesichter aneinander, wir ließen unsere Herzen eins am anderen schlagen vor Scham und Verlangen. Wir küßten uns, wir streiften mit unseren Lippen über unsere Körper, wir bewegten uns ohne einen Laut umeinander wie zwei Tiere in der Einsamkeit. Ich legte auch einmal mein Ohr auf ihre Brust. Hast du schon einmal gehört, wie das Blut durch das Herz eines Mädchens strömt? Es rauscht so hell und nah, man erschrickt ordentlich davor. Die Nordsee rauschte dahinten unter dem Himmel, Maachas Blut rauschte so zart, wir waren nackt und traurig. Da taten wir es denn... Es war wie ein langes Untersinken. Und dann saßen wir mit angezogenen Beinen einander gegenüber, ganz dicht. Maachas Brüste lagen an meiner Brust... Ihr Kopf lag an meiner Schulter... so sind wir eingeschlafen...

Gehrken hat zuletzt immer langsamer gesprochen. Jedesmal, wenn er einen Satz beendet hat, denke ich, nun wolle er aufhören, aber nach einer Weile fügt er doch noch etwas hinzu. Seine Stimme wird immer undeutlicher. Jetzt ist er in Schweigen und Gemurmel verfallen. Übrigens regnet es wieder nach allen Regeln der Kunst. Man kann zwar nichts sehen vor Finsternis, aber ich spüre ganz genau, daß ein feiner Sprühregen aus den Wolken fällt.

Wenn man dir zuhört, sage ich, sollte man es einfach nicht für möglich halten, daß deine Braut dann eines Tages verschwunden ist. Mein Gott, ihr hättet doch miteinander gelebt wie lauter Musik und Harfenspiel. Und nun dieser Jammer. Da muß so ein weichherziger Mensch wie du ja auch verrückt werden. Du hast so viele und eigentümliche Empfindungen, Kollex.

Er schlägt ein paarmal lautlos mit der flachen Hand neben sich auf die Mauer und will etwas sagen, aber er findet die richtigen Worte nicht. Schließlich ruft er: Das Hundsgemeine ist doch...! Ich meine, daß ich erst zu... zu diesem Glück und Wunder erhoben wurde, und dann weg, aus, kaputt! Hätte ich immer in Delmenhorst gewohnt und meine Arbeit getan: gut. Ich hätte ja nichts anderes gekannt. Aber mir dies stille Mädchen in den Arm zu legen, mich zu fragen: wie gefällt dir denn die Liebe, mein Kerlchen, hast du schon gewußt, daß es so eine selige Ruhe auf der Welt gibt? Und dann, als ich noch stammle: Nein, ich habe das nicht gewußt, und Dank für Amsterdam, Dank für Noordwijk! Dank für alles! Dann mir ins Gesicht zu schlagen, mir Maacha wegzureißen und mich mit einem Tritt beiseite zu schleudern, das ist doch...! Ich meine, was sagst du denn dazu?

Gottsverdammt, sage ich dazu, Kollex, Gottsverdammt, Gottsverdammt!

Sieh dir diese Finger an, ruft er wieder, indem er mir seine Hand entgegenstreckt. Kannst du dir vorstellen, daß es dieselben sind, die einmal über Maachas Brüste gleiten durften? Und jetzt? Jetzt packen sie hier in den glitschigen Dreck, das ist der Unterschied. Deine Meinung lautet: Gottsverdammt. Zuerst habe ich das auch gedacht, aber in den letzten Monaten bin ich zu einer anderen Überzeugung gekommen. Salut gen Himmel, Kollex! Ergebensten Salut gen Himmel. Gen Himmel oder wohin es dir gerade einfällt. Du kannst nichts gegen das andere machen, das über uns ist. Vielleicht hat sich Maachas Leib schon eine Kleinigkeit vorgewölbt gehabt, als sie aus Amsterdam abreiste, sie war vielleicht schon eine kleine Mutter. Ja Mensch, was für eine Grausamkeit gehört denn dazu, diese kleine Maacha, die niemandem etwas getan hatte, untergehen zu lassen! Sag nicht Gottsverdammt, es hilft doch nichts. Diesem Grausamen gegenüber, das ohne Gerechtigkeit und ohne Erbarmen ist, diesem Entsetzlichen, Maßlosen, Ungewissen, Fernen, Gleichgültigen gegenüber kannst du nichts machen, als dich ducken, mit geduckten Schultern nach oben grüßen: jawohl, jawohl, jawohl!

Er stellt sich mühsam auf die Beine und steht da, wie er es eben selbst gesagt hat, mit geduckten Schultern und ergebenem Gesicht. Dann legt er die Hand hinten an den gesenkten Kopf und salutiert kläglich gen Himmel: Jawohl!

Seine Mütze fällt zu Boden. Er erhebt den Zeigefinger und lacht. Wenn ich bedenke, daß er in Wirklichkeit noch keine dreißig Jahre alt ist... Nein, nein!

Inzwischen ist der Regen noch stärker geworden und pladdert auf die Bäume und auf den armen Kerl, der sich da wie ein Clown benimmt. Ich springe hoch und stülpe ihm seine Mütze über: Komm, Kollex, wir müssen jetzt in die Herberge!

Aber er legt den Zeigefinger wieder an den Hinterkopf: Nicht einmal Schluß machen darf ich. Wenn ich in den Brunnen fallen will, kommst du hinter mir her und ziehst mich wieder raus. Es ist alles und alles vergeblich. Ich wehre mich auch nicht mehr. Fangt mit mir an, was ihr wollt. Jawohl, jawohl... jawohl...

Nun geht er mit mir fort. Als wir aus dem Schloßgarten heraustreten, fällt ihm noch etwas ein: Du hast mich vorhin gefragt, ob sie noch unschuldig gewesen sei. Nein. Aber war ich denn unschuldig? Ich meine, das hat doch mit unserer Liebe nichts zu tun, da ereignete sich doch etwas ganz Neues und... und...

Sei mir nicht böse, Gehrken, unterbreche ich ihn, aber ich möchte nicht schon wieder bis auf die Knochen naß werden. Hast du noch Kraft genug, ein bißchen zu laufen?

Ohne ein Wort zu erwidern, setzt er sich in Trab.

Wir kommen im Gleichschritt nach Friedberg hinein, der

Regen schlägt klappernd auf die Dächer und klirrt in den Rinnen.
Wo ist eigentlich die Herberge? frage ich.
Er antwortet im Laufen, er wisse es schon.

Lampioon gibt eine Antwort

Nauheim ist eine großartige Stadt mit Parkanlagen und weißen Villen, mit heißen und kalten Springbrunnen, mit Wandelhallen und Tennisplätzen, mit Gepäckträgern und Equipagen, und an jeder Straßenecke gehen die Fußsteige ohne eine Stufe in den Fahrdamm über, damit die kranken Millionäre es beim Promenieren so bequem wie möglich haben. Hier möchte ich mich auch einmal acht Tage aufhalten, aber ich müßte einen Haufen Geld ausstreuen können, zwanzig, dreißig Mark mindestens.
Die Kurgäste, denen ich begegne, wissen gar nicht, wie fein sie heraus sind. Sie wandern alle so mißmutig herum und seufzen, als sei das, was sie treiben, die reine Arbeit und Affenschande. Damit ihnen ihre Herrlichkeit an Kleidung, Schlipsen und rasierten Wangen ein bißchen mehr zum Bewußtsein kommt, ich meine, damit sie den Unterschied merken, gehe ich in den Kurgarten und setze mich mit einer Kriminalzeitung, die ich gefunden habe, in ihre Mitte. Aber ich weiß nicht, was das für Muffelköpfe sind. Anstatt sich zu freuen, daß ihre Hosen nicht so verschrumpelt, ihre Ärmel nicht so durchgewetzt, ihre Stiefel nicht so auseinandergeplatzt sind wie meine, vor allen Dingen die Stiefel, sie brauchen doch nur einmal meine Stiefel, soweit sie überhaupt noch vorhanden sind, ins Auge zu fassen, dann müssen sie doch zu der Überzeugung kommen, daß sie mit unermeßlichem Wohlstand gesegnet sind – anstatt sich darüber zu

freuen, anstatt Gott zu loben, daß er ihnen dieses alles und außerdem noch einen soviel vornehmeren Duft verliehen hat als mir, gucken sie mich böse an und rümpfen ihre Nasen. Dann also nicht, denke ich, falte meine Zeitung zusammen und gebe es auf. Es war ja nur euretwegen, nicht meinetwegen!

Wenn die Leute von mir nichts annehmen wollen, so heißt das noch lange nicht, daß ich genauso hochmütig bin. Gesetzt den Fall, es träte jemand an mich heran und sagte: Verzeihung, ich sehe, Ihre Stiefel sind etwas altmodisch, würden Sie mir die Ehre erweisen, dies funkelnagelneue Paar, das ich Ihnen mit den besten Segenswünschen für Ihre fernere Laufbahn übergebe, gütigst in Empfang zu nehmen? Gesetzt den Fall, es machte mir jemand ein solches Angebot, dann würde ich für meine Person nicht die Nase rümpfen, darauf kannst du dich felsenfest verlassen. Felsenfest! Aber vorläufig besteht wenig Aussicht, daß ich den dergleichen Sympathiekundgebungen betroffen werde, obwohl ich sie so nötig hätte! Gerade in bezug auf meine Stiefel.

Im Gegenteil, als ich im Erdgeschoß eines Hauses klingele und mit harmlosen Worten anfrage, ob nicht irgendwo ein Paar alte Stiefel herumständen, die für mich noch gut genug wären, schlägt die Dame die Tür einfach zu und schiebt innen die Sicherheitskette vor. Im ersten Stock schenkt mir ein junges Dienstmädchen zehn Pfennige aus ihrem eigenen Portemonnaie. Im zweiten Stock blinzelt nur ein mißtrauisches Auge durch das Guckloch, aber die Tür bleibt geschlossen. Im nächsten Stock muß ich zweimal klingeln, ehe ein Herr von fünfzig Jahren mit einem blonden Bart und hoher, sommersprossiger Stirn die Tür aufreißt: Sie wünschen?

Ich sage mein Sprüchlein her, daß ich ein armer Reisender sei, der um einige geneigte Unterstützung in Form von ein oder zwei abgelegten Stiefeln bäte.

Der Herr schiebt erst seinen Kopf gegen mich vor, dann wendet er sich zur Wand und lacht bitter auf, wobei er seine Hände faltet und mit der Innenfläche nach außen dreht, und dann legt er los: Was bilden Sie sich denn eigentlich ein, Sie Tagedieb! Was ist das denn für eine Unverschämtheit, dreimal zu klingeln wie ein Wahnsinniger! Was...
Entschuldigen Sie, Herr Bertelsberg, aber ich habe nur zweimal...
Woher kennen Sie mich?
Entschuldigen Sie, ich habe Ihren Namen auf dem Türschild gelesen.
Ich verbitte mir das! Ich verbitte mir ein für allemal, daß Sie meine Türschilder lesen! Klingelt der Kerl wie ein Wahnsinniger, liest der Kerl meine Türschilder, und dann steht er da und bettelt! Sie sollen sich was schämen! Das ist ja doch... Zum Arbeiten haben Sie wohl keine Lust, was?
Nein, sage ich.
Jetzt machen Sie aber, daß Sie fortkommen! Da soll doch gleich das Donnerwetter...! Wird auch noch frech! Fort, auf der Stelle, Sie frecher Patron! Wollen Sie sich wohl von meiner Tür wegscheren! Nein, das habe ich denn doch noch nicht erlebt! Ein junger Mensch, der lieber bettelt als arbeitet! Sie sind ja ein Bettler! Sagt Ihnen das nichts, ein Bettler? Schweigen Sie jetzt, Sie Abschaum! Sie gehören ja zu dem niedrigsten Pack auf Erden! Pfui Teufel, Sie... Bettler!
Er gibt sich auf jede Weise Mühe, mich von meiner Widerwärtigkeit zu überzeugen. Aber weil er immer röter im Gesicht wird und immer lauter schreit, und weil ihm das Ganze offensichtlich mehr Anstrengung verursacht, als er vertragen kann, besonders die Aussprache des Wortes Bettler, wobei er die Augen zukneift und sich vor Ekel geradezu schüttelt, setze ich meine Mütze wieder

auf und gehe leise die Treppe hinunter. Meine eigene Meinung über die Sache interessiert ihn wohl nicht.
Leider sind inzwischen zahlreiche Leute im Hause auf unsere Unterhaltung aufmerksam geworden. Vor jeder Tür stehen die Bewohner des betreffenden Stockwerks, beugen sich übers Treppengeländer und drehen den Kopf nach oben. Und dieser väterliche Herr Bertelsberg hat sich in eine solche Raserei hineingeredet, daß er hinter mir her kommt und von Stufe zu Stufe neue Ermahnungen auf mich niederdonnert. Für die Hausbewohner muß es ja ein unvergleichliches Schauspiel und Erlebnis sein, das sie so bald nicht wieder vergessen werden. Sogar die Großmutter, die im zweiten Zwischenstock auf dem Klosett weilt, zieht, wie sie uns herunterspektakeln hört, das Wasser und tritt, ihren Rock zurechtschüttelnd, heraus, um den Mörder zu sehen.
Den Mörder?
Jawohl! Herr Bertelsberg ist inzwischen bei Wegelagerer und Mörder angelangt. So, nun drückt er sich! ruft er. Nun schleicht er davon, der Feigling! Hiergeblieben! Sie sind ein Blutsauger an unserem Volk, wissen Sie das auch? Fünfundzwanzig Jahre alt und schon zu faul zum Arbeiten! So muß es kommen! Da sieht man, was für Kreaturen diese Regierung sich heranzieht. Bravo, bravo! Und er klatscht, indem er hinter mir her die Treppe herabsteigt, wie besessen in die Hände. So muß es kommen! Sehen Sie sich diesen Wegelagerer an, meine Herrschaften, das ist das Holz, aus dem Banditen und Mörder geschnitzt werden! Klingelt dreimal an meiner Tür! Dagegen hilft nur das Zuchthaus und das Fallbeil! Was hätte er wohl angestellt, wenn ich nicht zu Hause gewesen wäre! O keine Angst, du entwischst mir nicht, mein Bürschchen! So etwas darf man doch nicht frei umherlaufen lassen! Polizei! Paß auf, wenn wir erst auf der Straße sind! So wahr ich Bertelsberg heiße,

dies soll dein letzter Raubzug gewesen sein! Polizei, Polizei!
Er kann mich meinethalben benennen, wie er will, davon fällt mir kein Zahn aus dem Mund, außerdem habe ich eine friedfertige Natur. Aber wenn er nach der Polizei ruft, dann hört die Friedfertigkeit auf, dann muß ich ihm eben einmal die Wahrheit sagen.
So drehe ich mich denn auf dem Treppenabsatz um und strecke, während die Großmutter vor Angst zur zweiten Etage hinaufklettert, Herrn Bertelsberg meine Hand entgegen: Vergönnen Sie mir auch einmal ein Wort!
Aber er randaliert weiter: Keine Silbe, keinen Buchstaben! Hinaus mit dir, du Lustmörder!
Da ruft eine fette Männerstimme von unten: Wieso denn? Lassen Sie ihn doch mal!
Ich habe meine Hand noch immer erhoben: Werter Herr Bertelsberg...
Nehmen Sie meinen ehrlichen Namen nicht in Ihr meineidiges Maul!
Geehrter Herr Vorredner, sage ich, ein Mann in Ihrem Alter sollte allmählich Vernunft annehmen. Sehen Sie mal, Sie müssen sich nicht so wichtig machen. Sehen Sie mal, und wenn Sie einen noch so ehrlichen Namen haben, und wenn sie ein noch so feines Jackett und noch so feine Stiefel aus gelbem Leder tragen und wenn Sie noch so laut brüllen, das hat alles nichts zu bedeuten. Ich habe nur ein meineidiges Maul, und mein einer Stiefel weist nur noch eine halbe Sohle auf, aber, werter Herr Bertelsberg, Sie sind fünfzig und ich bin achtundzwanzig. Und das hat eine ganze Menge zu bedeuten. Sie sind ein alter Mann, und ich bin ein junger Kerl. Überlegen Sie sich mal, was das zu bedeuten hat! Weil ich ein junger Kerl bin, werde ich nämlich über Sie hin–weg–gehen! Das ist so gewiß wie das Amen in der Kirche. Die alten Männer müssen nun die Klappe halten, jetzt sind die jungen an

der Reihe. Ob einer bettelt oder im Auto fährt, ist ganz gleich. Die Hauptsache ist heutzutage, daß einer jung ist. Und ich bin jung. Aber Sie, Sie sind alt und müssen nun ein bißchen beiseite treten. Und mit der Arbeit, verehrter Herr Bertelsberg, mit der Arbeit verhält es sich so: Die einen treiben sich erst einmal in der Welt umher mit Abenteuern und Liebe und Faulheit und Glück und Bettelei und allem möglichen, sie verprassen ihr Leben, solange sie noch jung sind und es noch verprassen können. Der Satan soll die Arbeit holen! Mit sechzig, siebzig Jahren, wenn man zu nichts anderem mehr taugt, kann man es ja schließlich auch einmal mit der Arbeit versuchen. Eher nicht. Das sind die einen. Und die anderen setzen sich mit sechs Jahren auf die Hosen und lernen und brummen und schuften und mit vierzehn Jahren schuften sie immer noch und mit fünfundzwanzig immer noch und mit fünfunddreißig immer noch und mit fünfundvierzig immer noch, und wenn sie fünfundfünfzig alt sind, sagen sie vielleicht: So, nun wollen wir einmal anfangen, unser Leben zu genießen. Aber dann können sie's nicht mehr, erstens, weil sie zu vertrocknet sind, und zweitens, weil ihr Leben schon vorbei ist. Das Leben findet hauptsächlich in der Jugend statt. Ich für meine Person gehöre zu den einen, und Sie zu den anderen. Morgen, Herr Bertelsberg!

Damit gehe ich fort. Die Hausgehilfin im ersten Stock, die mir vorhin zehn Pfennige geschenkt hat, drückt den Busen heraus und nickt mir mit heimlichen Augen zu. Die anderen sagen keinen Ton. Auch Herr Bertelsberg nicht. Man hört nur meine langsamen Schritte auf der Treppe. Zuletzt preßt der Türschließer zischend die Haustür hinter mir zu.

So, sage ich zu mir selbst, das war das.

Es handelt sich wieder einmal darum, ob ich geradeaus weiterwandern oder ob ich rechts abbiegen soll. Vorhin war ich in Oppershofen, wo es weit und breit keinen Getreidehalm auf den Feldern zu sehen gibt, sondern nur Rosen, inzwischen bin ich nach Rockenberg gekommen. Es wird schon dunkel. Man muß bei kleinem an das Nachtquartier denken.
Geradeaus zieht sich das Tal der Wetter hin, und irgendwo liegt dann das Städtchen Butzbach. Wenn ich dagegen die Landstraße, die rechter Hand den Berg hinaufsteigt, verfolge, komme ich nach einer gewissen Zeit nach Münzenberg. Von Butzbach ist mir nicht das geringste bekannt, nur daß es sich mit einem tz schreibt, aber das bedeutet so gut wie nichts. Von Münzenberg habe ich wenigstens in Erfahrung gebracht, daß es oben eine Burg und unten eine Art von Stadt darstellt. Viel ist es ja auch gerade nicht, alles in allem. Butzbach, Münzenberg, Butzbach... Es bleibt gehupft wie gesprungen. Ich will einmal das alte Bauernweib fragen, das da drüben aus der Haustür herausschlurft.
Tag, Mutter! Immer noch quick auf den Beinen wie so ein Wiesel? Das ist recht! Seg mol, Modder, wo schall eck nu hengahn, na Butzbach oer na Münzenberg? Wo is es denn nu an scheunsten?
Die Mutter kneift das Gesicht zusammen und guckt mich eine Weile mit mißtrauischen und blödsinnigen Augen an. Dann zieht sie ihren verschrumpelten Mund in die Breite und antwortet: Hä?
Wo ich hingehen soll, verdammte Hexe, nach Butzbach oder nach Münzenberg?
Sie blinzelt ein paarmal mit ihren wimperlosen Lidern, sie rüttelt ein paarmal mit dem Kopf vor Fassungslosigkeit und Alter, schließlich wendet sie sich, ohne mich aus

den Augen zu lassen, langsam ab und tapert, böse über ihre linke Schulter zurückblickend und mit dem Mund kauend, weiter.
Na, dann nicht! denke ich.
Da bleibt sie in einiger Entfernung stehen und ruft: Aaf Butzbach, hähähä, aaf Butzbach! Und dann hält sie sich die Hand vor ihre Nase, kichert und schnurrt, so schnell sie kann, davon.
Nun weiß ich doch, woran ich bin.
Ich gebe dem Pappkarton, der vermittels eines Bindfadens auf meinem Hintern baumelt, einen kleinen Dreh und tippele los. Nach rechts natürlich. Als ich ein gutes Stück der ansteigenden Landstraße hinter mich gebracht habe, hebt sich allmählich der Schattenriß der Burg Münzenberg über den Hügel. Erst die beiden gewaltigen Türme und dann die Mauer des Rittersaales, soweit sie noch nicht weggebröckelt ist. Durch die Fensterlöcher scheint der Himmel, hier ist schon beinahe Nacht, aber der Horizont hinter der schwarzen Burg schimmert noch in einer bläulichgrauen Helligkeit. Erst die Türme, dann die Mauer, dann der ganze Hümpel, auf dem das Ding erbaut ist.
Die Landstraße macht einen ziemlichen Bogen, ehe sie sich an der Burg vorbei auf das Städtchen hinter dem Berge zuschwingt. Man könnte gleich den Feldweg einschlagen, man könnte gleich quer über diesen langgestreckten Rücken gehen, der sich von der Burg her wie eine Halbinsel in das Tal hineindrängt. Abgemacht! Da oben scheint früher einmal ein vorgeschobenes Burgtor gestanden zu haben. Oder was sind das für zwei gemauerte Säulen in dem Buschwerk da?
Ich stolpere vorwärts. Nach einer Viertelstunde bleibe ich stehen und drehe mich um. Das Land Hessen liegt dunkelblau vor mir. Die Hügel und Wälder sind dunkelblau, die Täler schwarz, da und dort flämmert ein rotes

Licht herauf, aus dem versunkenen Rockenbach gehen einige Rauchfäden weiß und dünn empor. Ein klarer Abend. Windstille weit und breit.
Ganze Abteilung kehrt! Der Pappkarton fliegt von hinten herum gegen meinen Bauch und fällt wieder auf die Stelle zurück, wo er heute seinen Sitz hat. Ohne Tritt marsch! Hinter mir das Tal, vor mir die Burg.
Ein Tor ist das wohl nicht gewesen. Ich erkenne es jetzt ganz gut. Zwei viereckige Säulen, an die fünf Schritt voneinander entfernt, an die anderthalb Mann hoch. Sie erheben sich gerade auf der höchsten Kuppe des Rükkens. Ich möchte wirklich wissen, was sie eigentlich vorgestellt haben. Übrigens... soll ich dir einmal verraten, was ich noch gern... wissen... möchte? Es kommt mir so vor, als ob über dem Schlehdorngebüsch rechts neben den Säulen ein leiser Feuerschein schwebte. Jetzt, sieh mal! Ganz deutlich! Aber kein bißchen Rauch. Ob sich da ein paar Kollegen niedergelassen haben? Rings um eine kleine Glut herum? Wollen mal sehen.
Als ich näher heran bin, lehne ich den Oberkörper zurück, knicke in den Knien ein und gehe auf den Zehenspitzen. Kein Zweifel, da ist ein Feuer. Ich horche. Nichts... Doch! Eben hat jemand gelacht! Und jetzt steigt auch das gedämpfte Gebrummel einer Unterhaltung auf. Ich schleiche noch näher heran... Aha, so verhält es sich also! Der Schlehdorn umschließt eine Kuhle, einen winzigen Steinbruch, eine geheimnisvolle Versenkung, und am Grunde der Versenkung... ich beuge mich über einen niedrigen Busch und recke den Hals... am Grunde der Versenkung glüht ein Aschenhaufen, davor hockt ein brauner Kerl mit schwarzen Haaren, die locker von seinem Kopf abstehen, er hat das eine nackte Bein ausgestreckt, das andere vor sein Gesicht gekrümmt und schnitzelt mit seinem Taschenmesser an der Hornhaut herum, die unter dem Ballen seines großen

Zehs gewachsen ist. Einer nur? Ein einziger Kerl nur? Ja. Er unterhält sich mit sich selbst. Bald murmelt er etwas gegen seinen Fuß, bald lacht er, bald summt er eine Melodie vor sich hin. Ein Mensch, der sich auf seine Weise mit der Einsamkeit abfindet. Ich habe es an mir selbst erfahren, daß man zuletzt einem Stück Papier oder seinem Taschenmesser was erzählt. Besonders wenn man eine gewisse Angst nicht beachten will, innen. Mit so einem habe ich es wohl zu tun. Das Feuer weht einen rötlichen Glanz über ihn hin.

Eine Zeitlang gucke ich ihm zu, wie er so murmelnd bei der Arbeit ist, dann sage ich: Morgen, Kollex!

Aber er unterbricht seine Beschäftigung keinen Augenblick, sondern sieht nur noch genauer hin und brummt zwischendurch: Mensch, halt deine Fresse!

Einen solchen Ausspruch kann man unter Brüdern als eine Einladung auffassen. Ich rutsche jedenfalls in die Versenkung hinunter, lege meinen Karton auf einen Stein und setze mich kunstgerecht neben das Feuer: Morgen!

Nachdem er einen flüchtigen Blick auf mich geworfen und unter halblautem Pfeifen ein bißchen weitergearbeitet hat, sagt er ebenfalls: Morgen! Du mußt nun nicht denken, er wäre unfreundlich. Sieh dir nur einmal seine Augen an: es ist nur die Verlegenheit.

Ich huste und halte die Fingerspitzen vor den Mund, um ihm von vornherein zu verstehen zu geben, daß er es nicht mit dem ersten besten zu tun hat. Aber er lebt vorläufig noch für sich dahin und bemerkt nichts.

Höm, sage ich, das Feuer hast du wohl nur angemacht, damit der geehrte Herr Landjägermeister gleich weiß, wo er uns zu suchen hat.

Er pfeift und klappt an der anderen Seite seines Messers die kleine Klinge auf. Diesmal hat er es auf die Nägel an seinen Füßen abgesehen. Der Landjäger ist ihm gleichgültig, er macht eifrig Toilette, er muß sich erst an mich gewöhnen. Dabei möchte er ganz gern mit mir anbändeln, ich fühle so etwas geradezu, ich merke ganz deutlich, wie er beim Nägelschneiden über mich nachdenkt. Das sind nämlich die Richtigen, die so bärbeißig tun mit ›Halt deine Fresse!‹ und so, kenne ich schon! Der schämt sich bloß, weil ich zugehört habe, als er dasaß und Selbstgespräche führte. Alles Verlegenheit und Menschenscheu!

Fängst ja zeitig an, dich fein zu machen, sage ich, wir haben doch erst Donnerstag!

Er läßt sich meine Worte durch den Kopf gehen und antwortet erst einmal mit einem undeutlichen Lied: Ik go mol in Hamborg Sankt Pauli längs. Dann blickt er nach der anderen Seite, als spreche er mit einem Dritten: Was ich sagen wollte, du feiner Hund, hast du wenigstens Salz bei dir?

Salz? Kann sein.

Wieviel?

Feiner Hund? Aha, er hat doch etwas gemerkt!

Ene lüttje Deern vor de Husdör stunn... Wieviel, Mensch?

Allerhand. – Darum brauchst du mich noch lange nicht aufzufressen!

Zeig mal her!

Ich krame die Tüte aus meinem Karton heraus und werfe sie ihm hin: Da!

Genügt!

Mit dem kleinen Zeh ist er schon fertig, jetzt kommt der nächste an die Reihe. Die Sorge mit dem Salz ist er los. Aber er hat wohl noch sonstige Maleschen auf dem Herzen. Es wird sich schon herausstellen. Einstweilen läßt er sich wieder mit seiner halblauten Rabenstimme vernehmen:

Hom hm mol in Hamborg Sankt Pauli längs...

Nun muß er sich nicht einbilden, daß er allein imstande ist, Shanties und Fahrenslieder um sich zu verbreiten, ich für meine Person habe auch eine brausende Jugend mit allerlei christlicher Seefahrt hinter mir. Und wenn du in Bremerhaven einmal einen verdammten und verrosteten Pott, einen Fischdampfer an der Kaje liegen siehst, dem sie BX 27 auf den Bug gemalt haben, dann kannst du ihn von mir grüßen. Grüß auch die große Fischerbank, die Island-Gründe und die Doggerbank! Pipe a'hands! So fahre ich denn ohne weiteres fort:

Hurrä, the cotton down!

Ene lüttje Deern vor de Husdör stunn...

Ich dachte, er würde wenigstens verwundert sein, aber er nickt nur mit seinem Indianerkopf und brummt weiter:

Hurrä, the cotton down!

Ach Krischan, kumm du mol herup...

un hom dadada un hom dadada...

Dann fragt er mit seiner gewöhnlichen Stimme, ob ich Kohldampf hätte.

Klar, sage ich.

Magst du Hasenbraten?

Dämliches Aas, jetzt kannst du deine Fresse halten!

Er richtet sich auf und stößt, indem er mit dem Messer auf den Gluthaufen zeigt und das linke Auge zudrückt, einen langgezogenen Pfiff aus.

Na und? sage ich.

Da liegt er drin und schmurgelt wie eine arme Seele im Fegefeuer.

Wer?

Der Hase, du Astloch! Bloß das Salz fehlt.

In der Asche? Du bist ja verrückt, Mann! In der glühenden Asche?

Außerdem ist er in Zeitungspapier gewickelt. Aber davon versteht so ein Kirchendiener wie du natürlich

nichts, so ein verlauster Klingelbeutel und Kirchendiener wie du!
Wa...?
Ganz so scheu, wie ich dachte, ist er nicht. Wir haben uns nun schon einigermaßen kennengelernt. Das Eis ist jedenfalls gebrochen! Er hat das Kinn auf seinem Knie und schnippelt wieder an den Fußnägeln herum. Dabei setzt er mir die Sache auseinander: Du schmierst den Braten ordentlich mit Fett ein. Verstanden?
Hm.
Ordentlich gespickt, dann ein Stück sauberes Papier drumherum, dann ein Dutzend Zeitungen, dann in die Glut geschoben, fertig ist die Laube. Das übrige wirst du nachher selbst erleben. Zigarette hast du nicht bei dir?
Brennt das denn nicht alles auf?
Kein Bein! Zigarette hast du nicht bei dir?
Ne, keinen Tabak, kein Streichholz, nichts. Hör mal zu: Wie lange dauert es denn noch?
Halbe Stunde.
Schön.
Weiter haben wir uns vorläufig nichts mitzuteilen.
Ein verkohltes Ästchen am Rande des Feuers entzündet sich von neuem und flackert hoch. Ich gähne, strecke mich aus und lasse mich langsam hintenüberfallen. Der andere gähnt auch. Hier liegt sich's ganz gut.
Nacht... wieder einmal eine Nacht... Die Müdigkeit naht heran. Aber ich habe die Augen noch auf, ich erkenne noch die Sterne, ich bin noch imstande, dem einen und anderen Gedanken, der sich gerade einstellt, nachzuhängen.
Soll man glauben, daß sich da oben über uns die Unendlichkeit auftut? Früher hatte ich keine Angst davor, ich sah mir den Himmel an und besann mich nicht, aber jetzt werde ich, wenn ich außerdem noch in mich hineingrübele und auch da innen einen Abgrund und eine grenzen-

lose Dunkelheit sehe, ganz schwindelig. Man darf das nicht lange betreiben, so nachts diese beiden Unendlichkeiten zu bedenken, sonst weiß man zuletzt gar nicht mehr, wo man selbst bleiben soll. Man schwebt doch, man ist doch aufgelöst, man ist doch sozusagen verschlungen von dem Schweigen der ungeheuren Räume. Was bin ich denn noch auf der Welt? Ich... was ist das... ich? Ich will lieber annehmen, der Himmel sei ein seidenes Tuch und jemand habe ein paar Hände voll glitzernden Staubes hinaufgeworfen, der allenthalben an der Seide hängengeblieben sei und nun, wo die unzähligen Lichter der Erde zu ihm emporspielen, wie ein ruheloser Schimmer zu sehen ist... wie ein... ruheloser Schimmer... zu sehen... ist...

Inzwischen hat der andere sein Tagewerk beendet. Ich drehe meinen Kopf nicht zu ihm hin, aber ich höre, wie er die Luft einige Male kurz durch die Nase einzieht und das Messer zuklappt. Dann macht er sich mit einem Seufzer gleichfalls lang.

Das Feuer knistert, der Himmel wird immer dunkler, die Sternbilder immer bläulicher. Die Milchstraße schwebt wie ein grauer Strom mit Inseln und Seitenarmen von Horizont zu Horizont. Wir liegen auf der Erde und sagen kein Wort. Unten im Tal rauscht ein Zug hin. Manchmal schlafe ich lieber allein, manchmal habe ich ganz gern einen Kameraden neben mir. Manchmal ist es geradezu nötig, daß ich mit einem Menschen aus Fleisch und Blut einige Worte wechseln kann, daß ich nachts nur den Ellbogen auszustrecken brauche, um zu wissen, ich liege nicht so mutterseelenallein herum. Du verstehst es vielleicht nicht, weil du von einem trauten Heim und einer Gattin umgeben bist, aber es ist so, verlaß dich auf mich.

Der Kollege gähnt laut, indem er eine Art von Tonleiter jodelt, und stöhnt dann vor sich hin: Jajaja, es ist ein Sau-

leben, sag, was du willst, ein beschissenes Sauleben, jaja-ja, zum Kotzen.
Findest du? antworte ich gegen die Milchstraße empor.
Ein beschissenes Sauleben von der Wiege bis zur Bahre.
Weiß nicht, sage ich.
Keine Zigarette, nicht einmal ein dreckiges Tütchen Salz, um einen Hasenbraten zu würzen!
Weiß immer noch nicht, sage ich, du hast den Braten, ich habe die Tüte. Ist doch ganz hübsch so. Die Güter sind eben unter den Menschen verteilt. Man muß sich gegenseitig ein bißchen beistehen, dann geht es ganz gut.
Er gibt mir keine Antwort, sondern schnauft nur nachdenklich durch die Nase. Jeder erwägt seine eigenen Sorgen und Freuden. Nach einer Weile fängt er wieder an: Dabei benehmen sich diese Idioten so dumm... so dumm... du machst dir keine Vorstellung.
Ne, sage ich. Welche Idioten denn? – Und im stillen denke ich: Aha, jetzt geht es allmählich los!
Man müßte ihnen das Geld direkt wegnehmen, sonst treiben sie bloß Unsinn damit.
Tu's doch!
Abwarten!
Meiner Meinung nach ist Abwarten immer das Allerdümmste.
Je nachdem. Ich könnte... ich könnte beispielsweise in einen Juwelierladen eintreten und mir eine Perle für... na, sagen wir mal für zehntausend Mark kaufen. Irgendein seltenes Ding. Zehntausend Mark? Gut, hier ist das Geld. Und so weiter. Ich will dich nicht langweilen.
Was denn? rufe ich. Mal los!
Aber er läßt sich Zeit, er legt sich zurecht, er schiebt seine Schultern hin und her, er kratzt sich an den Rippen. So, nun liegt er wieder still: Na, ja, nach einer Woche

komme ich wieder und sage, ich müsse noch so eine Perle haben. Verstehst du?
Jedes Wort!
Der Ladenbesitzer legt mir diese und jene vor, aber keine sieht genauso aus wie die erste. Haben Sie denn nicht so eine Perle wie diese hier? – Muß es haargenau die gleiche sein? – Haargenau! Etwas anderes kommt nicht in Frage. Es handelt sich um ein Geschenk für eine Dame, mithin kommt etwas anderes überhaupt nicht in Frage. – Dann will ich versuchen, Ihnen das Gewünschte von auswärts zu verschaffen. Sie müssen sich allerdings einige Wochen gedulden und darauf gefaßt sein, daß der Preis beträchtlich über dem ursprünglichen liegen wird. – Der Preis spielt keine Rolle. Hier ist meine Adresse. Ich hoffe, bald von Ihnen zu hören. – Sehr wohl, mein Herr!
Interessant, werfe ich ein, und dann?
Ehe er fortfährt, denke ich noch schnell: Sieh einer an, mit solchen Gegenständen beschäftigt er sich also! Man kann sicher eine Menge von ihm lernen. Sitzt am Feuer und tüftelt sich ein sauberes Sächelchen aus! Und dann?
Dann inseriert dieser Mann natürlich in allen möglichen Fachblättern und fängt einen ausgebreiteten Briefwechsel an. Schließlich gebe ich dir, der du mein Kamerad bist, die erste Perle in die Hand, und du bietest sie ihm auf eine der Anzeigen hin an. Versteht sich am Rande, daß ich inzwischen ein paarmal bei ihm angerufen habe, ob denn um Himmels willen das fragliche Juwel noch immer nicht aufzutreiben gewesen sei. Du erscheinst also vollständig als Retter in der Not. Was soll die Perle kosten? – Fünfundzwanzigtausend Mark. – Gott soll mich bewahren! Fünfundzwanzigtausend? – Zuletzt einigt ihr euch auf zwanzigtausend. Ein Sündengeld, Herr! – Was sein muß, muß sein. – Hier ist der Scheck. – Danke! Auf Wiedersehen! – Wenn sich der Geschäftsmann

nun an mich wenden will, wird er ja merken, daß es einen Mann des Namens, den er sich in sein Büchelchen notiert hat, nicht gibt. Und wenn es ihn doch gibt, dann weiß der Betreffende leider von der ganzen Geschichte nichts, weil er und ich, weil wir beide nicht dieselbe Person sind. Vielleicht merkt er sogar, ich spreche jetzt von dem Juwelier, daß seine erste Perle nur ein bißchen von ihm zu mir und von mir zu ihm gewandert ist. Für zehntausend Mark.

Das lohnt sich! Du scheinst ja ein schlaues Köpfchen erwischt zu haben, damals als diese Gegenstände verteilt wurden! Hier der Scheck. Danke! Auf Wiedersehen! Alle Achtung! Man muß ja beinahe sagen: Präsentiert das Gewehr!

Rührt euch! Na ja. Die Sache weist leider einen gewissen Haken auf! Einen unbedeutenden Haken für deine Begriffe, denn du hast ja ohne weiteres ein paar Tausender zur Hand, nicht wahr? Na siehst du! Ich dagegen... Aber so ist die Welt nun einmal eingerichtet: Wer hat, dem wird gegeben.

Leider, sage ich. Und wer nichts hat, dem lassen sie sogar die Spucke im Mund sauer werden. Ist das denn dein einziger Plan? Machst du's nicht auch billiger?

Bislang haben wir zu den Sternen hinaufgeredet, jetzt wälzt er sich auf die Seite und stützt den Kopf in die Hand: Pläne wie Heu. Was hältst du zum Exempel von folgendem Dessin? Ebenfalls aus der Juwelierbranche: Du kaufst in einem Laden irgendeine Kleinigkeit, eine Krawattennadel, ein Paar Manschettenknöpfe, billiges Zeug. Als du am Bezahlen bist, fällt dein Blick auf ein größeres Schmuckstück, möglichst auf etwas mit Perlen oder Diamanten dran, die sich nachher einzeln verscheuern lassen. Ich will einmal sagen, auf ein Diadem oder auf ein Kollier oder dergleichen.

Ich ziehe meine Beine an und schüttele den Kopf: Entschuldige mal, was du aber auch alles für Namen und Vornehmheiten kennst! Kollier, Diadem... Du hast vorhin geäußert, Gott solle dich bewahren. Mich auch! Na, weiter!

Bist du fertig?

Jawohl.

Mußt nicht immer soviel dazwischenquatschen. Nehmen wir also an, du hättest es auf ein Kollier abgesehen.

Auf ein Kollier... Den Deubel auch, wenn ich nur wüßte, was das in Wirklichkeit ist! Ungefähr.

So ein Halsband mit Klunkern dran, die der betreffenden Dame über den Busen fallen, vorausgesetzt, daß sie einen hat. Heutzutage klunkert auch noch hinten was runter. Vorne, hinten, überall. Man weiß unter Umständen nicht genau, wo hinten und vorn ist. Ein Kollier, begriffen?

Du wirst doch nicht etwa im Ernst behaupten, daß du schon einmal mit einer Dame zusammengewesen wärst, die so ein Kollier vorn und hinten um ihren Hals hängen hatte?

Ob du begriffen hast, was ein Kollier ist?

Ja!

Punkt! Dann gibst du einen entzückten Ausruf von dir und schiebst alles übrige beiseite: Lassen Sie mich das Kollier einmal betrachten! Wundervoll! Eine wundervolle Arbeit! Was kostet es? – Soundsoviel tausend Mark. – Ei, ei! Viel Geld! Aber ich muß es haben. Nein, was für eine wundervolle Arbeit! – Und nach einigem Hin und Her verabredest du mit dem Juwelier, daß er den Schatz nebst quittierter Rechnung in deine Wohnung schickt. Guten Morgen! – Es dauert nicht lange, da erscheint ein seriöser Angestellter bei dir und übergibt dir feierlich das Paket. Du öffnest es, prüfst den Inhalt, sprichst ein paar nette Worte mit dem Mann und schließt das Kollier vor seinen Augen in ein Wandschränkchen ein. Dann nimmst du die Rechnung und begibst dich ins Nebenzimmer, um das Geld zu holen. Meinethalben kannst du sogar die Tür offenlassen und die Unterhaltung fortsetzen. Oder du raschelst mit Papieren und zählst leise vor dich hin: Sechs, sieben, acht, neun, zweitausend. Eins, zwei, drei, vier... sieben... neun, dreitausend. Und so weiter. Der Mann ahnt nichts Böses. Er sitzt da und wartet, daß du mit einer Handvoll Scheine zurückkommst. Er wartet und wartet. Schließlich fällt ihm auf, daß es nebenan so still geworden ist. Zuerst räuspert er sich, dann steht er auf, nähert sich mit horchend vorgebeugtem Kopf der Tür und räuspert sich noch einmal. Es erfolgt nichts. Nun reibt er sich die Hände und klatscht diskret mit den Fingerspitzen. Nichts. Natürlich nichts. Du hast nämlich durch ein Loch in der Mauer in das Schränkchen, dessen Rückwand fehlt, hineingegriffen, hast das Kollier herausgeholt und bist auf Zehenspitzen durch eine zweite Tür von dannen spaziert. Ehe der seriöse Mann Lärm geschlagen und die Polizei herbeigeholt hat, bist du längst dort, wo dich kein Mensch mehr findet. Deine sogenannte Wohnung besteht nur aus zwei möbliert gemieteten...

Haha, wenn du nicht ein verfluchter...

...besteht nur aus zwei möbliert gemieteten Zimmern.

...wenn du nicht ein verfluchter Hund bist, dann weiß ich es nicht!

Und das beste ist, daß du zu der ganzen Angelegenheit keinen Pfennig Bargeld brauchst.

Die Miete für die Zimmer?

Bleibst du schuldig. Aber um einen anständigen Anzug kommst du nicht herum. Wo soll unsereins so etwas herkriegen? Und mit dem Anzug allein ist es auch noch nicht getan, es gehört auch Wäsche, es gehört ein elegan-

ter Schlips, eine graue Melone und ein Stock mit silbernem Griff dazu, damit der Juwelier sich keine überflüssigen Gedanken macht.
Das müßte doch zu beschaffen sein, wenn man nur wollte.
Ja, ja, und wenn es dann so weit ist, stellt sich heraus, daß man doch nicht das nötige Interesse an der Sache hat. Kenne ich doch!
Ich hätte es schon.
Möglich.
Da kann ich mich nicht enthalten, ihn zu fragen, wo er denn herkomme. Wie du dich hier aufführst mit deinen Worten, wie du einen Satz nach dem anderen so in Gebildetheit aus dem Mund strömen läßt, hat es verdammt noch einmal den Anschein, als ob du von Rechts wegen was Besseres vorstellst. Kollier, Diadem und alles miteinander. Wie ist das denn?
Was du doch für eine feine Nase hast! Wenn es dir Spaß macht, darfst du beinahe Herr Doktor zu mir sagen. Haha!
Herr Doktor? Du sollst dich darauf verlassen, daß ich dich so nennen werde! Auf diese Weise unterhalte ich mich auch einmal in meinem Leben mit einem Doktor. Sag mal, Herr Doktor, hier an meinem rechten Mittelfinger, hier am obersten Gelenk wird der Knochen so dick, es tut auch manchmal weh, was hat das wohl zu bedeuten?
Man sollte sich mit so einem Armleuchter, wie du einer bist, auf nichts einlassen! Zwischen Doktor und Doktor ist doch ein Unterschied! Ich bin kein Arzt.
Was bist du denn?
Philosoph.
Ach so!
Er setzt sich auf und häufelt mit einem Zweig die glühende Asche vom Rand des Feuers gegen die Mitte, dann

reibt er sich seine Schienbeine und gähnt in hohen Tönen vor sich hin. Ich bleibe ruhig liegen.
Philosoph, ach so. Was hat ein Philosoph eigentlich zu tun?
Wenn das nur nicht zu hoch für dich ist!
Dann wird es schon was Rechtes sein.
Weißt du etwa, du Rosine, was der Urgrund der Welt ist? Weißt du, was du wissen kannst und was du nicht wissen kannst? Weißt du, wo der liebe Gott zu Hause ist? Weißt du, was es mit dem höchsten Wert auf sich hat?
Ne. Aber ein Philosoph, der hat das wohl alles ausstudiert?
Natürlich!
Was hat es denn nun damit auf sich? Erklär mir das mal alles!
Vielmehr... ganz genau weiß er es auch nicht. Ach, Mensch, es ist ein Sauleben, wie gesagt, zum Kotzen so oder so. Ob du in München im Auditorium maximum sitzt oder in Münzenberg unterm Galgen, ein von oben bis unten beschissenes Sauleben. Halt deine Fresse!
Unterm Galgen? Hast du schon einmal unter einem Galgen gesessen?
Ich habe nicht, ich sitze.
Was? Wo?
Hier. Du und ich.
Wo ist denn der Galgen?
Als du vorhin angetrudelt kamst, dachte ich, der Strick wäre gerissen und du plumpstest geradenwegs vom Galgen herunter. Hast du nicht die beiden steinernen Pfeiler da oben gesehen?
Ist das ein Galgen?
War. Quer darüber ging ein Holzbalken von einem zum anderen. Du kannst noch die Ausschnitte oben in dem Gemäuer erkennen, wo die Balkenenden drin lagen. Vor hundert oder zweihundert oder fünfhundert Jahren.

Ei du Donnerwetter, sage ich, da hatten die armen Sünder wenigstens noch eine unvergleichliche Aussicht, ehe sie in die Hölle fuhren.
Stell dir mal vor, du krummer Hund, was das für Minuten gewesen sein müssen, sofern sich dem Kerl nicht gleich der Halswirbel aushängte, wenn er da baumelte und die Welt so grün und blau und golden vor ihm ausgebreitet war, im Walde rief der Kuckuck, fünf, sechs Schwalben zwitscherten durch die Luft, jemand dengelte seine Sichel, und allmählich zog sich die Schlinge immer enger zusammen, seine Ohren dröhnten, seine Zunge schwoll an, und zuletzt sah er alles nur noch durch einen roten Schleier...
Durch einen roten Schleier?
Weil die Äderchen in seinen Augen geplatzt waren. Eine hundsgemeine Schweinerei. Wo du hinguckst, ist das Leben eine Schweinerei.
Laß man, sage ich, das Leben ist schön... das Leben hat schon sein Gutes. Aber was hältst du denn vom Tod, he?
Mensch, ohne Leben gäbe es doch auch keinen Tod. Der Tod ist selbstverständlich die größte Schweinerei im Leben.
Das würde ich schon eher unterschreiben.
Er verschränkt die Arme unter seinem Nacken und läßt sich zurücksinken. Wir liegen wieder schweigend im Gras. Das Feuer knistert leise. Ob das wirklich alles ist, was ihn bewegt? Ich war der Ansicht, die Hauptsache sollte noch kommen. Aber er hebt nur sein rechtes Bein hoch und zeichnet einen Schnörkel in die Luft. Ungefähr wie ein I. Am Himmel herrscht eine unendliche Stille. Es wird wohl die Liebe sein, bei ihm auch, er wird wohl mit einem Mädchen namens Irmgard oder Ida oder Ingeborg oder so einen Tanz gehabt haben. Ach ja, die Mädchen, die Mädchen!

Ja, so geht es... Hast du nicht zufälligerweise noch so eine Geschichte auf Vorrat? Es ist so ergreifend für mich, dir zuzuhören.
Er sagt: Jjjah... und holt Atem, als wolle er anfangen zu erzählen, aber dann steckt er es doch auf. Schade, ich höre für mein Leben gern zu, wenn jemand ein Stückchen zum besten gibt. Ob er wirklich ein Doktor und ein Studierter ist? Warum sitzt er dann in dieser Kuhle unter dem Münzenberger Galgen und brät sich einen Hasen in Zeitungspapier? Warum findet er das Leben so jämmerlich, da er doch so viel Bildung und philosophische Geschichten in seinem Kopf hat? Wenn ich so gelehrt wäre wie er, würde ich auch das nötige Interesse an der Sache aufbringen. Wie hat er es genannt? Ein Dessin aus der Juwelierbranche. Ich will es bis an mein Lebensende in meinem Herzen bewahren.
Da besinnt er sich doch noch eines Besseren: Schön und gut, sagt er, aber eine Geschichte von der anderen Art. Ich will dir mal ein Licht aufstecken, was alles im Leben passiert. Pfui Teufel! Einmal mußte ich in Göttingen an dem Bahnübergang in der Groner Landstraße warten, die Schranken waren herunter.
O Göttingen! rufe ich, Bist du auch einmal in Göttingen gewesen?
Warum?
Göttingen kenne ich in- und auswendig.
Dann weißt du ja auch, wo der Bahnübergang ist. Heute haben sie die Gleise höher gelegt, die Straße geht drunter durch.
Aha.
Da stand ich also und wartete, daß der Zug endlich einliefe. Nach einer gewissen Zeit rollte er auch heran und vorbei, ein Güterzug. Das heißt, nicht ganz vorbei. Ein Drittel vielleicht. Da pfiff die Lokomotive, die Männer in den Wagenhäuschen zogen die Bremsen an, der Zug

verminderte seine Geschwindigkeit und glitt nun verhältnismäßig langsam dahin. In diesem Augenblick schlüpfte eine Jagdhündin mit hängendem Euter unter der Schranke hindurch und trabte auf den Zug los. Aber so selbstmörderisch, daß sie direkt in die Räder lief, war ihr nicht zumute. Sie blieb einen Augenblick vor den langsam dahinklirrenden Wagen stehen, sprang dann aus irgendeinem Grund mit einem schwerfälligen Satz zwischen zwei Rädern hindurch und befand sich nun unter dem Zug. Ein Waggon nach dem anderen bewegte sich über sie hinweg. Sie war sich wohl selbst nicht recht klar, wie sie sich eigentlich hierher verirrt hatte und wieso und warum, jedenfalls wollte sie wieder weg und setzte mehrmals zum Sprung an, der sie nach draußen bringen sollte. Aber jedesmal, wenn sie losspringen wollte, dröhnte wieder ein Rad vorbei und flößte ihr Angst ein. So ging das eine ganze Weile, sie streckte den Kopf vor und zog ihn ängstlich zurück, vor... zurück, vor... zurück. Ich hoffte schon, sie würde die paar letzten Wagen auch noch vorüberlassen, da wurde sie plötzlich von dem herabhängenden Heizschlauch eines Personenwagens, der in den Zug eingeschaltet war, getroffen und sprang vor Schrecken blindlings zu. Aber das nächste Rad war schon heran und fuhr ihr übers Kreuz.

Ffff... Ich schlürfe die Luft schmerzlich durch die Zähne.

Sie stemmte sich mit ihren Vorderfüßen hoch und jaulte. Dann fiel sie, während ein Rad nach dem anderen langsam über sie weg malmte, zusammen, dann stemmte sie sich wieder hoch, dann sank sie auf die Seite, und schließlich zuckte sie noch ein drittes Mal hoch. Dann war es vorbei. Die Räder hatten sie in zwei Teile geschnitten.

Ffff...! Sei still!

Ja, sei still, aber das Scheußlichste weißt du noch gar nicht.
Mein Gott, was kann denn da noch...?
Willst du es hören?
Nein! Noch scheußlicher? Wieso? Oder los! Ich werde mich doch von einer zerschnittenen Hündin nicht unterkriegen lassen!
Er lacht höhnisch auf. Und du bist genauso einer! Du, ich, wir alle. Ich ekelte mich, daß mir die Zunge zum Halse heraushing, ich konnte nicht mehr hinsehen, aber als die Schranke geöffnet wurde, begab ich mich doch mit den anderen Menschen an die Stelle, wo das Tier lag. Es war mir entsetzlich, ich mußte mich beinahe übergeben, aber ich tat es doch. Ich tat es doch! Der Satan ritt mich, daß ich es doch tat! Du kannst sagen, die Neugier im Menschen wäre eben stärker als das Grauen. Unsinn! Ich bin der Überzeugung, es handelt sich nicht um Neugier.
Sondern?
Ja... wie soll ich dir das begreiflich machen? Der Mensch hat zu allerinnerst eine Sehnsucht, gequält zu werden, vernichtet zu werden. Und die größte Qual ist es, das an sich selbst zu vollziehen. Oder so ähnlich. Ich schob mich mit aufeinandergebissenen Zähnen und verzerrtem Gesicht an die Hündin heran. Ihr Bauch war zerquetscht, sie... sie hätte in den nächsten Tagen vier Junge werfen müssen, man konnte es im einzelnen erkennen.
Nein, hör auf!
Genügt es dir? Mir genügt es auch. Aber willst du mir glauben, daß mich dies Bild seitdem nicht mehr losläßt?
Aufs Wort!
Bei jeder Gelegenheit, wenn ich mal fröhlich bin, wenn ich mal mit einem Mädchen spazierengehe, wenn ich

mich mal mit jemandem unterhalte, wenn ich mal eine schöne Blume betrachte und so weiter, immer taucht die zerfetzte Hündin auf, immer sehe ich, wie die eisernen Radscheiben über sie hin rollen und die weißlichen Jungen zerquetschen, ich träume sogar des Nachts davon.

Das geht dir nicht allein so, sage ich und denke an Heidelberg und an die blutbespritzten Haare des Fräuleins und an alles mögliche. Da schleppt wohl jeder Mensch einige Erlebnisse mit sich herum, die er nie in seinem Leben vergißt. Ich könnte dir auch drei oder vier Vorfälle nennen... zum Beispiel, ich will nur etwas erwähnen, eine Kleinigkeit im Vergleich mit deiner Sache, aber ich kann es auch nicht vergessen, nur eine Kleinigkeit. Ich wanderte einmal auf dem Deich entlang, der das Land Wursten vor der Nordsee beschützt, an der Küste da oben zwischen Bremerhaven und Cuxhaven...

Bin im Bilde.

Na ja, als ich am Dorumer Tief vorbei war, am Leuchtturm und an der Schleuse vorbei, lag da seitwärts ein Junge im Gras auf dem Rücken, wie ich jetzt hier liege, und spuckte in die Luft. Dann fing er die Spucke mit seinem Mund auf und warf sie wieder in die Höhe.

So ein Ferkel!

Laß mich nur erst zu Ende...! Als ich mir noch überlegte, ob ich ihn nicht einmal in aller Freundschaft anschnauzen sollte, trat eine Frau aus dem Haus am Fuß des Deichs heraus, legte die Hand über die Augen und rief: Mangels, komm nun zum Essen! Der kleine Mangels schluckte die Spucke hinunter und stand auf. Aber er hielt den Oberkörper so merkwürdig steif. Da bemerkte ich, daß ihm beide Arme fehlten. Ein Junge von fünf Jahren. Siehst du, diesen Mangels vergesse ich auch so leicht nicht wieder, wie er den Deich hinunterlief und mit dem Oberkörper das Gleichgewicht zu halten versuchte. Du

mußt dir einmal ausmalen, was das für ein Leben sein wird.
Wenn man sich alles ausmalen wollte, würde man einfach verrückt werden. Du hast diesen Mangels getroffen, ich bin einmal einem blinden Mädchen begegnet. Das war auch so ein Fall. In Wunstorf. Eines Abends, es ist schon einige Jahre her, wollte ich in Wunstorf in die Steinhuder-Meer-Bahn steigen. Eine Kleinbahn, die um das Steinhuder Meer herumfährt, Wunstorf, Bad Rehburg, Uchte, nicht weit von Hannover.
Steinhuder Meer, natürlich!
Da sprach mich ein dicker Herr mit einer hannoverschen Medaille auf dem Bauch flüsternd an, ob ich vielleicht nach Schmalenbruch reiste. – Nein, sagte ich. – Pst, leise! Wohin denn, wenn ich fragen darf? – Nach Bad Rehburg. – Auch gut. Dann geht es ja auch. Hören Sie bitte einmal zu: Das Mädchen, das da neben dem Brunnen steht, ist eine Blinde aus Schmalenbruch, ein bescheidenes Geschöpf. Sie hat sich von Zuhause weggeschlichen und will nach Hannover in die Blindenanstalt, wo sie früher schon einmal gewesen ist. Aber die Eltern haben sofort hierher telephoniert, daß sie wieder zurück müsse. Wir haben es ihr noch nicht gesagt, wir haben sie vorläufig in dem Glauben gelassen, sie führe nach Hannover. Der Beamte ist mit ihr ein bißchen kreuz und quer herumgegangen, nun ahnt sie nicht, an welcher Stelle des Bahnhofs sie sich befindet. – Erlauben Sie mal, sage ich, wer sind Sie denn, was haben Sie denn eigentlich mit dem Mädchen zu tun? – Gar nichts. Ich kenne sie auch erst seit vorhin. Persönlich habe ich nicht das geringste mit ihr zu tun. Nur eben... aus menschlichen Gründen, nur daß sie nicht allein nach Hause fährt, daß jemand bei ihr im Zug sitzt. Sie braucht ja fürs erste noch nicht zu wissen, wohin es in Wirklichkeit geht. – Das verstehe ich nicht. Weshalb soll sie denn nicht nach Hannover? – Die

Eltern sind offenbar dagegen. Wir können da nichts machen, Sie und ich. Vielleicht wollen sie das Geld nicht bezahlen, geizige Bauern, was weiß ich. Es geht uns ja auch nichts an. Ich wollte Sie nur bitten, sich unterwegs um das Mädchen zu kümmern. Vor allen Dingen, wenn es gewahr werden sollte, wohin die Reise leider führt. Blinde haben ja ein ungewöhnlich feines Empfinden. Im Grunde geht uns die ganze Sache nichts an. Nur damit jemand auf sie achtet und den anderen Insassen einen Wink gibt. Ich habe ihr erst einmal eine Tasse Kaffee reichen lassen. Jetzt fühlt sie sich ganz wohl. Sie ist ein liebes und bescheidenes Geschöpf. Schmalenbruch ist die zweite... warten Sie, daß ich Ihnen nichts Falsches... die zweite... die dritte Station vor Bad Rehburg. Sie könnten also ganz gut... – Ich unterbrach ihn und sagte, wenn das Mädchen durchaus nach Hannover wolle, dann solle er sie doch nach Hannover fahren lassen. Oder fehle es vielleicht an Reisegeld? – Nein, sie hat dem Schaffner einen Zehnmarkschein gegeben. – Na also! – Nein, nein, Sie müssen die Lage mit vernünftigen Augen betrachten: Wenn die Eltern nicht erlauben, daß sie sich in die Blindenanstalt begibt, dann ist gar nichts daran zu ändern. Der Bahnbeamte, mit dem die Eltern telephoniert haben, läßt sie auch unter keinen Umständen weiterreisen. Ich würde selbst... aber ich kann heute abend nicht so Hals über Kopf weg. Deshalb wende ich mich nun an Sie. Er machte einen vertrauenerweckenden Eindruck, ich sprach auch mit dem Bahnbeamten, und das Ende vom Lied war, daß ich mich bereit erklärte, das Mädchen unter meine Fittiche zu nehmen.

Du bist auch einer! Hättest mit der Fürsorge telephonieren sollen. Sie werden doch in Wunstorf eine Fürsorge haben!

Ach, Fürsorge!

Was? Das Mädchen wäre nicht wieder zu seinen Eltern gekommen. Du, die Fürsorge versteht keinen Spaß!
Schön, das mag nun sein, wie es will, der Schaffner schloß uns ein Abteil zweiter Klasse auf, wir machten's uns bequem, und nach einer Weile fuhren wir ab. Das Mädchen hatte so Mundwinkel, die sahen aus, als ob sie immerfort lächelte. Aber es war nicht das Lächeln, es waren die Demut und der Gram, es waren die Blindheit und die Hilflosigkeit, es war... Mensch, ein blindes Mädchen!
Wie alt?
Vierzehn oder fünfzehn und so freundlich, sage ich dir, so dankbar. Sie hatte sich in ein grünes Cape gewickelt und saß still und mit gesenkten Augenwimpern in der Ecke. Außer uns beiden war niemand in dem Abteil. Wenn ich sie fragte, ob sie etwas zu essen haben oder ob sie sich hinlegen wolle, blickte sie in ihren Schoß und sagte mit diesem demütigen Lächeln in den Mundwinkeln: Nein, danke. Sie hatte eine so scheue Aussprache, daß ich mich nicht getraute, eine Unterhaltung mit ihr anzufangen. Bis Großenheidorn ging denn auch alles gut. Aber als der Zug dort hielt, erhob sie sich leise und wollte hinaus. Ich hielt sie zurück, aber sie antwortete: Nein, danke, ich steige hier lieber aus. – Hören Sie mal zu, Fräulein, sagte ich, wir sind ja noch lange nicht in Hannover! – Nein, danke, dieser Zug fährt nicht nach Hannover. – Doch, doch! – Es half nichts, sie wußte es besser und klinkte die Tür auf. Was blieb mir da anders übrig, als sie mit vorsichtiger Gewalt am Aussteigen zu hindern. Ich ergriff ihren Arm und hielt sie fest. Aber sie wehrte sich und weinte so verzweifelt auf, daß die Leute zusammenliefen. Schließlich kam der Schaffner mit seiner Laterne an, und wir zogen sie mit vereinten Kräften, wie sie auch zappelte und weinte, wieder in das Abteil. Dann pfiff der Schaffner zum Fenster hinaus, der Zug

rumpelte weiter. Aber jetzt! Sie war ganz außer sich, sie schrie und rang gegen uns an, die Tränen liefen aus ihren verschleierten Augen heraus, wir sollten sie loslassen. Nicht nach Hause, nicht nach Hause! Haben Sie doch Erbarmen mit mir! Nicht nach Hause! Dabei hatte sie allerlei Muskelkraft in ihren Armen. Wir mußten regelrecht zupacken, wenn wir sie in Schach halten wollten. Nun stell dir das einmal vor: Zwei große und starke Kerle, die ein blindes Mädchen mit ihren klobigen Männerhänden bändigen und nach Hause transportieren! Ich kam mir so jämmerlich und schuftig vor, wie ich dir's überhaupt nicht beschreiben kann. Am liebsten hätte ich die Fensterscheiben und die Wände und, wenn es sein mußte, den ganzen Wagen mit meinen Stiefeln in Klump getreten.
Hm.
Was?
Ich hätte es nicht gemacht. Aber schuftig? Wieso? Hast du denn noch etwas anderes mit ihr angestellt?
Was hättest du nicht gemacht?
Das Mädchen nach Hause geschafft.
So? Hinterher hat man gut reden! Aber ich konnte sie doch nicht in Großenheidorn oder Hagenburg aussteigen lassen. Es ging mittlerweile auf elf Uhr. Wo sollte sie denn hin? Nachts um elf?
Ich hätte dafür ge...
Und auf der anderen Seite hatte ich doch auch meine eigenen Pläne und Verabredungen. Ich mußte nach Bad Rehburg. Unter uns: Ich wurde da erwartet. Wir verstehen uns, nicht wahr? Ich war Student und wurde in Rehburg erwartet. Und nun erst wieder nach Hannover! Außerdem hätte der Schaffner doch Schwierigkeiten gemacht. Vielleicht meinten die Eltern es ja nur gut mit ihr. Ich hatte genug Gründe zur Hand. Wie gesagt, es war eine klägliche Lage. Meine Natur besteht zu acht Zehn-

teln... zu neun Zehnteln aus Feigheit und Unentschlossenheit. Meinst du, ich wüßte, was Nächstenliebe ist? Nächstenliebe, Freundlichkeit, Hilfsbereitschaft, einer für den anderen...

Ich hätte dafür gesorgt, daß sie nach Hannover gekommen wäre.

Du vielleicht. Aber ich...

Er setzt sich auf und starrt ins Feuer. Dann und wann nickt er mit dem Kopf ein wenig nach hinten und lacht traurig und bedeutungsvoll vor sich hin: Nach Hannover oder nicht nach Hannover, das spielt doch gar keine Rolle! Du hast eben keine Ahnung von der Sache! Wir sollten von etwas anderem sprechen!

Hm.

Ich frage ihn nicht, was denn sonst eine Rolle gespielt hätte. Oh, ich habe seinen Charakter bereits einigermaßen durchschaut, ich kann warten.

Was hast du? Du hast keine Ahnung davon! Es kam ja noch viel schlimmer.

So.

Bei mir kommt es jedesmal noch viel schlimmer. Ist dir das noch nicht aufgefallen?

Ich sage noch einmal: So. Da wechselt er plötzlich seine Stimme, er läßt sie zu einem dunklen Geflüster herabsinken und beugt sich mit etwas Vertrauen und Leid zu mir. Das ist doch klar, flüstert er, wenn du so ein weinendes und kämpfendes Mädchen mit deinen Armen umschlingst, dann berührst du sie an allen möglichen Stellen, wo sie... sie hatte zum Beispiel schon einen Busen... da berührst du sie doch. Zuerst nur aus Versehen und mit einer Art von Erschrecken, dann ohne Erschrekken, dann halbwegs mit Absicht und dann kriecht es so langsam und wollüstig in dir empor, das... das... die Gemeinheit. – Und nun betont er jedes Wort für sich und begleitet das Geflüster mit lautlosen Hammerschlägen seiner linken Hand: Ich – habe – das – Mädchen – wie – eine – Hure – angefaßt. – Ein – blindes – Mädchen – das – sich – nicht – wehren – konnte – ein – Kind – das – sich – für – jeden – Dreck – bei – mir – bedankte. War das schuftig oder nicht?

Und der Schaffner?

Der Schaffner... warte nur! O ja, wir paßten ganz gut zusammen, er und ich. Als wir uns so hin und her rangelten, sagte er, wir sollten die Deern einfach auf die Bank legen. Dabei bückte er sich und packte ihre Oberschenkel, ich griff ihr von hinten über die Brust, und so hoben wir sie hoch. Seine Mütze fiel auf die Erde. Und da traf es sich, daß sich unsere Gesichter, als wir uns aufrichteten, gerade gegenüber befanden. Wir hielten das zuckende Mädchen fest und sahen uns einen Augenblick an. Mensch, was war das für eine Fratze! Das Kinn vorgedrückt, der Mund offen, die Lippen triefend von Spucke, die Augen halb zugekniffen und auf die Lust lauernd, die seine Hände sich bereiteten. Eine splitterfasernackte Fratze. Und dann nahm ich mein eigenes Gesicht wahr, das vor Entsetzen ganz starr in seiner Verzerrung blieb, ich tastete es sozusagen von innen ab; das Kinn vorgedrückt, der Mund offen, die Lippen triefend von Spucke, die Augen halb zugekniffen... Pfui Teufel! Schluß! – Er bohrt die Fäuste in seine Augenhöhlen. – Ich will es nicht mehr sehen! Schluß! – Seine Fäuste schieben sich die Stirn hinauf und über den Kopf nach hinten. – Wie sind wir bloß auf diesen dreimal verfluchten Gegenstand verfallen in Satans Namen?

Wie wir darauf verfallen sind? Frag nicht so viel! Man sitzt nachts so fremd und unbekannt unter einem Galgen, man kriecht vor Einsamkeit und Brüderlichkeit zusammen und schwatzt miteinander, man vertreibt sich die Zeit mir irgendwelchen Geschichten, man entblößt sein Herz ein bißchen vor... vor... der Himmel mag wissen, wovor!

Während ich spreche, rutscht er auf seinem Hintern näher an das Feuer heran, nimmt einen Zweig und stochert darin herum: Mit irgendwelchen Geschichten? Es sind aber nicht irgendwelche Geschichten! Mach mir doch nichts vor! Na ja, also Schluß jetzt! Offen gestanden, wir benehmen uns voreinander, vielmehr ich, wie komme ich denn dazu, mit dir von meinen... Oder findest du nicht, daß es eine widerliche Verdorbenheit ist, wenn ein erwachsener Mann so Sachen zum besten gibt wie ich? Halt die Fresse, ich weiß, daß ich ein schamloser Patron bin.

Gar nichts weißt du! Ob du mit mir sprichst oder mit einem Baumstamm oder mit dem Feuer da, das ist ganz gleich. Das Feuer fällt in sich zusammen und erlischt, ich tipple morgen weiter, du siehst mich nie wieder. Es ist gleich. Du weißt so gut wie ich, daß von widerlicher Verdorbenheit keine Rede sein kann, wenn einer das Bedürfnis hat, sich gegen ein Stück Holz oder ein menschliches Ohr zu beugen und ihm einige Erinnerungen mitzuteilen.

Er entgegnet nichts. Die eine Hand liegt unter seinem Kinn, mit der anderen führt er den Stocherzweig ununterbrochen vom Rand des Feuers zur Mitte hin. Mit einem Mal haut er in die Glut, daß die Funken sprühen, und ruft, jetzt käme es doch nicht mehr darauf an! Hier, was ich von diesem Fetzen Papier hielte? Und mit einem hastigen Griff holt er aus seiner Hosentasche ein zusammengefaltetes Stück Zeitungspapier heraus, öffnet es und überreicht mir, nachdem er eine Sekunde gezögert und mich scharf angeblickt hat, einen Zettel, den der darin aufbewahrt. Ich nehme ihn in die Hand und lasse den Feuerschein darauffallen. Es ist kein richtiger Zettel, es ist nur ein Fetzen von einem Brief, ziemlich schmutzig schon, links oben steht: Rehburg, den 27. Februar. Dann kommt die Anrede: Lieber Butz! Die nächste Zeile ist noch vollständig vorhanden: Ich kann so einfach nicht mehr leben. Ach, lieber Butz... Aber die folgende fehlt schon halb. Der Rest lautet: Du mußt mich bitte, bitte verstehen, wenn i... Und von der dritten ist nur das Wörtchen ›ohne‹ übriggeblieben. Alles andere hat jemand abgerissen. Ein kleiner Fetzen. Die Rückseite ist leer.

Was hast du für eine Meinung darüber? fragt er und hält den Atem an.

Ja. Mm. Das Briefpapier scheint aus einem Schreibheft herausgerissen zu sein. Hat es eine Frau geschrieben?

Ja.

Dann ist es wohl ein Abschiedsbrief?

Weiter kannst du nichts an dem Brief entdecken?

Nein...

Sieh dir einmal das I in Ich an!

Ja.

Fällt dir immer noch nichts auf?

Ich bin noch nicht recht... ich habe noch nicht recht begriffen, was du eigentlich von mir willst.

Wenn ich mein Herz herausrisse und es dir hinhielte, würdest du dann auch sagen: Schön, aber ich habe noch nicht recht begriffen, was du eigentlich von mir willst?

Jetzt weiß ich noch weniger, woran ich bin. Was hat dies I denn mit deinem Herzen zu tun?

Ach, Mensch! Mein Herz ist ein Nichts dagegen! Wenn ich das I ansehe, muß ich meine Arme um meine Rippen legen und meinen Brustkasten zusammendrücken, daß er nicht auseinanderbirst vor Schmerz. Ich knie vor diesem I nieder und spreche Gebete, ich weine vor ihm, es ist mein Glaube, mein höchstes Heiligtum. Ich habe einmal ein blindes Mädchen unzüchtig betastet, ich habe mich mit so viel Niedrigkeit besudelt, aber wenn ich das

I vor Augen habe, bin ich ein guter Mensch. Glaubst du das?
Wenn du es sagst, glaube ich es auch. Aber ich kann doch... willst du es mir nicht erklären?
Weißt du, daß in jeden Buchstaben, den du hinschreibst, etwas von deinem Wesen hineinfließt?
Nein. Keinen Schimmer. Von meinem Wesen?
Jeder Mensch hat doch eine andere Handschrift.
Ganz richtig! Und aus der anderen Handschrift deutest du nun das Wesen des Betreffenden heraus? O ja, davon habe ich schon was läuten gehört. Aber wenn du mit mir über solche Dinge reden willst, wirst du einen schweren Stand haben. Ich habe nur so was läuten... nur so... du weißt schon.
Wir wollen nur dies I hier nehmen. Wenn unsereins ein großes lateinisches I auf ein Blatt Papier schreibt, dann macht er erst eine geschwungene Linie von links nach rechts, dann geht er senkrecht hinunter und fügt zum Schluß noch einen beiläufigen Bogen nach links hinzu, nicht wahr?
Nach... links. Jawohl.
Wer es eilig hat, setzt vielleicht nur einen senkrechten Strich hinzu. Aber nun sieh dir einmal dies I an!
Wahrhaftig!
Was?
Jetzt fällt es mir auch auf, daß es eine ganz sonderbare Gestalt hat.
Sonderbar? Sonderbar will gar nichts heißen. Hier mußt du vor allen Dingen hinsehen, hier oben hin! Die geschwungene Linie führt doch nicht einfach von links nach rechts, sondern greift am Anfang erst einmal so flehentlich in die Höhe, fällt dann ab, fließt ein Stückchen waagerecht hin und wendet sich schließlich tief nach unten, um in einem winzigen Haken zu enden. Wenn man das Ganze betrachtet, könnte man direkt sagen, es ist wie

ein Mensch, der gebückt dasteht und seine Hand hilfesuchend über den Kopf nach oben hebt, aber keinen Halt findet und versinkt. Siehst du nicht das Mädchen vor dir, das diesen Buchstaben geschrieben hat? Ein sehnsüchtiges Geschöpf mit einem so herzlichen Verlangen, sich an jemanden anzuschmiegen. Ein Mädchen mit einem zarten Körper und blonden Haaren. Ein Mädchen voller Todesahnung und Ängstlichkeit vor dem Eintauchen in das Dunkle und Bewußtlose. Es hebt seine Hände auf und möchte sich retten, aber es greift ins Leere. Wer kann sagen, was daraus geworden ist?
Ich muß gestehen, daß ich ihm eine so wunderbare Wissenschaft nicht zugetraut hätte. Er hat recht, das I nimmt sich wirklich wie ein lebendiges Wesen aus. Selbst ich, der ich ohne Philosophie und höheren Geistesflug auf der Erde herumwandere, werde von einem kleinen Mitleid durchströmt. Aber er will noch etwas hinzufügen.
Du brauchst ja nur die Weichheit dieser Linie anzusehen, wie sie so wehmütig dahinfließt, dann hast du schon die umflorte Anmut, die stillen Bewegungen des Mädchens vor Augen. Oder nicht?
Doch. Aber nun beantworte mir, ehe du mich weiter belehrst, einmal eine Frage: Butz, ist das dein eigener Name? Ich meine, ist der Brief an dich gerichtet? Hast du das Mädchen gekannt? Oder denkst du dir das alles nur so aus?
Er schlägt den Zettel wieder in die Zeitung ein und schiebt ihn vorsichtig in die Hosentasche. Dann hält er die Hand vor Augen und sagt, er wolle mir auch das noch erzählen. Ich setze mich erwartungsvoll zurecht. Aber er tut nicht dergleichen, er hockt nur da und stöhnt durch seine Finger hindurch. Vielleicht überlegt er sich, wie er es mir am besten erklären kann. Sind wir überhaupt imstande, einander zu verstehen, wir Menschen? Umflorte Anmut hat er gesagt, ein Mädchen voller To-

desahnung und Ängstlichkeit vor dem Eintauchen in das Dunkle und Bewußtlose, fremdartige Worte, die ich nie gehört habe. Er denkt sich etwas dabei, und ich denke mir ja auch etwas dabei. Aber seine Gedanken sind seine Gedanken, meine sind meine. Die Worte gehen zwischen uns hin und her, aber mit den Gedanken bleibt jeder für sich allein. Wenn er glaubt, er könne mir sein Inneres mitteilen, betrügt er sich wohl selbst. Hast du etwas gesagt?

Er schüttelt den Kopf. Und dann dauert es noch eine gute Weile, bis er die Hand sinken läßt und, mit Daumen und Zeigefinger über seine Backen fahrend, erzählt, daß es sich in München zugetragen habe. Er gehörte eigentlich nicht zu uns, Wiwa. Im Grunde genommen war er sogar ein Spießbürger. Wir Künstler und Studenten, eine Clique von zehn, zwölf Menschen, junge Männer und Mädchen. Aber weil man in seinem Antiquitätenladen immer interessante Leute und noch interessantere Möbel, Bilder, Schmucksachen, Glasgemälde, Stoffe, Geschirre und dergleichen traf, gingen wir bei ihm aus und ein. Und so zählte er denn in gewisser Weise zu uns. Wer ihn auf den Gedanken gebracht hat, weiß ich nicht mehr. Eines Tages bekam jeder von uns eine zierliche Karte, auf der er gebeten wurde, sich an dem und dem Abend zu einem Biedermeierfestchen in Wiwas größtem Schaufenster einzufinden.

Wo?

Das verhielt sich nun folgendermaßen: Wiwa hatte drei Schaufenster in seinem Laden, ein großes, ein mittleres und ein kleines. In dem großen stand gerade ein Biedermeierzimmer, wie man sie so im Schaufenster hat, darin sollten wir feiern.

Im Schaufenster? Eigentlich ganz nett.

Gewiß. In dem mittleren war ein Renaissance-Schlafzimmer untergebracht, und...

Renaissance? Renaissance? Ist das nicht...?
Hast du sicher schon mal gesehen. Das Bett mit vier gedrehten Säulen und einem Himmel darüber, schwarz.
Ne. Aber ich kann mir's schon denken.
Und in dem kleinen Fenster hatte er allerhand Kleinkram aufgebaut. Wir schwärmten nicht gerade für Biedermeier, aber zuletzt kamen wir doch in hellen Haufen, weil wir noch nie in einem Schaufenster getafelt und getanzt hatten. Ich stülpte den obligaten grauen Zylinder auf mein Haupt und holte das blonde Mädchen ab, mit dem ich vor ein paar Tagen bekannt geworden war... Alice. Da hast du es! Liebe, kleine Alice! Sie stammte aus Norddeutschland, aus... nicht weit von Hannover, da stammte sie her.
Ja, aus Bad Rehburg.
Woher weißt du das?
Weil du es vorhin selbst erwähnt hast. Und der Brief kam doch auch aus Bad Rehburg.
Habe ich es selbst erwähnt? Dann ist es gut. Den Winter über besuchte sie die Münchner Kunstgewerbeschule, die Modeklasse. Einer von uns gab da Korrektur. Das verstehst du nicht. Tut auch nichts zur Sache. Ich wollte nur sagen, auf diese Weise gelangte sie in unsere Clique. Gut. Wir... nicht wahr... wir beiden, wir hatten uns also gern. Es war über uns gekommen wie Musik. Sie liebte mich sehr. Und ich... nein, ich kann darüber nicht sprechen.
Laß nur, sage ich.
An diesem Abend kamen wir erst zum vierten Mal zusammen. Du mußt dir ein Mädchen mit hellbraunen Haaren vorstellen, in denen einige blonde Strähnen lagen. Und dann ein feines, klares Gesicht, blaue Augen, klug und doch ängstlich, die Bewegungen sehr ruhig.
Wie das I.
Was? Ja, ja, ganz genauso. Du hast es ja mit deinen eige-

nen Augen gesehen. Ich holte sie ab. Es schneite. Wir gingen hinten durch Wiwas Kontor und durch den Laden in das Biedermeier-Schaufenster. Die Metallrolläden waren natürlich geschlossen. Ein kristallener Kronleuchter mit acht Kerzen hing von der Decke herab und ließ den Raum warm und schwebend sein. Es wurde eigentlich gleich gemütlich. In der Mitte stand ein ovaler Tisch, darauf ein hellblaues Service für Schokolade und Gebäck. An der Rückwand, da so, nicht wahr, ein Spinett mit zwei besonderen Kerzen, da ein Spiegel, da eine Vitrine mit Porzellan und hier, nicht wahr, ein Sekretär, alles sauber poliert und glitzernd. Dieser Wiwa hatte den Bogen schon heraus. Zuerst waren wir auch poliert und glitzernd. Wir spreizten den kleinen Finger ab, wenn wir die Tassen zum Mund hoben, wir schüttelten den Zukkerstaub von dem Backwerk auf unsere Teller, wir hielten die Ellbogen nahe an unsere Körper und machten kleine Verbeugungen, wenn wir miteinander sprachen. Es ging so zierlich und gesittet zu, daß auch Alice, obwohl sie sozusagen nur Schrittchen für Schrittchen eingetreten war, immer bereit, davonzulaufen, wenn die Künstler, die sie allesamt für wild und gewalttätig hielt, gar zu künstlerisch umherfahren würden, es ging so zierlich und schwebend zu, daß Alice sich nach und nach immer freier gab, daß sie sogar ihren Mund aufmachte und auch einmal ein Wörtchen zu sagen wagte, daß sie zuletzt wahrhaftig, als von dieser und jener Musik die Rede war, wovon sie allerlei wußte, an das Spinett schlüpfte und mit behutsamen Fingerspitzen etwas Französisches und Österreichisches klimperte: Rameau, Haydn, Mozart, Schubert. Du hättest das sehen müssen, wie sie in ihrem hellgrünen Kleid mit dem Rücken zu uns vor dem Spinett saß! Manchmal bewegten sich ihre Ellbogen zur Seite wie Flügel, manchmal drängte sie, wenn die Melodie zum Diskant hinaufging, ihre Schultern mit einer leichten Neigung nach rechts, während ihr Kopf sich zum Ausgleich ein wenig nach links bog. Und dann diese spieluhrartigen Spinettklänge! Und dann vor allen Dingen... Wie soll ich dir das beschreiben? Die Rückwand, vor der das Spinett stand, war nur eine spanische Wand, die rechts und links nicht unmittelbar an die Seitenwände anschloß, so daß man dort wie durch zwei offene Türen in das Innere des dunklen Ladenraumes blikken konnte. Und aus dem Dunkel hoben sich nun die merkwürdigen Gegenstände, die Wiwa angesammelt hatte, teils düster und geheimnisvoll, teils glühend und funkelnd heraus. Waffen, seidene Tücher, bestickte Meßgewänder, Ketten aus Filigran, hellgrüne chinesische Vasen, Heiligenbilder, übereinandergeschichtete Stühle mit rosa Beinen und silbernen Lehnen, ein blauer Bauernschrank, Gläser, Zinn, alles nur von zufälligem Licht getroffen und ungewiß aufdämmernd in der Nacht. Möglicherweise achteten die anderen nicht besonders darauf. Aber ich saß vornübergebückt auf meinem Stuhl, meine Hände hingen zwischen den Knien herab, meine Augen waren so glücklich, ich sah den Glanz des Kerzenlichtes auf Alices Haar, ich sah ihre Schultern und ihren Rükken, ich sah die bunten Schatten und goldenen Funken in der Tiefe des Ladens, ich roch auch den Staub und das Altertum. Meinethalben hätte Alice noch stundenlang weiterspielen können. Aber das war nicht ihre Art. Als sie merkte, daß hinter ihr niemand mehr sprach, ließ sie ihre Sarabande geschwind in einen hohen Triller ausklingen, tupfte dann noch einmal auf das A ganz unten im Baß und erhob sich. Wir protestierten, es half jedoch nichts. Sie setzte sich wieder an den Tisch, trank ein Schlückchen Tee und mochte nicht aufblicken. Da legte denn Teetje los. Teetje konnte alles: malen, dichten, boxen, musizieren, schauspielern, alles. Er schob sich auf den Klaviersessel, spuckte in die Hände und spielte einen biedermeierlichen Walzer, das heißt, er machte sich mit sentimentalen Schnörkeln und ungezogenen Phrasen über das ganze Wesen lustig. Wiwa wußte, was sich für den Hausherrn gehört, er verbeugte sich in seinem grünen Frack vor Alice, schob die Knie vor und walzte mit ihr davon. Wir übrigen schwangen uns auch herum. Beim nächsten Tanz bestimmte Teetje, es habe jetzt Damenwahl stattzufinden. Da kam Alice mit einem lächelnden Knicks zu mir. Wir tanzten zum ersten Mal zusammen. Ich finde, man kann sich nirgends so leise und bis ins Innerste das Gefühl füreinander spüren lassen wie beim Tanzen. Die Musik wiegt einen so hin, was der eine tut, muß der andere auch tun, ein sanftes Gesetz will, daß man gänzlich zusammengehört. Abscheulich für zwei, die sich nicht leiden mögen, aber unsäglich wundersam für Liebende. Und dann beginnt ein verhülltes Fragen und Antworten. Ein scheuer Druck und ein bebender Gegendruck. Ein kaum wahrnehmbares Streicheln als Frage und ein übervorsichtiges Anschmiegen als Antwort. Man spricht nicht, man wagt auch nicht, sich anzusehen, man dreht sich mit halbgeschlossenen Augen herum, aber man zittert doch am ganzen Körper und spürt, wie der andere gleichfalls zittert, und zittert dann noch mehr. Und wenn es beim ersten Tanz nur ein Tasten und Sichschämen war, so ist es beim zweiten schon ein geheimes Einverständnis und beim dritten schon ein sehnsüchtiges Suchen und Finden und beim vierten schon eine zögernde Hingabe mit roten Lippen und um Gnade flehenden Augen. So leicht und verzaubert begann das Fest für uns. Du hörst wohl gar nicht mehr zu?

Na weißt du! Ich höre und sehe überhaupt nichts anderes mehr. So fing euer Fest also an. Und wie endete es?

So trostlos, wie du dir nur denken kannst, obgleich sich viele Menschen krumm und schief darüber gelacht ha-

ben. Nicht obgleich, sondern weil! Weil so viele Menschen darüber gelacht haben, weil die Zeitungen ein großes Tamtam daraus machten, weil, weil... darum ist sie ins Steinhuder Meer gegangen.
Wer?
Alice.
Das ist doch nicht wahr?
Du hast doch den Brief gesehen.
Nun finde ich mich nicht mehr durch. Weil die Menschen darüber gelacht haben? Worüber?
Es fing so schön an, nicht wahr...
Ja eben!
Aber gegen zehn Uhr holte Wiwa, nein, es muß schon viel später gewesen sein, gegen elf holte Wiwa seine Spezialität: den Punsch zur goldenen Hochzeit. Ein eisgekühltes Gemisch aus Ananas- und Mandarinensaft, Sekt, Portwein, Brandy, Maraschino und Zitronensirup.
Au, mein Gott, sage ich, wenn ich auch das meiste mein Lebtag noch nicht auf der Zunge gehabt habe, kann ich mir doch denken, daß alles zusammen eine ungeheuere Spezialität darstellt.
Es schmeckte großartig. Und es hatte auch eine großartige Wirkung, das kannst du mir glauben, eine in jeder Beziehung großartige Wirkung, hoho!
Er lacht böse auf und schlägt sich von hinten auf den Schädel.
Ich will es kurz machen. Kurz und gut, als wir etwa eine Stunde davon getrunken hatten... Was habe ich eben gesagt? Kurz und gut? Da siehst du, wie gedankenlos man mit seinen Ausdrücken umgeht. Kurz und schlecht muß es heißen. Paß auf! Als wir eine Stunde davon getrunken hatten, der eine mehr, der andere weniger, breitete sich allmählich eine so freimütige Stimmung aus, daß der kleinen Alice angst und bange wurde. Ich hatte schon eine ganze Weile gedacht, wie lange das wohl noch gutge-

hen würde. Schließlich zupfte sie mich an der Jacke, blinzelte mir zu und wies mit dem Kopf nach hinten. Ich nickte leise. Sie hatte recht, wir mußten fort, um ihretwillen, um unsertwillen, um unserer ängstlichen und verzückten Liebe willen. Teetje saß gerade wieder am Spinett und sang: Und i hab ihr fei liab auf d' Augendeckl spuckt... da verschwand ich, ohne daß es jemandem aufgefallen wäre, im Dunkel des Ladens. Gleich darauf tauchte Alice an der anderen Seite ebenfalls in die Dämmerung ein. Ich nahm sie bei der Hand und führte sie in das Renaissance-Schlafzimmer nebenan. Hier war es vollkommen finster. Wir setzten uns auf das Bett, das mit kirchlichen Gewändern belegt war, und flüsterten miteinander. Teetje sang, die anderen lärmten und klirrten mit den Gläsern, aber wir vernahmen es nur wie aus weiter Ferne, auch die Schritte und Stimmen der draußen Vorübergehenden... wie aus weiter Ferne. Ich fürchtete, Alice würde mich bitten, sie nach Hause zu bringen. Unter normalen Umständen hätte sie es wohl auch getan, weil sie allem Radau in großem Bogen aus dem Wege ging. Aber in dieser Nacht hatten wir beide von dem süßen Punsch getrunken, wir hatten uns beim Tanzen so viel gefragt und geantwortet, der seltsame Ort, an dem wir uns befanden, der Weihrauchgeruch, der aus den violetten Gewändern aufstieg, das Aneinanderschmiegen unserer atmenden Körper, die Küsse, das Versinken, die Jugend, die Heimlichkeit, das alles war schuld daran, daß wir das Fest und das Nachhausegehen, daß wir die Erde und den Himmel, daß wir uns selbst, daß wir uns eins im anderen vergaßen und verloren. Ich weiß noch, daß ich einmal meinen Kopf auf ihre Brust legte. Da streichelte sie mein Haar. Und als ich mich wieder aufrichten wollte, um ihre Hand mit meinen Lippen zu liebkosen, drückte sie meinen Kopf nur noch fester an sich heran. Kein Mensch kann begreifen, wie das war, als sie in ihrer Unwissenheit und Verwirrung meinen Kopf an ihre kleinen Brüste drückte. Wenn sie das nicht getan hätte, wäre ich vielleicht bei Verstand geblieben. Aber so mußte es denn seinen Lauf nehmen, unser Schicksal und alles miteinander.

Er fährt mit dem Handrücken über die Bartstoppeln an seinem Hals und macht eine wegwerfende Bewegung. Dann klopft er mit den Hacken und Fußspitzen einen langsamen Takt und summt, indem er die Luft durch die gespitzten Lippen einschlürft, eine Walzermelodie dazu, wie wenn sein Bericht nun zu Ende sei.

Nachdem ich eine Weile zugehört habe, sage ich: Und so weiter, du hast ganz recht, man kann es sich ja ungefähr denken.

Gar nichts kannst du dir denken. Es ging so lächerlich aus, daß du niemals von selbst darauf kommst.

So.

Ja. Was kannst du dir denn denken?

Daß du sie bekommen hast.

Und darum soll sie sich ins Steinhuder Meer gestürzt haben? Darum?

Wo sie doch so scheu war, wie du sagst.

Ach was! Du mußt dir einmal vorstellen, was in der Zwischenzeit nebenan geschah. Die betranken sich da doch wie die Pilger. Als wir verschwanden, waren die meisten schon mit einem Tick behaftet. Teetje hat mir nachher erzählt, daß kein Mensch nach uns gefragt habe. Eine Stunde sei noch so hingegangen mit Gesang und Gelächter, dann habe der Klamauk angefangen. Einer namens Roland... na, du kennst sie ja alle nicht... wir nannten ihn Roland, habe in die Vitrine hineingegriffen, ohne die Tür zu öffnen. Also das Glas entzwei und seine Hand blutig und die Nymphenburger Vase, die er herausholte und als Punschglas benutzen wollte, auch entzwei, der Henkel ab. Wiwa machte natürlich ein dementsprechendes Gesicht. Die anderen wollten sich totlachen. Mario stieg auf den Tisch, um sich seine Zigarette an den Kerzen des Kronleuchters anzuzünden, sein linker Fuß stand in der Backwerkschale, sein rechter auf den Scherben einer Teetasse. Aber er mußte jedesmal, wenn er sich mit seiner Zigarette gegen eine Kerze neigte, so loslachen, daß er die Kerze auspustete. Schließlich brannten nur noch zwei. Da zog eine von den Damen, die wohl Angst vor der Dunkelheit hatte, sein Bein weg. Er fiel auf einen Stuhl und brach die Biedermeierlehne ab. In der einen Hand hielt er die unangezündete Zigarette, in der anderen einen Arm des Kronleuchters mit der brennenden Kerze. So genauß wußte Teetje auch nicht mehr, was sonst noch alles losgewesen war. Er selbst habe jedenfalls mit dem Schöpflöffel Punsch ins Spinett gegossen und probiert, ob es nun zarter klänge. Und der arme Wiwa habe das alles mit ansehen müssen. Er sei vor jeden einzelnen hingetreten, habe die Hände gerungen und mit weinender Stimme gerufen, die verehrtesten Herrschaften begäben sich jetzt in sein Privatkontor, woselbst Austern, Ananas, Schlagsahne, Mokka, Schnäpse... was man wollte... Herr Teetje, dort hinten hin, wenn ich bitten darf! Verehrtes Fräulein Selka, um alles in der Welt! Liebste Kinder das geht doch nicht, liebste Kinder! Aber Selka, die sanfte Selka aus Wladikawkas, schrie ein rauhes Harrä aus ihrer Kehle heraus und warf einen Klacks Torte gegen den Spiegel. Mario traf mit dem abgebrochenen Kronleuchterarm an dieselbe Stelle. Daraufhin soll sich Wiwa seinen grünen Frack vom Leib gerissen und sein Haupt verhüllt haben. Aber das machte auf niemanden Eindruck. Sie bespritzten sich mit Punsch und beschossen sich mit Gläsern, zwei Parteien, die einen stießen den Tisch mit dem ganzen Geschirr um und verschanzten sich dahinter, die anderen machten einen Sturmangriff darauf. Es ging alles drüber und drunter wie bei einem Barrikadenkampf. Mit einem Mal sprang Wiwa auf, stolperte zur Ladentür und drückte auf die drei Knöpfe, die dort angebracht waren: Da glitten die Rolläden langsam hoch, alle drei Rolläden, und jedermann konnte sehen, was für ein Tumult sich in Wiwas Laden abspielte. Obgleich gegen Mitternacht kein großer Verkehr mehr auf der Straße herrschte, hatte sich doch im Handumdrehen ein Dutzend Menschen vor den Schaufenstern eingefunden. Das Dutzend lockte zwei weitere Dutzend heran und innerhalb von fünf Minuten war eine lachende Volksmenge versammelt. Da wachten wir auf, Alice und ich.

Ei du verdammter Bindfaden! rufe ich. Jetzt ist mir alles klar! Du brauchst kein Wort mehr zu sagen! Mann Gottes, ihr lagt doch nicht etwa in dem verdammten Bett?

Wir waren eingeschlafen. In dem Bett, natürlich.

Und... und... so wie ihr euch geliebt hattet? So... du verstehst mich schon.

Jedenfalls so, daß uns niemand hätte sehen dürfen.

Mensch. Aber konnte man euch denn überhaupt erkennen? In eurem Schaufenster war es doch dunkel.

Aber direkt vor dem Laden stand eine Straßenlaterne. Wer uns sehen wollte, konnte uns sehen. Zuerst guckten die meisten in das Biedermeierfenster. Bis dann jemand auf uns aufmerksam wurde. Na, du hättest das Gebrüll einmal hören sollen!

Glaube ich.

Am nächsten Tag stand es in der Zeitung.

Auch das noch!

Erst nur in einer. Wenn ich nicht irre, in den Neusten Nachrichten. Gar nicht einmal boshaft. Ohne Namen. Münchener Fasching, nicht wahr, ein übermütiges Künstlervölkchen, Wein, Weib und Gesang, das Liebespaar im Schaufenster, die Rolläden bringen's an den Tag. Wäre Alice irgendein kleines Mädchen gewesen, hätte

weiter kein Hahn danach gekräht. Aber dann druckten's andere Zeitungen nach, die einen kommentierten es so, die anderen so, die Geschichte ging durch die ganze deutsche Presse. Und dann setzte der Klatsch ein. Das ist eine unheimliche Sache, wie sich so etwas herumspricht. Alice konnte sich in München einfach nirgends mehr blicken lassen. Alle Welt wisperte und lästerte über sie. Wie gesagt, wenn sie ein kleines Mädchen gewesen wäre, hätte sie darüber gelacht und damit holla. Aber nun Alice, die kleine, bange Alice mit ihrem klaren Gesicht! Schon was wir beiden miteinander erlebt hatten, bedeutete eine Ungeheuerlichkeit für sie, mit der sie so bald nicht fertig wurde. Und mit einem Mal stand sie auch noch im Mittelpunkt eines da und dort wohl gutmütigen, im allgemeinen aber hundsgemeinen Klatsches. Ihre Wirtin kündigte ihr, die Männer wurden zudringlich, sie hörte überhaupt nicht wieder auf zu heulen, sie getraute sich nicht mehr auf die Straße, es brauchte sie nur jemand anzusehen, gleich meinte sie, er wüßte auch, wer sie wäre und amüsierte sich über sie. So reiste sie also Hals über Kopf aus München ab. Aber...
Erlaube mal! Eine Zwischenfrage mal! Wo stecktest du denn? Sie reiste Hals über Kopf ab. Wohin denn?
Nach Hause. Ich habe ihr schon zur Seite gestanden, da kannst du ganz beruhigt sein. Aber sie sagte ja niemandem, was sie sich dachte. Sie reiste ab, ohne sich vorher mit mir zu besprechen.
Und du hinterher?
Nein. Ich dachte: Gut, sie soll sich zu Hause erst einmal ausruhen. Aber als sie in Bad Rehburg ankam, hatte bereits jemand ihren Eltern einen Zeitungsausschnitt mit einer entsprechenden Randbemerkung zugeschickt. Sie dachte nicht an Leugnen, gab alles zu, zermürbt und verheult wie sie war. Kind, hast du das getan? Sie antwortet nicht, sie heult bloß auf und läuft in den Keller. Die El-

tern geraten außer sich, in Rehburg fangen die Leute an zu flüstern, der liebe Gott mag wissen, wie so ein Gerücht von München nach Rehburg dringt, aber es dringt hin, du glaubst es nicht, aber es ist so, alles hackt auf ihr herum, die Mutter, der Vater, die Freundinnen, ganz Rehburg. Da schreibt sie diesen letzten Brief an mich und geht ins Wasser. Du brauchst nur das I in ihrem Brief anzusehen, dann begreifst du, daß ihr kein anderer Weg übrigblieb. Sie hob ihre Hände auf und faßte ins Leere. Genauso war sie, genauso wie das I. Vielleicht hat sie von Anfang an geahnt, daß sie einmal untergehen würde. Daher schwebte in ihrem Wesen diese Angst vor dem Tod. Sie wollte sich retten, sie hob ihre Hände hilfesuchend über ihren Kopf nach oben, aber ich war ihr begegnet. Ich! Kannst du sagen, wie sich ihr Leben gestaltet hätte, wenn ich ihr nicht in die Quere gekommen wäre? Das ist nämlich der springende Punkt! Ich habe sie auf dem Gewissen. Wenn ich sie nicht...
Wenn, sage ich, wenn! So kann man das auch wieder nicht behaupten. Wer erst anfängt, über das Wenn nachzugrübeln, der ist verraten und verkauft. Du solltest mir lieber den Brief noch einmal zeigen. Herrgott, und da haben sie das arme Mädchen tatsächlich ins Wasser gehetzt, die Schweinehunde mit ihrem Gegrinse und Gesabbel! Man müßte ihnen die Zähne... Zeig mir den Brief noch einmal!
Er setzt sich aufrecht hin und horcht nach oben, als habe er in dem Schlehdorn etwas Verdächtiges gehört. Ich schiebe meinen Kopf gleichfalls höher. Aber es ist nichts. Da sackt er wieder zusammen, und als ich meine Bitte, ob er mir den Brief nicht noch einmal zeigen wolle, wiederhole, legt er seine Hand auf die Hosentasche und schüttelt den Kopf. Er grübelt wohl noch über das Wenn nach. Ich frage ihn, warum er den Brief in Fetzen gerissen habe.

Aus Freude, flüstert er mit verbissener Stimme, aus reiner Freude. Wenn man so eine Nachricht kriegt, dann kann man sich vor Freude nicht lassen, hohoho. Hör mal her, du!
Ja?
Hör mal her: Weshalb entblöße ich eigent... Bist du auch bei der Sache?
Ich wende ihm mein Gesicht zu.
Dann sag mir mal, wie ich dazu komme, dir den Brief zu zeigen und dir zu verraten, daß sie einmal meinen Kopf an ihre Brüste gedrückt hat? Wie komme ich dazu?
Wenn du es nicht selbst weißt mit deiner Philosophie und all deiner wunderbaren Wissenschaft von der Handschrift, wie soll ich armer Hund dann imstande sein, dir Auskunft zu geben?
Ich weiß es nicht. Oder... Hör mal zu! Er holt Atem und öffnet den Mund, aber er sagt nichts. Nach einer Weile holt er noch einmal Atem, und nun sagt er wahrhaftig: Glaubst du an Gott?
Nein, antworte ich.
Nicht an den lieben Gott mit einem langen Bart, den meine ich nicht! An Gott, an einen, der alles lenkt und alles weiß, an eine ewige Macht?
Nein.
Du auch nicht? Wie hältst du es dann allein aus?
Allein? Meistens bin ich nicht allein. Und wenn es nur eine Ameise ist, die über die Haare auf meinem Arm klettert.
Kannst du der etwa deine Sorgen und Ängste erzählen?
Ja.
Schön, aber sie versteht keine Silbe.
Woher weißt du das?
Mit dir ist ja nicht zu reden, du bist verrückt!
Woher weißt du denn, daß irgendein Mensch, dem du

deine Ängste erzählst, daß ich die Worte verstehe, die du an mich richtest?
Da dreht er mir sein Gesicht, das er bisher zu Boden gesenkt hat, langsam entgegen, so schräg von unten herauf, so mit vorgebeugter Stirn, und blickt mir, wie weh es ihm auch tun mag, gerade in die Augen. Wir sitzen nebeneinander und starren uns an. Seine Stirn und seine Backen sind ein bißchen hell, seine Augen glitzern. Wir sind zwei Menschen, jawohl. Unsere Augen glitzern. Das ist alles. Keine Brücke, keine Gemeinschaft, nichts. Verstehen? Man versteht nur die Worte, die man lautlos zu sich selbst spricht. Man versteht nur sich selbst. Nicht immer. Nicht einmal das. Nicht einmal sich selbst. Nein, die Sache ist hoffnungslos!
Der Kollege starrt mich noch immer fragend an und versucht, in meinen Augen zu lesen. Aber mit der Zeit wird aus dem Fragen ein Sichbesinnen, und dann geht der Blick allmählich an mir vorbei in die Ferne.
Wenn man nicht daran glaubt... sagt er und beißt sich auf die Lippe und schweigt. Erst nach einer langen Pause fügt er hinzu: Dann natürlich! Wieder eine Pause. Ein Seufzer: Dann natürlich. Aber der Mensch muß daran glauben, sonst... er muß etwas um sich her spüren, zu dem er beten kann. Beten heißt doch nichts anderes als: nicht das geringste Geheimnis haben. Ich brauche nur an eine allwissende Intelligenz zu glauben, wir wollen Gott einmal beiseite lassen, nur an eine allwissende Intelligenz, dann bin ich mit einem Schlage nicht mehr allein. Verstehen, wendest du ein, verstehst du mich, verstehe ich dich? Das hat nun nichts mehr zu bedeuten. Und wenn kein Tier und kein Mensch mich versteht, und wenn ich in der tiefsten und einsamsten Nacht liege, sowie ich meine Augen schließe und mein Gebet erhebe, spreche ich mit der unsichtbaren und allgegenwärtigen Weisheit, mit dem großen, dunklen Du, das alles ver-

steht, weil es alles schon weiß. Ich brauche nur mit einer millimeterlangen Faser meines Gehirns daran zu glauben, es genügt schon, genügt schon vollkommen! Aber man ist ja zu klug, man sagt sich: da verzehrt sich nun alle Welt in dieser unablässigen Sehnsucht, das Ich, das furchtbare Ich zu zersprengen, überzuquellen, sich mitzuteilen, sich jemandem hinzugeben, aber jeder erkennt über kurz oder lang, daß wir in uns eingekerkert sind. Denk doch bloß an: das ganze Leben hindurch allein, entsetzlich allein, und immer das Verlangen zueinander hin, da muß man ja wahnsinnig werden. Sollten sich die Menschen in ihrer Verzweiflung nicht einen Trost erfunden haben? Sollte Gott nicht nur eine Hoffnung, ein Selbstbetrug, eine armselige Erfindung sein? Man kann ohne Gott nicht leben. Die Liebe, die Jagd in die Ferne, die Freundschaft, die Wollust, die Betrunkenheit: alles dasselbe. Ein Händeausstrecken nach Gott. Wenn ich mich hier ans Feuer setze und anfange zu schwatzen und schamlos zu sein, wenn ich mein Herz vor dir entblöße... warum? Alles dasselbe! Alles, alles, alles dasselbe!

Ja, sage ich, da bist du nun in der Philosophie ausgebildet, aber von Rechts wegen hättest du doch auf den Pastor studieren sollen. Eine ganze Lüge ist ehrlicher als eine halbe Wahrheit. Und wenn du so predigst und Zeugnis ablegst, es sei alles nur ein Händeausstrecken nach Gott und so, dann geht es mir durch und durch. Ich bin noch nicht dahintergekommen, worauf du eigentlich hinauswillst. Aber deine Worte! Ne, sei mal still! Diese heiligen und biblischen Worte! Anbeten... man kann ohne Gott nicht leben... Wenn ich die Augen schließe und mein Gebet erhebe... Alles nur ein Händeausstrekken nach Gott... Wie getraust du dich bloß, sie auszusprechen? Ich brächte es einfach nicht fertig!

Er antwortet, ich sei ein... er wolle mich nicht kränken,

aber ich hätte ihn nicht verstanden. Keine Menschenseele! Es ist furchtbar! Keine Menschenseele! Na, Schluß! Endgültig Schluß!
Damit steht er auf, schüttelt seine Hosenbeine zurecht und geht hin und her. Ich vertrete mir ebenfalls die Beine. Während er seine Finger ineinanderringt, und zwar derart, daß er mit der linken Hand seinen rechten Daumen umkrampft und ihn knirschend herauszieht, um ihn gleich von neuem zu umschließen, stecke ich meine Pfoten lieber in die Hosentaschen und wärme sie an meinem Bauch. Dann stellen wir uns hüben und drüben neben das Feuer und blicken in die Glut. Gedanken kommen und gehen. Wer weiß, wie weit wir uns schon wieder voneinander entfernt haben. Wenn man sich etwas erzählt, nur so obenhin, versteht man sich ganz gut, aber wenn man einmal die Weste und das Hemd aufknöpft und den anderen da hineingucken läßt, dann schüttelt er den Kopf und wundert sich und findet sich nicht zurecht. Und wenn man gar über das nachgrübelt, was einem selbst da innen so dunkel und unbegreiflich vorkommt, dann ist man tausend Meilen voneinander weg, obgleich man sich so nahe gegenübersteht.
Schweigen.
Jetzt ist nichts mehr daran zu ändern, sage ich schließlich, den Hasen hat es mittlerweile zu Dreck verbrannt. Das ist der Lauf der Welt.
Ach der Hase! antwortet er und erwacht ein wenig aus seiner Abwesenheit. Nur ein wenig. Er kann sich nicht so schnell von seinen Gedanken frei machen. Erst als ich mit meinen Schuhen die Asche wegschaufele, wirft er die ganze Philosophie mit einem Nasenschnüffeln von sich ab und sagt: Verbrannt? Du bist auch verbrannt! Paß mal auf!
Wir hocken uns nieder. Er schiebt die Asche mit einem Stock auseinander und deckt ein längliches, verkohltes

Paket auf. Mit Hilfe eines zweiten Stockes wird es herausgehoben und auf eine Steinplatte gelegt. Durch leichtes Klopfen blättert er die verbrannten Papierschichten ab. Darunter erscheinen bräunlich angesengte und darunter wieder ganz unversehrte Zeitungen.
Hm? fragt er mit einem kleinen Triumph um die Lippen.
Ich sage, nun sei ich aber gespannt.
Und dann wickelt er, indem er mit den Fingerspitzen zupft und zerrt, die Zeitungen ab, sie sind kochend heiß. Das Paket kollert bald nach rechts, bald nach links. Ein unbeschreiblicher Dampf steigt auf, die Papiere sind wie nasse Lumpen, sie dampfen und duften, zuletzt triefen sie nur so von Fett. Aber der Kollege zupft, mit den Lippen schlürfend und vor Hitze mit den Fingern schnipsend, vorsichtig weiter: Da liegt der Braten in aller seiner Herrlichkeit vor uns und streckt seine vier knusperigen Beinstummel gen Himmel. Es ist wie im Schlaraffenland. Braten und wieder nicht Braten. Er stellt ein Mittelding zwischen einem gebratenen und einem gedämpften Hasen dar. Aber das spielt weiter keine Rolle. Alles in allem bin ich nicht sicher, ob die Hasen im Schlaraffenland auch so wohlschmeckend nach Bratwürsten und gekochtem Schinken riechen wie unserer hier.
Schade, murmelt der Kollege zwischen seinen Zähnen hindurch, vollständig zu Dreck verbrannt.
Ich will also nichts gesagt haben! Auf Hasenbraten verstehst du dich, das ist keine Frage. Und wenn er so schmeckt, wie er riecht, dann ist dies die leckerste Mahlzeit, die mir in meinem ganzen Leben vors Maul gekommen ist. Mann, laß mich noch einmal riechen! Haaach!
Er versteht sich nicht nur auf das Braten, sondern auch auf das Zerteilen. Im Handumdrehen hat er den Hasen mit seinem Taschenmesser in alle möglichen Teile zerlegt. Ich hole einen Runken Brot aus meinem Karton,

klappe mein Messer auf, schüttele Salz aus der Tüte und nehme die Mütze ab: Es kann losgehen. Als ersten Happen spieße ich mir eine Hinterbacke auf. Dies ist ein Hasenbäckchen, sage ich, andererseits habe ich in Holland einmal in einem Wirtshaus gesessen, das hieß ›De Veertien Billekes‹. Du magst es glauben oder nicht.

›De Veertien Billekes‹, wieso?

Begreifst du das nicht? Der Wirt hatte sieben Töchter. Darum!

Aber er begreift es beim besten Willen nicht.

Sieben Töchter, sagt er, indem er an seiner Keule herumschnitzelt, ja und?

Der Wirt hatte sieben Töchter, und da nannte er seine Wirtschaft ›De Veertien Billekes‹, der verdammte Kerl.

Was ist denn ›De Veertien Billekes‹?

Das heißt die vierzehn Hinterbäckchen.

Er macht haha und kaut.

Ich beiße in meine Keule hinein: Saftig und zart, ein regelrechter Hochzeitsschmaus, Gott bessere mich! Aus den Speckstreifen, die in dem Fleisch stecken, quillt die Brühe heraus, ich wische mit der Zunge um meinen Mund herum und schlubbere meine Finger ab. Gib mal das Salz her!

Da! Hoppla! Na, ist noch gutgegangen!

Willst du noch Brot haben? Hier ist auch Weißbrot.

Ne, ich habe noch. Iß mal vom Rücken, da sitzt erst das Richtige! Wie hieß das... vortien...?

Veertien! De veertien Billekes.

So, so, Billekes! Haha! In Prag habe ich mit meinen eigenen Augen Postkarten in den Schaufenstern gesehen, auf denen berühmte Komponisten abgebildet waren, Wagner, Beethoven und so weiter. Und als ich genauer hinguckte, da bestanden sie nur aus nackten Frauen, besonders aus den... aus den Billekes, wie du es nennst.

Ist nicht möglich! Sind das so Schweine da? – Du, beiß mal so einen Knochen auf! Schmeckt ausgezeichnet!
Gleich! Schweine gibt es überall. In der Gegend von Stendal habe ich in diesem Frühjahr eine Zeitung gefunden, in der die folgende Notiz abgedruckt war: Butenkerken oder wie das Nest hieß, den soundsovielten September. Eine erfreuliche Erscheinung in unserem Ort ist die Hebamme. Sie kommt von heute ab ihren Verrichtungen im Auto nach.
Ich lache tief auf: Hoho!
Kommt von heute ab ihren Verrichtungen im Auto nach! Wie findest du das?
Du, in Stendal war ich auch einmal. Da ist eine ganz unglaubliche Geschichte passiert. Also eine Frau hatte an dem Nachmittag gerade Klaben gebacken. Eine Bauersfrau draußen vor der Stadt. Ihr Backofen stand wie ein kleines Häuslein im Garten, so in der Ecke. Wenn du in der Gegend warst, kennst du das ja.
Gibt es anderswo auch! Meinst du diesen Knochen?
Ja.
Bekomme ich aber mit meinen Zähnen nicht auseinander.
Dann hau ihn mit einem Stein entzwei! So. Jetzt paß auf! Der Mann kam abends betrunken nach Hause und wagte sich nicht zu seiner Frau hinein. So welche gibt es ja. Da stolpert er nun so lange in der kalten Nacht herum, bis in seinem dunstigen Schädel der Gedanke aufstieg, er könnte ja, damit er nicht so zu frieren brauchte, in den Backofen kriechen, der sich noch hübsch warm anfühlte. Also hinein. Am anderen Morgen zog ihn dann seine Frau zwar warm und durchgebacken, aber sonst mausetot heraus.
Hoffentlich ist es nicht wahr, sonst dürfte man ja nicht darüber lachen. Er ist natürlich an den Gasen erstickt.
Im vorigen Herbst in Stendal! Segelken hieß der Mann.

Segelken? Heini Segelken?
Ich weiß bloß Segelken.
Wird er auch wohl nicht gewesen sein, Heini. Den müßtest du gekannt haben!
In Stendal?
Ach was! In Bremen! Heini war in Bremen! Alle besseren Leute und Halunken sind in Bremen. Wir wohnten damals in einer leeren Bauarbeiterbude. Die Maurer mußten pausieren, weil es fror. Ende November ungefähr. In der Zwischenzeit wohnten wir schlecht und recht in ihrer Bude. Nein, ich will dir lieber vorher den Kniff mit dem Mittagessen beschreiben. Stell dir mal vor: In einer kleineren Wirtschaft erscheint ein Mann mit drei Kindern und bestellt Mittagessen. Mir außerdem ein großes Dunkles. Haben Sie Münchener? Gut. Und vorher einen Steinhäger. Was wollt ihr trinken, Kinder? Drei Brausen für die Kinder. Stell dir mal vor! Der Kellner trägt auf, und die vier hauen rein, daß man seine Freude daran haben kann. Als sie fertig sind, winkt der Mann den Kellner noch einmal heran. Eine Tasse Kaffee und einen lüttjen Kognak. Pst, Herr Ober! Wo ist denn hier...? Der Kellner zeigt ihm die Gelegenheit: über den Flur, die erste Tür links. Schön, sagt der Mann und geht hinaus. Die Kinder warten auf ihn, der Kellner wartet auf ihn, aber er kommt nicht wieder. Nach einer halben Stunde sieht der Kellner auf der Toilette nach: niemand zu finden. Da fragt er die Kinder, wo ihr Vater denn hingegangen sei. Ne, rufen die Kinder, das war doch nicht unser Vater! Er hat uns doch bloß auf der Straße gefragt, ob wir mit ihm zu Mittag essen wollten, und das wollten wir wohl. Unser Vater ist auf der A.-G. Weser.
Ich haue mich auf mein Knie und lache und verschlucke mich und huste einen ganzen Mund voll Hasenbraten in das Feuer: So wird es gemacht! Haben sie ihn denn nicht geschnappt?

Den hätte ich sehen mögen, der Heini Segelken geschnappt hätte! Das andere Dessin war noch viel gewagter. Wir hatten kein Holz mehr zum Heizen. In unserer Bude stand ein Kanonenöfchen, aber das Heizmaterial wurde knapp. Jeden Abend mußten wir stundenlang in der Gegend herumlungern, bis wir unseren Vorrat für die Nacht beisammen hatten. Da holte Heini zu einem großen Schlag aus. Er verschaffte sich einen Handwagen, warf die Pickelhacke, die wir in unserer Bude gefunden hatten, hinein und fuhr in die Stadt. Er zog und ich schob. Auf der Obernstraße machte er halt. Die Obernstraße ist die Hauptstraße von Bremen.

Weiß ich.

Ist dir auch bekannt, daß die Obernstraße Holzpflaster hat?

Nein.

Hat sie aber. Holzpflaster und die Fugen mit Teer ausgegossen. Heini stellte seinen Handwagen quer über den halben Fahrdamm und fing an, mit seiner Pickelhacke die Holzblöcke herauszuschlagen. Kein Mensch kümmerte sich um uns. Jeder dachte, da sollte eine schlechte Stelle ausgebessert werden. Nur die Autofahrer und die Straßenbahnschaffner fluchten, weil wir den Verkehr durcheinanderbrachten. Los, sagte Heini, lad auf! Ich griff zu und dachte, wenn das gutginge, wollte ich Johannes heißen. Indem kam auch schon ein Schutzmann auf uns zu. Aber Heini tippte an seine Mütze und bat ihn, er möchte uns doch den Verkehr ein bißchen vom Leibe halten. Das Absperrungsmaterial wäre natürlich wieder mal nicht rechtzeitig zur Stelle. Seien Sie so gut, Herr Wachtmeister! Und der Schutzmann stellte sich mit ausgebreiteten Armen vor uns auf und behütete uns vor jedem Unfall, während wir das Holzpflaster stahlen. Als unser Wagen voll war, schaukelten wir ab. – Sollen auch bedankt sein, Herr Wachtmeister! Die anderen müssen jede Minute eintreffen. – Er legte die rechte Hand an seinen Helm und lenkte mit der linken die Autos um die Grube herum, die wir in das Pflaster gebrochen hatten. Ehre, wem Ehre gebührt, wir werden ihm stets ein dankbares Andenken bewahren. Die Holzklötze bewährten sich mit all dem Teer und dem Zeugs so gut, daß wir in einer Nacht nicht mehr als drei oder vier verbrauchten.

Und da?

Was?

Auch nichts herausgekommen?

Ne.

Da habt ihr aber mehr Glück gehabt als Verstand!

Kann schon sein.

Bei einer ähnlichen Sache habe ich mal die Leiter gehalten. In Pasewalk dahinten im Pommerschen. Wir waren zu viert. Die einen zwei wetteten gegen die anderen zwei, daß sie die Uhr aus dem großen Sitzungssaal des Amtsgerichts während einer Verhandlung vor den Augen des Richters stehlen wollten. Mein Freund und ich, wir waren die einen zwei. Wir zogen mit einer Leiter zum Gericht und rumpelten frech in den Sitzungssaal hinein. Was gibt denn das? rief der Richter. Mein Freund nahm seine Melone ab: Entschuldigen Sie, Herr Amtsgerichtsrat, wir sollen die Uhr reparieren. – Aber doch nicht jetzt während der Verhandlung! – Ja... das wissen wir nicht... wir sind hierher geschickt, und nun sind wir mit der Leiter hier. Es wäre ja nur ein Augenblick. Sie brauchten sich ja weiter nicht stören zu lassen. – Was ist denn mit der Uhr los? – Ja... das wissen wir nicht... sie geht ja wohl nach... wir sollen sie nur eben abmontieren. – Von wem kommen Sie denn? – Von Esdohr, sagte mein Freund. – Esdohr, mußt du wissen, ist der größte Uhrmacherladen in Pasewalk. – Dann holen sie das Ding meinethalben herunter. Aber ich bitte mir aus, daß es schnell geht! – Jawohl, Herr Amtsgerichtsrat. – In fünf Minuten waren wir wieder draußen. Das Ding hatte keinen besonderen Wert, wir kriegten bei Esdohr, glaube ich, fünf Mark dafür. Aber so ein Spaß macht sich ja selbst bezahlt.

Ich mußte mir immer mit dem rechten Hacken auf den linken großen Zeh treten, damit ich nicht losplatzte, als mein Freund mit seinem dämlichsten Gesicht vor dem Amtsgerichtsrat stand und seine Melone in der Hand drehte: Ja... das wissen wir nicht... Sie brauchten sich ja weiter nicht stören zu lassen... Er hatte es faustdick hinter den Ohren. Wie spät mag es sein?

Keine Ahnung!

Wir knabbern das Hasengerippe ab und erzählen uns Geschichten aus glücklichen Tagen, wir sind ein Herz und eine Seele, wir verstehen jedes einzelne Wort, manchmal werfen wir das Messer auf die Erde, legen den Knochen aus der Hand und lachen, daß uns die Bäuche wackeln. Nicht weit von uns erheben sich die Überreste eines Galgens in die Nacht hinein. Das mögen sie nur tun. Wenn man sich so gesättigt hat wie wir, dann schert einen kein Galgen und kein Jammer der Welt. Die Wärme des Feuers flimmert so angenehm über uns hin. Für diese Nacht sind wir geborgen. Ops.

Hast du was gesagt?

Nein, es sollte nur einen Rülpser bedeuten.

Wohl bekomm's!

Danke!

Nichts als Vollgefressenheit und Wohlwollen.

Die Föhre

Früher dachte ich, die Lüneburger Heide sei lauter Heide. Aber als ich zum ersten Mal von Celle aus nordwärts wanderte, sah ich mit meinen eigenen Augen, daß es dort vor allen Dingen Wälder gibt, dunkle Föhrenwälder nach allen Himmelsrichtungen hin. Und in der Mitte liegt der Wilseder Berg in seiner Einsamkeit.
Seitdem ziehe ich mich immer, wenn es mir schlecht ergeht, in die Heide zurück. Ich brauche nur durch das braune Kraut zu waten und in den Harzgeruch der windstillen Wälder einzutauchen, dann wird alles wieder gut.
Diesmal habe ich Sturm angetroffen. Mittwoch in Soltau hatten wir noch das klarste und feierlichste Wetter, das du dir denken kannst. Aber seit gestern stürmt und regnet es von Westen her, als befänden wir uns im April und nicht im Oktober. So abwechselnde Schauer, weißt du. Der Wind schwillt an, der Himmel verfinstert sich, Wassermassen jagen über die Erde, es dröhnt wie bei einem Weltuntergang. Nach ein paar Minuten läßt das Unwetter nach, vielleicht zeigt sich sogar die Sonne. Gefunkel und ermattete Windstöße über Wald und Feld. Aber eine Viertelstunde später steigt eine neue Wolkenwand herauf, pechschwarz, fährt eine neue Bö heran, Wirbel wühlen in den Föhrenwipfeln, Regengüsse, krachende Äste, Dunkelheit und Geheul. Dann wieder Sonne und blauer Himmel. So geht es fort.
Heute nacht habe ich in Wintermoor geschlafen. Leider hielt die Scheune nicht dicht. Ich mußte aufstehen und mir ein anderes Lager suchen. Es war nichts Rechtes. Jetzt bin ich woanders. Falls es dich interessiert: Ich bin gerade auf einem kleinen Hügel angelangt, von dem aus ich den Wilseder Berg breit und allmächtig vor mir habe. Dort unten zu meinen Füßen fängt er schon an. Ein

dumpfes, langsam sich emporwölbendes Gebilde aus der Urzeit der Erde. Auf dieser Seite ist der Rücken so gut wie kahl. Lichtflecken und Regenschauer ziehen über ihn hin. Zwischen den grauen Findlingsbrocken, die überall herumliegen, wabern zerschlissene Machandelbüsche. Es weht und weht.

Eigentlich wollte ich mich an einer geschützten Stelle noch ein bißchen hinlegen, um den versäumten Schlaf nachzuholen. Aber wie ich den Berg so vor mir sehe, muß ich erst einmal hinauf, es geht nicht anders. Was mag das für ein Blick von da oben sein!

Ich laufe den Hügel hinunter, streife an gelben Birkenfetzen entlang und lasse mich, nachdem ich unten über einen Bach gesprungen bin, auf der anderen Seite von dem Sturm, der gerade wieder heranbraust, vorwärtsstoßen. Eine abgerissene Birkenkrone fegt, sich überschlagend, an mir vorbei und trudelt bergan, ein großer Ball, der über die Findlinge hüpft und gegen die Machandelbäume prallt. Nun glänzt er in der Sonnenbahn, die über ihn weggleitet, golden auf, taumelt durch die Luft, rollt wieder auf der Erde, rollt und hüpft, bis er hinter dem Gipfel verschwindet. Ich selbst fliege auch mehr, als ich gehe. Zuweilen brauche ich mich nur zurückzulehnen und die Beine zu bewegen, dann komme ich schon voran und weiß nicht wie. Noch regnet es nicht, aber der Wind heult immer höher auf. Meine Hosenbeine zappeln, das Heidekraut pfeift, die Gräser winseln. Und in das Rauschen und Pfeifen mischt sich immer wieder das ferne Donnern der Wälder.

Gott sei Dank dauert es nicht lange! Mit der Zeit kann ich mich wieder aufrichten und umherblicken. Was für eine Grenzenlosigkeit! Was für Farben! Daß es so etwas gibt auf der Welt. Noch hasten nachzüglerische Regenschleier über den Berg, aber dahinten glühen schon grüngoldene Wiesenflächen in der Sonne, dazwischen lagern, unterbrochen von weißen Tupfen und gelben Flekken, die Schatten der Wälder, Streifen hinter Streifen, erst schwarz, dann blau und in der Ferne immer bläulicher, bis die letzte Wellenlinie der Hügel im zartesten Hellblau vergeht. Eine Landschaft von kristallischer Klarheit. Kein Mensch, kein Tier, die Wälder ganz mit sich allein.

Eine von den leuchtenden Flächen weht heran, weht schnell herauf, ein warmer Glanz fällt über mich und flieht weiter. Da und dort beginnt die Heide zu dampfen. Aber der Wind, der unaufhörlich stößt und wettert, läßt meine Ohren rauschen wie zwei Muscheln. Und doch habe ich das Gefühl einer großen Stille. Ich weiß selbst nicht, warum.

Hier oben herrscht wohl ein anderes Zeitalter, hier gibt es nur den Wind, die Wolken, die Sonne, den Regenbogen, die Wälder, die Tage und Nächte, die Jahre und Jahrhunderte, hier gibt es nur die Ewigkeit. Ich möchte immer hier oben bleiben, ich könnte ein Baum sein und dastehen und alles über mich ergehen lassen. –

Jenseits der Kuppe ragen einige Föhren auf. Der Sturm setzt ihnen, obwohl er im Augenblick nur verhalten bläst, ziemlich zu. Sie biegen sich immer wieder so tief herab, daß ich meine, sie müßten brechen. Aber es geht noch gut.

Wahrscheinlich hat sich vor gar nicht so langer Zeit ein vollständiger Wald um die Kuppe herumgezogen. Dann sind die Bauern gekommen und haben das meiste abgeholzt. Nur diese vier, sechs, neun, elf, diese elf Bäume sind übriggeblieben. Wenn sie schon von Anfang an so einsam aufgewachsen wären, hätten sie ihr Astwerk mehr in die Breite gesandt. Statt dessen haben sie schlanke, hohe Stämme, nur zualleroberst biegt sich und schwenkt sich ein Bündel dunkelgrünen Gezweiges hin und her. Man sieht es ihnen an, daß sie in früheren Jahren

bemüht gewesen sind, ihre Kronen so hoch wie möglich zu bringen. Sonst hätten ihre Nachbarn ihnen das Licht weggenommen. Ein ganzer Wald widersteht dem Unwetter schon eher als elf vereinzelte Bäume.
Am meisten ist diese Föhre bedroht, die, abgesondert von den anderen, ziemlich weit oben steht. Sie ächzt und windet sich, als wisse sie ganz gut, daß der Sturm ihr nach dem Leben trachtet. Ich sehe ihr nun schon eine ganze Weile zu, und du kannst sagen, was du willst, aber ich finde, sie ist wie ein Mensch, der mit den Wogen des Schicksals kämpft. Wenn du einmal einen Film im Kino gesehen hast, in dem sich einer immer und immer noch einmal aufrafft, um sein Leben von neuem zu versuchen, dann begreifst du vielleicht, was ich meine. Die Liebhabereien sind ja verschieden unter den Menschen. Der eine setzt sich ins Kino und betrachtet die zehn atemraubenden Ereignisse, die da gezeigt werden, der andere stellt sich auf den Wilseder Berg, kaut an einem Brotknust herum und faßt eine Föhre ins Auge, die vor lauter Nackenschlägen nicht ein noch aus weiß. Noch ist es nicht gerade atemraubend, das mit der Föhre, aber wir wollen einmal die nächste Wetterwand abwarten. Kann sein, daß dann irgendein Unglück geschieht. Ein brausendes Drama auf dem Wilseder Berg.
Man sollte es nicht für möglich halten, was der Wind, dies Nichts da oben in der Luft, für eine Kraft hat. Er biegt einen Baumstamm, der an seinem unteren Ende so dick ist wie ich selbst, hin und her, als handele es sich um ein Rohr. Ich gehe zu der Föhre hinunter und fasse sie an. Das ist kein totes Holz, es ist wie ein Muskel mit Sehnen und lebendigen Nerven. Der Stamm verschiebt sich in sich selbst, er biegt sich und spannt sich, er zieht sich zitternd zusammen und gibt, sich dehnend, nach, seine Fasern knirschen leise. Und als ich mein Ohr an die Rinde lege, um zu horchen, was für Geräusche sich sonst noch

da innen regen, vermeine ich ein Stöhnen zu vernehmen, das, wenn die Bö anschwillt, immer schmerzlicher und erstickter wird, bis es sich zuletzt in dem bebenden Schweigen der äußersten Anstrengung verliert. Dann sinkt es mit dem Nachlassen der Gefahr wieder langsam ab, ein erschöpftes Aufatmen, die Föhre atmet auf. Aber oben im Gezweig braust es nach wie vor. Der Wind fließt wie ein Wasserfall durch die hunderttausend Nadeln. Die Äste schlagen verzweifelt um sich. Hol's der Henker, diese Föhre ist wie ein Mensch, ich habe es schon einmal gesagt, sie ist ein lebendes, weinendes, kämpfendes Wesen, sie ruft doch um Hilfe, sie hat doch etwas Furchtbares auszuhalten, es geht doch auf Tod und Leben! Man kann doch nicht dabeistehen und die Hände in die Hosentaschen stecken! Oder willst du mir weismachen, das Leben eines Baumes, der sich Jahr für Jahr mühsam ernährt und emporbaut, der seine Säfte in sich kreisen läßt mit Frühling und Hochzeit, der sich in Duft und Herrlichkeit gen Himmel erhebt, willst du mir weismachen, so ein Leben wäre ein Nichts?

Halt dich fest, Baum! Da drängt sich schon wieder ein Schauer heran. Sitzen deine Wurzeln denn auch tief genug in der Erde? Sieh mal, hier heben sie sich schon, wenn der Wind den Wipfel abwärts drückt, mitsamt dem Boden ein bißchen in die Höhe. Es macht gar nichts aus, ob ich mich draufstelle oder nicht, ich werde einfach mitgehoben, die Hebekraft ist zu groß.

Jetzt! Aufgepaßt!

Windstöße, die kreuz und quer durchs Heidekraut schießen, das Brausen wird zum Heulen, das Heulen überschlägt sich zu schrillen Aufschreien. Halt dich fest! Klatschendes Wasser, Hagelkörner, ein abgerissener Ast, Sturm. Ich ziehe den Kopf ein und ducke mich an den Stamm. Schon gut, schon gut! Die Föhre wird tief herabgezwungen... noch tiefer... noch tie...

Was war das eben? Da unten in der Erde? So ein dumpfer Knall! Da, schon wieder! Da sind zwei Wurzeln gerissen! Es hat ordentlich einen kleinen Ruck gegeben. Die Föhre ist vornübergesackt. Das Erdreich, auf dem ich stehe, ist hochgeruckt. Wie soll das denn weitergehen... Bruch, die dritte Wurzel! Soll das denn so weitergehen? Ich versuche, den Baum mit meinen Händen zurückzuzerren, ich stemme die Füße gegen den Wurzelansatz, krümme meinen Rücken und zerre und ziehe, was ich kann. Ist ja Unsinn! Was soll denn mein bißchen Kraft gegen den Sturm ausrichten? Aber er soll nicht umgebracht werden! Solange ich hier bin, nicht! Ich will es nicht.'
Und aus lauter Wut über meine Ohnmacht schlage ich mit meinem Fuß nach hinten aus, ich trete dem Wind in den Bauch. Aber das Treten hilft ebensowenig wie das Zerren. Meine einzige Hoffnung ist, daß der Überfall nur noch ein paar Minuten dauern kann. Es hellt sich schon wieder auf. Lieber Baum, noch eine Minute! Siehst du wohl, es wird schon besser! Der Regen klatscht schon nicht mehr so, diesen einen Windstoß noch... festhalten... und diesen noch, so... so... ich glaube, wir haben gewonnen.
Und dann ist es mit einem Schlag vorbei. Der Wind verfällt wieder in seinen gewöhnlichen Ton, das Brausen in den Wipfeln sinkt dunkel ab, das Regengewölk treibt davon.
Hör zu, Baum, du lieber Kerl, hör einmal zu: Weißt du auch, daß die Pause nicht lange anhält? Jetzt mußt du die Zeit wahrnehmen. Bohr dich mit jedem Würzelchen noch einen Zentimeter tiefer, saug dich fest, krall dich an, pack zu!
Ich bilde mir ein, er müsse meine Worte verstehen, wenn er auch scheinbar teilnahmslos hin und her pendelt. Teilnahmslos und blind und mit klagender Stimme. Der Wurzelboden bewegt sich kaum noch. Wenn die

Föhre doch diese ruhige Viertelstunde richtig ausnutzen wollte!
Sag mal, Baum, gibt es denn da unten keine Steine, die du umklammern kannst? Die Findlinge werden doch nicht nur an der Oberfläche herumliegen. Steine, Blöcke oder dergleichen? Wie wäre das denn übrigens, wenn ich nun so ein paar Brocken auf deine Wurzeln brächte? Zwei, drei, vier, alles, was ich hier so auftreiben kann?
Du, das ist ein Gedanke!
Ich werfe meine Jacke ab und spucke in die Hände. Die Findlinge sind alle mehr oder weniger rund. Wenn ich sie erst vom Boden los habe, ist es eine Kleinigkeit, sie zur Föhre zu schaffen. Natürlich bin ich so schlau und wähle mir diejenigen aus, die höher den Berg hinauf liegen.
Der erste dreht sich zweimal um sich selbst, rollt herab und prallt gegen den Stamm. Nachdem ich ihn zurechtgerückt habe, gehe ich dem zweiten zu Leibe. Nun dem dritten!
Ich schufte, als bekäme ich's bezahlt. Der Schweiß läuft mir über die Augenbrauen. Ich lasse ihn laufen. Jetzt kommt nichts anderes in Frage als zusammengebissene Zähne und geschwollene Muskeln.
So, nun habe ich schon einen ganz anständigen Haufen am Stamm emporgeschichtet. Vier große Steine als Grundlage, darüber ein Dutzend kleinere, an die zehn Zentner. Das soll anders wirken, als wenn ich nur die hundertvierzig Pfund von meiner wenigen Person in die Waagschale werfe. Der Druck, der auf dem Wurzelwerk lastet, hat den Baum sogar eine Kleinigkeit aufgerichtet. Er steht doch nicht mehr so schief wie vorhin, was? Oder täusche ich mich?
Augenblicklich streicht nur ein mittelmäßiges Gesause durch sein Nadelwerk. Aber die Sonne verschwindet schon wieder, die neue Wolkenwand schiebt sich wühlend und qualmend vorwärts. Es wird Zeit, meine Jacke

wieder überzustreifen. Ich klappe den Kragen hoch und warte auf die ersten Böen.
Es fängt damit an, daß der Wind, der eben noch in kleinen, regelmäßigen Wellen dahinzog, aussetzt, zurückweicht und plötzlich aufheulend heranspringt. Die Föhre schlägt erschrocken um sich und schwankt bis in die Wurzeln hinunter. Dann bumbert wieder das tiefe Gedonner heran, wieder Regen, wieder Schmettern und Krachen. Ich klettere auf den Steinhaufen und umklammere den Stamm mit Händen und Füßen. Jede Zuckung zuckt auch durch mich hindurch, jedes Beben bebt in meinem Körper mit. Ich schaukele hin und her, der Wipfel beugt sich herab, stemmt sich wieder ein bißchen hoch und muß gleich noch tiefer herab. Wieder ein Knall in der Wurzel. Noch tiefer. Es ist aus! Die Steine nützen auch nichts, alles vergebens, aus! Wir fallen! Aber ich lasse ihn nicht los, wir wollen zusammen niederstürzen, ganz gleich, was mir dabei geschieht! Baum, Baum...
Was denn? Immer noch nicht? Nimmt diese Bö denn überhaupt kein Ende?
Guter Kerl, nicht nachgeben, guter Kerl! Noch einmal aushalten, noch ein einziges Mal! Vielleicht kommen wir doch noch durch! Gerade jetzt mußt du alles dransetzen! Sei schwer, sei dickköpfig, nachher kannst du dich wieder leicht machen, aber jetzt, jetzt! Krampf deine Fasern zusammen! Wir schaffen es doch noch! Laß nicht los, mit keinem Würzelchen, mit keinem Härchen! Jetzt.
Ich schließe die Augen. Auf und ab. Pfiffe, Geprassel, sinkendes Summen, neue Pfiffe, neues Geprassel und abermals das erschöpfte Summen. Ich glaube, wir sind durch, was?
Siehst du, es ist schon nicht mehr so schlimm. Wenn nun... alle Kraft, alle Kraft! Verdammt!... Soo, das war hoffentlich der letzte Stoß! Es war nur die letzte Wut des Wetters über seine Ohnmacht. Keine Angst, die paar

Wirbel, die nun noch herantreiben, tun uns nichts mehr.
Die Wolken rauschen davon.
Da lasse ich den Stamm vorsichtig los, wie man einen Kranken losläßt, der zum ersten Mal versucht, auf eigenen Beinen zu stehen. Er wankt und seufzt, aber er hält sich aufrecht, ich kann den angesammelten Atem beruhigt aus der Brust herausziehen lassen.
Beruhigt? Das ist denn doch wohl zuviel gesagt. Wenn er auch diesen Ansturm überdauert hat, der Baum, das nächste Mal muß er daran glauben, so gewiß wie zweimal zwei vier ist. Er kann nicht mehr.
Beruhigt? Meinst du, ich machte mir keine Sorgen über die nächste halbe Stunde? Meinst du im Ernst, ich brächte es fertig, ruhig dazustehen und zuzugucken, wie er herunterbricht? Lieber laufe ich weg und stecke die Finger in meine Ohren, damit ich nichts sehe und nichts höre.
Aber den Teufel auch, wenn ich zum Beispiel einen Strick hätte oder so etwas und ihn damit verankern könnte, ein Tau, das ich an der Krone befestigte und dann unten um eine der anderen Föhren bände! Das sollte ihm womöglich das Leben retten. Wo bekomme ich ein Tau her? Hör mal, es braucht ja nicht gerade ein Tau zu sein... da habe ich doch... das wäre doch ein Gedanke... hinter der Lichtung da drüben die Viehweide, die zu der Försterei gehört, waren da nicht Drähte herumgezogen? Das müßte doch gehen! Aber selbstverständlich, Mensch! Los!
Ich laufe in großen Sprüngen den Berg hinunter, über den Bach, an den Birken vorbei, durch einen Eichenkamp, über die Landstraße, in einen Föhrenwald, schnell, schnell! Hier lag doch irgendwo die Försterei! Nein, weiter links! Da schimmert schon der Himmel durch die Bäume, die Weiden tun sich auf. Ohne mir

auch nur einen Augenblick Zeit zu lassen, reiße und trete ich ein Ende Draht von den Pfählen los. Schöner, dicker Draht! Noch ein Ende! Sauding, geh doch ab! Noch eins! Aufgerollt, zusammengedreht, fertig!
Und nun wieder im Galopp zurück.
Von unten sehe ich erst richtig, wie weit die Föhre schon zur Seite gesunken ist. Ob sie sich überhaupt noch retten läßt? Ich weiß nicht, ich weiß nicht. Und was für eine blauschwarze Wetterwand schiebt sich da im Westen wieder herauf! Schnell!
Ich keuche vorwärts und denke so im Laufen, ob die Föhre wohl ahnt, was ihr bevorsteht, ob sie wohl die Gefahr schon wittert, wie manche Tiere ein Unwetter und einen Blitzschlag geheimnisvoll vorauswissen? Oder ist sie nur froh, daß sie in diesen Minuten einigermaßen in Ruhe gelassen wird? Ich glaube, sie lebt mehr gedankenlos in den Tag hinein, sonst könnte sie doch nicht trotz ihrer Schiefheit so gleichmütig für sich hin singen. Ach, das ist ja alles Unsinn! Ich laufe weiter.
Unsinn, jawohl. Aber wenn ich es mir noch einmal durch den Kopf gehen lasse, finde ich doch, daß es seltsam eingerichtet ist: Wir wissen so gar nichts voneinander, die Föhre und ich, und trotzdem gaukelt die Liebe zwischen uns hin und her. Ich meine, ich habe die Föhre doch lieb. Wie kommt es nur, daß ich so vieles auf der Welt lieb habe, einen Menschen, ein Tier, einen Baum? Der eine weiß nichts vom anderen, aber man neigt sich zueinander und hat sich gern. Oder hat man sich vielleicht gerade deshalb gern, gerade wegen dieser Unwissenheit? Liebt man im Grunde nur seinen eigenen Traum, nur den durchsichtigen Regenbogen, den man von dem anderen träumt? Liebe... das ist doch wie Blindheit und Traum und wie ein sinnloses Gebet zum Sternenhimmel empor. Oder was sonst? Ich komme und komme nicht dahinter, ich bin eben zum Denken zu

dumm. Aber zur Liebe ist niemand zu dumm. Eher sind manche zu klug dazu.

So, da wären wir! Was hältst du denn von der Sache, Baum? Du selbst?

Er singt und schmiegt sich in das Wehen des Windes hinein. Er hält also nichts davon. So gut wie nichts. Dann wollen wir zu etwas anderem übergehen: Was sagst du zu diesem Draht? So und so und so wird er zusammengespleißt, das habe ich einigermaßen gelernt, siehst du, so, nicht wahr? Dann hake ich ihn in meine Hosentasche ein und klettere am Stamm hinauf.

Es ist ein hartes Stück Arbeit. Aber als ich meine Arme so um die Föhre presse, flüstere ich einige Male gegen ihre Rinde, sie solle nun ruhig sein, ich würde ihr schon helfen. Unten war der Stamm grau von lauter Flechten, dann wurde er schwarz, und nun ist er hellbraun und glatt. Kleine Hautfetzen haben sich von der Rinde gelöst und trillern. Ich streife sie ab, sie wehen fort. Je höher ich komme, um so stärker werde ich im Winde gewiegt. Die ersten Zweige sind vertrocknet und brechen weg, wenn ich sie nur anfasse. Aber dieser Ast wird mich schon tragen. Ich drehe mich hinauf und verschnaufe mich ein Weilchen. Die Nadelbüschel schlagen gegeneinander und flattern an ihren Stielen, jede einzelne Nadel wimmert bald hoch und bald tief, und der Wind strömt unablässig vorbei. Es ist ein eigenartiges Gefühl, hier oben so hin und her zu fahren. Man denkt wunder, wie hoch man sei, in Wirklichkeit ist es gar nicht so schlimm. Ich erinnere mich an meine Fahrenszeit, wie ich zuweilen an der Oberbramrahe hing und von der atlantischen Dünung mit gerade solchen weichen Bewegungen unter den Wolken hin und her geschwenkt wurde. Damals war ich achtzehn Jahre alt.

Nun noch einen Meter höher, da ist eine geeignete Stelle. Ich lege einige Zweige um den Stamm, damit der Draht

nicht in das saftige Holz einschneidet. Dann eine Schlinge, ein paar Wickelungen: Der Draht sitzt fest. Ich rutsche wieder hinunter. Während ich noch an der schuppigen Borke entlangschrappe, werfen sich schon die ersten Wellen des neuen Windes gegen die Föhre. Jetzt kommt es auf die Geschwindigkeit an, mit der ich meinen Plan ausführe. Ich renne mit dem Draht zum nächsten Baum, dem dicksten von den elfen, wickele ihn in Manneshöhe um den Stamm und ziehe ihn, als der Wind einen Augenblick Atem holt, aus Leibeskräften straff. Noch einmal herum, so, dann schnell mit dem Ende hinunter an den dritten Baum! Reicht es noch? Lange! Ich lege den Draht dreimal um den Stamm, unmittelbar über der Wurzel, und drehe das Ende fest. Wenn das nicht hält, weiß ich nicht, was halten soll. Kannst einmal probeweise mit einem Knüppel auf den Draht hauen. Er klingt wie eine Saite von einem Brummbaß. Sollst mal sehen, dem Baum geschieht nicht das Geringste! Das haben wir mal wieder fein hingedreht! Ja, blase nur, das tut uns nun nichts mehr! Noch toller? Meinethalben! Noch toller... noch toller, noch toller... Meinethalben, sage ich! Solange es nicht geradezu ein Erdbeben gibt, rege ich mich weiter nicht auf.
Der Himmel brodelt, es wird schnell dunkel. Ein grauer, streifiger Dunst saust heran, vor ihm wälzen sich die Wälder durcheinander, die Birken am Fuße des Berges geraten in Raserei, ein Rauschen und Prasseln, ein wahnwitziges Aufschrillen des Sturmes, dann bekomme ich einen Schlag ins Genick, daß ich vornüber taumele. Regen, neue Schläge, zuckende Wassergüsse. Die Föhren schäumen und gischten und krümmen sich der Erde entgegen. Aber mein Baum steht aufrecht da. Den ersten Überfall, der wegen seiner Plötzlichkeit so gefährlich ist, haben wir jedenfalls abgewehrt. Wohl witscht die Krone, wenn der Sturm zupackt, nach links und rechts zur Seite,

wohl steigt bei jedem Ruck ein Ton aus dem Draht auf, bald brummend, bald hell in die Höhe schnellend, wohl jiept und jankt das Nadelwerk kläglicher als bei den anderen, weil es sich nicht so wegducken kann, wohl hauen die Äste wie verrückt aufeinander los, aber der Stamm steht fest, die Wurzeln brauchen nicht mehr alles allein auszuhalten, der Boden schwankt nicht mehr. Ich habe gewissermaßen das Richtige getroffen mit meiner Hilfeleistung. Alles was recht ist, Baum, wir können uns gratulieren, daß mir dieser Gedanke noch rechtzeitig durch den Kopf geschossen ist. Wenn nur der Draht seine Schuldigkeit tut! Das ist meine einzige Sorge. Der? Der reißt mein Lebtag nicht! Er jault und miaut, aber er reißt nicht. Ein großartiger Draht, verzinkt, viertelzöllig, zäh wie sieben Höllenteufel.

Es wird immer finsterer. Eine unheimliche Finsternis nachmittags um zwei, eine zischende, heulende, rumpelnde Finsternis. Der Himmel bricht auf die Erde herunter. Dumpfes Gerassel. Ich versuche mein Gesicht da und dort mit meinen Händen zu schützen. Auch das noch! Hagel! Die Äste, die oben in dem weißen Gestöber herumwirbeln, sind kaum noch zu erkennen. Meine Backe blutet. Das Wetter geht in einen einzigen tobsüchtigen Schrei über. Ich schnappe nach Luft, ich suche hinter dem Föhrenstamm Schutz. Er zittert von oben bis unten. Der Draht wimmert und klirrt. Alles ist in verbissener Erregung. Da setzt der Sturm eine Sekunde lang aus, der Föhrenwipfel wirft sich zurück, der Draht hängt durch, aber im nächsten Augenblick wütet etwas heran wie eine ungeheure Meereswoge, eine brüllende Dunkelheit, ein entsetzlicher Hieb, der mich herumdreht und niederwirft. Ich höre, während ich halb besinnungslos dahinrolle, einen schwirrenden Peitschenknall, ein Rauschen und Krachen. Neben mir birst die Erde hoch, die Findlingsblöcke kollern durcheinander, Sand und Steine fallen über mich: Die Föhre ist zu Boden gestürzt. Nein! Doch, doch, doch... Ich will nichts mehr sehen, ich wühle mein Gesicht ins Heidekraut. Die Föhre... meine Föhre... ach, ich könnte gleich losheulen! Meine Föhre, meine Föhre! Laß es hageln und branden, ich will nichts davon wissen!

Dann habe ich vor lauter Schmerzen in meinem Gehirn kein Empfinden mehr für das, was über meinem Rücken geschieht...

Als ich den Kopf wieder aus dem Heidekraut hebe, knallt es noch einmal schwach in dem Loch, das neben mir aufgerissen ist. Ein Wurzelstrang springt hoch und wippt hin und her, dann steht er still.

Triefende Nässe überall.

Es ist, als hätte das Unwetter nichts anderes gewollt, als diesen Baum, diesen meinen Freund umzubringen. Nun, da er am Boden liegt und sein Wurzelwerk in die Höhe streckt, zieht es hastig weiter.

Ich bin so traurig, du glaubst nicht, wie traurig ich bin. Soll ich zu ihm hingehen oder soll ich mich lieber davonschleichen? Warum scheint dahinten die Sonne? Es ist ja doch zu spät! Da, nun glitzert auch hier alles im Licht! Auch die dicken Tropfen, die plötzlich noch einmal über uns fallen, glitzern. Und auf der Wolkenschwärze, die gegen Osten über die Wälder weg schleift, entsteht der bunte Hauch eines Regenbogens. Es ist zu spät.

Ich hocke mich neben dem Stamm nieder und streichele die nasse Rinde.

Gestern habe ich mich in Stade herumgetrieben. Ist dir bekannt, wo Stade liegt? Stade, Buxtehude, Altkloster? Nicht weit von der Niederelbe. Kehdinger Land sagen sie dazu, die Leute, die da wohnen. Siehst du, in dieser Gegend habe ich zur Zeit mein Wesen. Heute ist Sonnabend. Morgen will ich den Deich gewinnen und dann nach Cuxhaven oder wer weiß wohin tippeln.

Du meinst vielleicht, es gäbe nichts Langweiligeres, als Tag für Tag den Deich entlangzuziehen und nichts zu sehen als Wiesen und Wasser. Was verstehst du von einem Deich und von der See! Weißt du überhaupt, was ein Schiff ist? Hast du schon einmal einen Klüver geentert? Einen Slipstek geschlungen? Und wenn du etwas von einem Scherbrett liest, so bist du imstande und stellst dir vor, es sei ein Ding zum Haarschneiden! Aber über die Tide rede ich mit dir überhaupt nicht.

Wie hieß doch das Dorf, durch das ich eben geschlichen bin? Irgendwas mit Vörde oder Verde. Bassenvörde... nein Sassenvörde, nein, auch nicht... Nassenverde...? Laß gut sein, ich komme doch nicht drauf! Dies ist nun eine Windmühle. Sie erhebt sich auf einem kleinen Hügel, ihre schwarzen Flügel drehen sich langsam herum. Seit heute nachmittag haben wir wieder Wind, und der Himmel sieht so aus, als bekämen wir demnächst noch mehr. Es wird schon dämmerig.

In dem Gehöft da unten wohnt wohl der Müller. Meinethalben! Ich meinerseits will einmal das Tannenwäldchen in der Sandkuhle näher in Augenschein nehmen. Es liegt so schön geschützt, möglicherweise finde ich eine passende Schlafgelegenheit darin.

Der Spielplatz, den sich ein Turnverein in der Mitte angelegt hat, ist mir ziemlich gleichgültig, aber der Schuppen daneben kommt mir gerade recht. Als ich der Tür,

über der ein weißes Schild mit einem roten D und T hängt, in aller Vorsicht zu Leibe gehen will, höre ich plötzlich Stimmen durch das Wäldchen wandern. Ich ducke mich sofort hinter eine Tanne. Die Leute scheinen am Rande des Wäldchens hinzugehen. Aber ich verstehe jedes Wort, das sie miteinander sprechen.
Zuerst redet eine heisere Männerstimme laut auf jemanden ein: Ich weiß nicht, Lübben... hör mal zu, Lübben, ich weiß nicht, ob du es nicht doch lieber aufgibst, Lübben. Die Stimme verwandelt sich in ein rasselndes Husten, spuckt aus und ächzt weiter: Ganz hübscher Wind heute abend, Lübben.
Der Mann ist sicher betrunken, und der andere, der nun antwortet, auch. Aber seine Stimme klingt nicht so heiser, es ist eine junge Stimme, nur zuweilen hohl vor Betrunkenheit. Gewettet ist gewettet, lallt er. Meint ihr, ich wöwö... Haltet eure Klappe!
Doch die heisere Stimme hält ihre Klappe nicht: Ich will dir was sagen, Lübben, du bist mein Freund, Lübben, aber wie ich hier die Mühle so vor mir sehe... wir sind alle miteinander von Gott verlassen gewesen, ich will dir was sagen, Lübben, gib's auf, und ich soll trotzdem verloren haben. Was, Lübben?
Eine Weile herrscht Schweigen. Der junge Kerl ist offenbar stehengeblieben und besinnt sich.
Der Wind saust leise über mich hin, die Tanne hängt voll Spinneweben, im Dorf schlägt es verweht sechs Uhr. Dies alles geschieht an einem Sonnabend. Auf dem Hügel steigt die Mühle schwarz empor und dreht ihre großen Flügel herum. Da höre ich, daß auch ein Mädchen dabei ist.
Nein, du kannst es nicht und keiner kann es, sagt sie mit einer lauernden Sanftheit. Ich wußte es ja gleich, daß es über deine Kräfte ging!
Die junge Stimme schweigt noch immer, aber das Mäd-

chen lacht so merkwürdig auf, so aufreizend, so schrill: Und gewöhn dir doch endlich das Prahlen ab, du... du... Prahlhans!
Das ist aber ein Aas, denke ich. Ihr scheint ja allerhand daran gelegen zu sein, daß er es doch tut. Sie ist ja ordentlich wütend vor Enttäuschung, weil es so aussieht, als ob er klein beigeben wollte. Jetzt möchte ich nur wissen, worum es sich eigentlich handelt.
Inzwischen hat der junge Kerl seine Gedanken ein wenig geordnet. Das Prahlen? Wer hat denn mit Prahlen angefangen? Wer hat denn angefangen: Lübben kann dies und Lübben kann das, Lübben kann noch viel mehr! Lübben kann von unserer Scheune herunterspringen, ohne sich was zu brechen, Lübben kann bei ablaufend Wasser über die Elbe schwimmen, Lübben kann an einem Windmühlenflügel durch die Luft fahren, hö? Das frage ich dich jetzt! Antworte mal, du da mit deinen Händen unter der Schürze!
Schon gut, sagt das Mädchen und stichelt weiter, geh nach Hause und leg dich ins Bett. Wir wissen nun alle im Dorf, was wir von dir zu halten haben. Du hast dir doch nicht schon in die Hose gemacht?
Einen Dreck wißt ihr!
Der heisere Mann hustet und legt sich wieder ins Mittel: Du sollst trotzdem gewonnen haben, Lübben. Zwei Liter Schnaps alles in allem, zwei Liter Klaren. Du bist trotzdem ein großartiger Kerl, Lübben, das wissen wir doch, du und ich!
Und ich will dir sagen, was ihr wißt: Einen Dreck wißt ihr!
Höhö, macht das Mädchen.
Los, sagt der junge Kerl, das wäre ja gelacht! Da gibt es nichts! Paßt auf, daß die anderen hier nicht so nah herankommen, sonst merkt Böttcher was und stellt seine Mühle ab! Wo sind denn die Dreckkerls?

Die stehen unten an der Landstraße, unten bei Rodenburgs Teich.
Das wäre ja gelacht, gelacht wäre das!
Sie gehen weiter.
Ich finde, daß ich von dieser Angelegenheit noch etwas mehr erfahren muß. Eine Elster fliegt mit weiß aufblinkendem Leib über mich weg und zieht schäckernd ihren langen Schwanz hinter sich her. Geh zum Teufel, ich interessiere mich jetzt nur für die drei merkwürdigen Menschen. Ich laufe vorsichtig durch das Wäldchen, aber als ich den Rand erreiche, sind sie schon oben bei der Mühle angekommen. Hinterherspazieren kann ich nicht gut, ohne sie in ihrem Vorhaben zu stören. Wenn ich sie mir einmal genauer ansehen will, bleibt mir nichts anderes übrig, als am Hang der Sandkuhle, die sich links ziemlich nahe an die Mühle heranschiebt, entlangzukriechen und mich dann in dem Birkengestrüpp zu verbergen, das am Rande der Kuhle wächst.
Das tu ich und stecke vorsichtig meinen Kopf heraus.
Das Mädchen hat eine schwarze Strickjacke an. Ein paar weißblonde Haarsträhnen wehen ihr ins Gesicht. Ihre Hände hält sie frierend unter der Schürze verborgen. Sie steht nicht still, sondern läuft mit ihren klobigen Holzschuhen im Kreis herum. Der junge Kerl ist tatsächlich noch sehr jung, zwanzig Jahre vielleicht. In seiner Betrunkenheit ist ihm die blaue Schirmmütze, ein Ding, wie es die Schiffer hierzulande auf dem Kopf haben, bis über die Nase gerutscht. Wenn er etwas sehen will, muß er den Kopf nach hinten legen und unter dem Schirm hindurchschielen. Dabei verliert er immer das Gleichgewicht und lacht albern. Jetzt macht er sich an den heiseren Mann heran und fragt ihn etwas. Ich kann aber nichts verstehen.
Eine düstere Wolke treibt über die Wiesen und Hecken her, der Wind nimmt zu, und in den Mühlenflügeln, die

schwer herumfahren, saust und pfeift es. Der Heisere rückt seinen Hut in den Nacken, schüttelt an seinem einen Bein die braune Manchesterhose zurecht und zeigt gegen das Wäldchen. Es beginnt zu regnen. Ich sehe, daß auf der Straße, die an dem Wäldchen vorbeiführt, ein Trupp Menschen steht, die Gesichter hierher gekehrt. Da nimmt der junge Kerl seine Mütze ab und winkt ihnen zu. Einige werfen die Arme in die Höhe und schreien etwas herüber. Und aus dem Dunst und grauen Regenschauer, in dem sich die Landschaft jenseits der Straße verliert, kommt von weit her ein tiefes Gedröhn. Das ist ein Dampfer auf der Elbe.

Das übrige begibt sich eins, zwei, drei. Der junge Kerl geht auf die Mühle los, duckt sich vor dem ersten Flügel, der herunterkommt, weg, packt, als der zweite sich brausend herabschwingt, plötzlich zu und wird emporgetragen. Im nächsten Augenblick hängt er bereits, mit den Beinen zappelnd, seitwärts in der Luft. Dann muß er blitzschnell den Griff wechseln. Ich denke, er gleitet ab, aber da hat ihn der Schwung schon zur höchsten Höhe hinaufgeführt, so daß er seine Stiefel in das Lattenwerk des Flügels stoßen und abermals den Griff wechseln kann. Dann wird er schon wieder herabgesenkt. Nun müßte er mit seinem Leib frei pendeln, um gleich darauf, wenn der Flügel sich der Erde nähert, abzuspringen. Aber er bleibt seltsamerweise längelang am Flügel haften. Die Stiefel müssen sich eingeklemmt haben, es sieht aus, als habe ihn jemand an Armen und Beinen festgenagelt. Jetzt wird er mit dem Kopf nach unten am Erdboden vorbeibewegt, jetzt geht's wieder empor, jetzt ist er wieder oben in dem wehenden Regen. Aber wie er auch zerrt und rüttelt und den Rücken biegt, er bekommt die Stiefel nicht aus dem Lattenwerk heraus und muß sich nun zum zweiten Male kopfüber in die Tiefe drehen lassen.

Reißt mich los! brüllt er, als er herunterfährt, und wendet seinen roten Kopf nach außen. Die Mütze fällt in den Schnee. Der heisere Mann springt auf ihn los und reißt an seinem Körper. Aber er muß ihn, nachdem er selbst ein Stück hochgezerrt ist, loslassen und plumpst zurück.
Da stehe ich aus meinen Birkenbüschen auf und schreie, sie sollten doch die Mühle abstellen, zum Satan auch! Das Mädchen, das die ganze Zeit über mit den Händen unter der Schürze wie erstarrt stehengeblieben ist, blickt sich erschrocken nach mir um. Ich renne auf den heiseren Mann zu, der eben wieder von einem Sprung und Gezerre in den Dreck fällt und brülle ihm ins Ohr: Stell doch die Mühle ab!
Was? keucht er.
Abstellen!
Ich selbst verstehe mich nicht auf Windmühlen. Wo ich groß geworden bin, gibt es keine. Der Mann läuft in seiner Aufregung erst ein Stückchen links herum, dann bleibt er stehen, schlägt sich mit beiden Händen vor den Kopf und läuft rechts herum. Aber die Tür ist verschlossen, und diese Mühle ist, wie immer, wenn der Teufel seine Hand im Spiele hat, so eingerichtet, daß man sie nur von innen an- und abstellen kann. Bei den meisten betreibt man das ja von außen, so mit Ketten. Aber dies ist nun einmal so eine. Da kommt auch das Mädchen mit weißem Gesicht herbei. Wir suchen alle wie unsinnig, ob der Schlüssel nicht irgendwo in der Nähe zu finden ist. Das Mädchen klettert sogar auf einen Balken und sucht auf dem Fensterbrett herum. Unterdessen wird der junge Kerl fortwährend im Kreise herumgedreht. Jedesmal, wenn er oben ist und vergeblich mit seinen Beinen zuckt, jammert er verzweifelt auf. Wenn er der Erde entgegenfährt, beißt er die Zähne zusammen und schweigt.
Der Müller! stammelt der Heisere und rennt nach dem

Gehöft hinab. Aber er hat kaum drei Sätze getan, da stürzt Müller Böttcher schon aus seinem Haus und heult mit Donnerstimme: Abstellen! Der Schlüssel liegt im Fenster!
Da ist er nicht, sagt das Mädchen. Ihre Zähne klappern, sie hält die Hände wieder frierend unter ihrer Schürze. Ich schwinge mich selbst noch einmal hinauf: kein Schlüssel. Müller Böttcher kommt angewetzt. Der Dreck fliegt um ihn her. Dösköppe! heult er, springt auf den Balken und greift aufs Fensterbrett. Aber es ergeht ihm nicht besser als uns.
Dunnerslag!
Er besinnt sich jedoch keinen Augenblick, sondern tritt aus Leibeskräften gegen die Tür, wirft sich mit seinem Oberkörper dagegen, daß der Mehlstaub aus seiner Jacke schießt. Der Riegel hält. Da reißt er den Balken hoch und rammt das Schloß ein. Die Tür kracht nach innen. Er darüber weg und hinein. Gleich darauf bleibt die Mühle stehen. Unglücklicherweise gerade in einem Augenblick, als der Flügel mit dem jungen Kerl sich beinahe senkrecht oben befindet. Vielleicht gibt nun, da der Winddruck anders einwirkt, die Spannung in dem Lattenwerk nach, vielleicht ist der Eingeklemmte auch bewußtlos geworden, mit einem Wort, er rutscht, er löst sich ab und saust dumpf herunter. Kopf und Schultern voran.
Wir heben ihn sofort auf, aber er kann keinen Laut mehr von sich geben, er hat sich buchstäblich den Hals gebrochen. Nun sehe ich auch, daß er auf seiner Oberlippe ein ganz kleines, blondes Schnurrbärtchen trägt. Er hat zwanzig Jahre gelebt, länger nicht.
Mittlerweile sind ein paar von den Männern, die von der Landstraße aus zugeguckt haben, herbeigelaufen. Wir tragen den Leichnam in das Gehöft des Müllers und legen ihn auf das Sofa in der guten Stube.

Die Uhr schlägt halb sieben, schlägt sieben. Müller Böttcher ißt in der Küche zu Abend.
Ich warte, bis der Arzt kommt.
Der Arzt kommt. Der Tod ist auf der Stelle eingetreten, sagt er, wie das so die Art der Ärzte ist. Fertig. Was soll er auch anderes sagen?
Als ich das Haus verlasse, ist es schon verhältnismäßig dunkel geworden. Ich stelle mich noch eben hinter den Kuhstall, um mein Wasser abzuschlagen, da tritt mit einem Mal das Mädchen aus der Haustür, späht nach rechts und nach links und huscht dann, ohne mich zu bemerken, an dem Stall vorbei in die Nacht hinein. Ich horche hinter ihr her. Sie bleibt bald stehen. Ich höre einen leisen Plumps, wie wenn jemand einen Stein ins Wasser wirft. Und während ich mich noch verwundere, was das denn gewesen sein kann, läuft das Mädchen wieder an mir vorbei und schlüpft ins Haus. Als sie die Tür öffnet und das Licht ihr entgegendringt, erkenne ich sie ganz genau. Es ist kein Irrtum möglich.
Ein paar Minuten lang überlege ich mir, was zu tun ist. Die Sache kommt mir nicht ganz geheuer vor. Aber schließlich stapfe ich doch erst einmal nach meinem Schuppen in dem Tannenwäldchen. Die Tür ist bald aufgebrochen, und ich richte mich da drinnen zwischen den Stangen und Ständern ein, so gut es geht.
Der Plumps will mir jedoch die ganze Nacht über nicht aus dem Kopf, dies unbedeutende Ereignis in der Dunkelheit. Ich fange wieder ganz von vorn an, ich erwäge jeden Punkt, und allmählich kann ich mir auch einen Reim darauf machen. Ich bin ja nicht von gestern, was das anbetrifft. Na, es wird sich herausstellen. Einstweilen: Gute Nacht!
Am nächsten Morgen finde ich mich ein zweites Mal auf Müller Böttchers Hof ein. Und richtig, nicht weit vom Kuhstall entdecke ich in einer Wiese einen Tümpel.

Wenn er nicht so flach wäre, sollte ich wohl lange suchen. Aber so gelingt es mir im Handumdrehen, einen Schlüssel herauszufischen. Ich wische ihn, ohne ein Wort zu verlieren, an meiner Hose ab und stecke ihn in die Tasche. Dann schlendere ich auf den Windmühlenhügel.
Man muß an so vielerlei denken im Leben. Ich halte mich zum Beispiel in diesem Fall nicht geradenwegs auf die zerbrochene Tür zu, obwohl ich in meinem Herzen sehr neugierig bin, sondern wandere erst einmal um die Mühle herum. Und als ich bemerke, daß der Müller hinter der Fensterscheibe steht, mache ich an einer beliebigen Stelle halt, hebe etwas mit meinen Fingerspitzen aus dem Gras auf und schüttele den Kopf: Da habe ich also richtig den Schlüssel gefunden, den wir gestern alle wie die Verrückten gesucht haben.
So muß man es nämlich anstellen, wenn man nicht in einen falschen Verdacht kommen will. Verstehst du mich?
Die Tür liegt zerfetzt an der Erde, und ich probiere den Schlüssel. Daß dich! Er paßt. Da kommt auch Müller Böttcher schon zum Vorschein.
Guten Morgen! sage ich. Jetzt, wo wir ihn nicht mehr so nötig gebrauchen, habe ich ihn gefunden. Hier ist er.
Ja, das sehe ich, antwortet Müller Böttcher. Dann bohrt er in seinem Ohr herum und schweigt.
Hm... Was sagen Sie als Müller und Eigentümer dieser Mühle denn zu der Geschichte und dem ganzen Drum und Dran?
Er schnauft nur kurz und ärgerlich durch seine Nase.
Ja, ja, was ist ein Menschenleben! fahre ich behutsam fort. Das Fräulein kann sich nun die Augen ausweinen um ihren toten Schatz. Es war aber auch der helle Wahnsinn.
Das Fräulein? Was für ein Fräulein?

Die Hellblonde mit der schwarzen Strickjacke, die gestern auch dabei war.
Nee, das ist seine Frau.
Seine Frau?
Ja.
Dem Verunglückten seine Frau?
Lübben Meyer seine, jawohl.
Am liebsten stieße ich jetzt einen häßlichen Pfiff aus. Aber ich bezähme mich und sage nur: Müssen die aber jung geheiratet haben!
Heutzutage ist das ja wohl so.
Wie mag denn die Ehe gewesen sein?
Davon ist mir nichts bekannt, sagt der Müller.
Ich wandere weiter. Seine Frau also! Und wie die Ehe war, ist dem Müller weiter nicht bekannt. Du lieber Himmel!

Weiter

Das Licht hat uns verlassen. Ich denke nach, ich schließe die Augen, aber ich kann mich nicht mehr erinnern, wie es aussieht, wenn die Sonne am Himmel steht, wenn da oben alles eine einzige Bläue ist. Es regnet nun schon seit Wochen. Wir schreiben den achtundzwanzigsten November. Und wenn es nicht regnet, senkt sich der Nebel herab. Es rieselt und sickert und dampft. Ein Haus steht in der Dämmerung und tropft, eine Birke steht da und tropft. Es ist fünf Uhr abends. Und der Wind kommt von Westen, langsam, und mit ihm die Wolken. Sie sind wohl aus der Nordsee und aus dem Atlantischen Ozean emporgedampft, diese Schwaden, die so feucht über die Länder hinwehen. Weiter! Immer einen Fuß vor den anderen! Dann kommt man von der Stelle und begreift es selber kaum.

Wo ich gerade bin, weiß ich nicht. Der Damm, auf dem ich wandere, ist mir fremd. Im Norden ist die Nordsee, soviel weiß ich immerhin. Rechts läuft ein Torfgraben hin, links breiten sich Wiesen aus. Und nun will ich abwarten, was mir heute nacht beschert wird. Die Finsternis bricht schnell herein.
Vor acht Tagen war ich noch in einer chemigraphischen Bude als Hilfsarbeiter tätig. Ich dachte, es wäre besser, diesmal den Winter über warm zu sitzen. Ein tadelloser Betrieb und ein Meister, wie es keinen zweiten gibt. Übrigens in Bremen, in the Free and Hanseatic City of Bremen. Aber es fällt mich an wie eine Krankheit. Eines Morgens wache ich auf und bin unruhig, meine Augenlider tun wir weh, ich kann keinen Menschen mehr um mich haben. Dann muß ich die Arbeit und den Meister und den Lohn und alles im Stich lassen und wandern. Darum werde ich es auch nie zu etwas bringen. Andere haben ein Konto bei der Sparkasse, später kommt eine Frau dazu, Kinder, ein Sofa mit einem Tisch davor, eine Kiste Zigarren, ein Stück Gartenland und eine hölzerne Laube. Fortschritt und Wohlhabenheit von einem Tag zum andern. Zuletzt steht sogar eine Fahnenstange da. Höher geht es nicht. Wenn du mich dagegen betrachtest, dazu noch an einem Tag wie heute: naß, Frost in den Fingern, unrasiert, ein entzündetes Auge, kein Ziel, keinen Weg, kein Streben, keine Ordnung, nur Ruhelosigkeit und ein dumpfes Verlangen, anderswohin zu gehen. Bemerkst du wohl den Unterschied? Aber du brauchst deinen Kopf nicht so mitleidig und vorwurfsvoll zu schütteln, du brauchst nicht tze tze tze zu sagen. Ich will es nun nicht besser haben. Besser? Ich will es nicht so schlecht haben wie du und deinesgleichen mit euren Zigarren und euren Fahnenstangen. Ich will es genauso haben, wie ich es habe. Manch einer erntet gern Frühkartoffeln aus der Erde, verhaut seinen Jungen die verschie-

denen Hintern und läßt sich von seinem Radio die Wetterberichte und Marktpreise vorspielen. Der andere streift lieber in den Mooren zwischen Weser und Elbe umher und bleibt zuweilen stehen, um auf das Sausen des Regenwinds zu horchen, auf diesen eintönigen Laut unter dem Himmel, der voller Gleichgültigkeit und Musik ist.

Als ich eines Tages dem Meister in Bremen gestand, was für einer ich in Wirklichkeit sei, antwortete er mir nach einer langen Pause, ein geschickter und beständiger Mensch könne viel mit seiner Hände Arbeit gewinnen.

Ich weiß es, Meister.

Viel und doch wenig genug, wenn man es einmal mit dem nötigen Ernst bedenkt. Aber so einer wie du ist imstande, mit einem Schlage alles zu besitzen.

Er deckte gerade eine Farbätzung mit Lack ab und sprach, ohne mich anzusehen, unterm Pinseln vor sich hin: Alles, mein Junge!

So einen Meister finde ich nicht wieder. Er schimpfte nie, er lachte auch nicht oft. Sie erzählten in der Bude, er sei noch nie bei einem Weib gewesen, weil er zu einer Sekte gehörte. Er sagte »mein Junge« zu mir, obwohl ich ihm gerade erklärt hatte, ich würde ihm demnächst durchbrennen.

Alles zu besitzen? Was verstehen Sie unter alles, Herr Fahrenholz?

Da sah er mich einen Augenblick von der Seite an, dann klemmte er sich eine Lupe ins Auge, nahm einen dünnen Pinsel und arbeitete auf das Genaueste weiter: Wer das Nichts hat, darüber mußt du dir klar sein, der hat auch das All. Das Nichts und das All ist ein und dasselbe, darüber mußt du dir klar sein.

Hm, Sie mögen wohl recht haben, Herr Fahrenholz, aber aufrichtig gesprochen... das Nichts und das All...

das Nichts ist doch nichts, und das All ist doch alles! Wenn du Interesse für solche Fragen hast, könnte ich dir einmal ein Buch zu lesen geben, in dem du das meiste verzeichnet findest. Da steht zum Beispiel der Satz drin: Nichts ist gleich dem All. Stimmt der Satz deiner Meinung nach?
Nichts ist gleich dem All? Jjja.
Nun denk einmal scharf nach! Wenn ich sage: A ist gleich B, dann kann ich ebensogut sagen: B ist gleich A. Stimmt es?
Jawohl.
Dagegen ist auch nichts einzuwenden. Es handelt sich um Mathematik, und gegen Mathematik kann kein Professor etwas einwenden. Jetzt machen wir einen Strich unter das Ganze und ziehen die Nutzanwendung heraus: Nichts ist gleich dem All. A ist gleich B. Oder B ist gleich A. Das All ist gleich dem Nichts. Da hast du es. Du mußt dir darüber klar sein, daß kein gelehrter Professor etwas dagegen einwenden kann. Wenn du das Nichts hast, dann hast du gleichzeitig das All, so verhält es sich.
Ich rieb mir die Stirn mit den Fingerspitzen, weil ich es doch nicht vollständig begreifen konnte. Und ferner sagte er, falls es denn wirklich so mit mir stünde, daß ich zuweilen meine gesicherte Position verließe und mutterseelenallein umherwanderte, dann wäre ich nahe daran. Mehr will ich nicht gesagt haben, dann bist du nahe daran! Lauf mal rüber zu Hans, er soll bei der nächsten Aufnahme den achtundvierziger Raster nehmen! Der Mann verstand mehr von Himmel und Hölle als sieben Pastore zusammen. Worauf wollte ich eigentlich hinaus? Na ja, an diese Worte meines Meisters muß ich immer wieder denken, wenn ich friere und traurig bin. Er hieß Fahrenholz, Heinrich Fahrenholz in Bremen. Dann wäre es ja möglich, daß es wahrhaftig das Nichts ist, dem ich, ge-

trieben von dieser geheimnisvollen Kraft, entgegenwandere, das Nichts und das All. Die anderen haben eine Wohnung gefunden und leben ruhig ihre Tage zu Ende. Aber ich werde von einer sehnsüchtigen Unruhe verzehrt, weiter und weiter zu ziehen. Wohin? Ins Nichts? Man kann nur mit den Schultern zucken.
Eine neblige Nacht. Schweigen. Ich bin über und über mit winzigen Wasserperlen behängt und tappe auf dem Damm entlang, der in großem Bogen durchs Moor führt. Mit einem Mal platschen meine Füße in schwarzes Wasser, ich fahre zurück und blicke mit vorgebeugtem Oberkörper geradeaus und zur Seite. Dies scheint einer von den Moorflüssen zu sein. Und die düstere Masse da drüben im Dampf ist wohl ein Haus. Ich kann nichts mehr erkennen, es ist schon zu dunkel. Meine Stimme schallt erstickt durch den Nebel: Hol över! Nichts rührt sich. Ich singe noch einmal: Hol öööver! Ich singe und horche... Nichts. Hol öööver!... Hol öööver! Da glüht ein rötlicher Schimmer in der Finsternis auf. Wahrscheinlich ist jemand aus dem Haus getreten und hat die Tür offengelassen, und das Herdfeuer leuchtet nun herüber. Gleich darauf klirrt eine Kette, ein Schatten kommt übers Wasser, es gluckert, die abgeplattete Spitze eines Bootes schiebt sich heran.
Noobend!
Ich steige ein, der Fährmann wrickt schweigend zurück und drängt das Boot gegen das Ufer. Wir klettern heraus und stapfen auf das Feuer zu.
Nachdem ich eine Viertelstunde im Torfrauch gesessen und zwei Genever getrunken habe, stehe ich auf und gehe weiter. Wir wissen nicht viel miteinander zu reden, er und ich. Seine Frau liegt krank im Wandbett.
Noobend!...
Der Nebel wird immer dichter.
Wenn ich meine Hand ausstrecke, ist sie so merkwürdig

weit von mir weg, sie ist in der Dunkelheit verschwunden. Aber den schmalen Sandpfad, der sich zwischen Grasbüscheln und Binsen hinleitet, kann ich, wenn ich genau hinsehe, doch noch als undeutliche Helligkeit vor mir ahnen. Manchmal verschwindet er, dann schlurfen meine Schuhe durch Wasserpfützen.
Nirgends ist man so ganz und gar erbarmungslos allein wie im Moornebel, man bringt es kaum noch fertig, zu atmen. Es schwebt auch so etwas Leeres und Drohendes um einen her. Ob das wohl das Nichts ist? Ich bleibe stehen. Es rauscht! Das Nichts rauscht ganz dünn. Nein, es ist nicht das Nichts und nicht der Nebel und nicht die Nacht, ach was, es ist mein eigenes Blut in meinen Ohren. Sonst rührt sich kein Ding in dieser dumpfen Stille, und außer mir ist niemand mehr auf der Welt. Niemand und nichts. Nach welcher Seite ich auch mit meinen Händen taste: Nichts. Ich werde ganz schwindelig. Beinahe wäre ich vornübergefallen. Ich bin gefangen in mir selbst. Hier bin ich, und ringsherum ist nichts. Ich... was bedeutet das... ich? Das ist die Frage, die ich mir immer wieder vorlege. Früher habe ich es gewußt, aber jetzt kann ich mich nicht daran erinnern. Ich müßte in mich selbst versinken, ich müßte mein Inneres, das doch so dunkel ist wie die Nebelnacht um mich her, ein wenig hell machen, ich müßte mich erinnern. Nun merke ich auch, was das Wort eigentlich besagen will: erinnern! Wenn ich in mich hineinschaue, tief in mich hinein, dann er-innere ich mich. Ein mystisches Wort: erinnern, Erinnerung! Sobald ich wieder nach Bremen komme, will ich den Meister aufsuchen und ihn fragen, was er von dem Wort Erinnerung hält. Unbedingt will ich das tun! Wer sich doch einmal an das Allerletzte, an das Allertiefste erinnern könnte! Wie tief bin ich denn? Hat er ein Ende, der dunkle Schacht, in den ich hineinsinne? Ich bin ein dunkler Brunnen. Nun beuge ich mich hinüber und

lasse diesen Gedanken wie einen Stein hinabfallen. Wann schlägt er unten auf? Ich halte den Atem an und lausche. Totenstille. Der Stein fällt noch immer, er fällt und fällt. Ich öffne den Mund und ziehe die Schultern etwas hoch, um besser lauschen zu können. Wieviel Zeit ist schon vergangen? Eine Sekunde? Er fällt und fällt... Ein Tag? Er fällt und fällt... Ein Jahr? Er fällt und fällt... Jahrtausende? Er fällt und fällt... Er fällt ins Bodenlose, ins Unendliche, ins Nichts. Er kommt nie wieder zurück.
Aber ich weiß, daß einige Gedanken, die ich früher ganz in mich hinein habe sinken lassen, eines Nachts wieder aufstiegen wie Träume. Wo sanken sie hin? Wo kamen sie her? Was ist das Nichts? Was ist das All?
Da vernehme ich, wie ich dem fallenden Stein noch nachlausche, eine leise, wesenlose Stimme in der Dunkelheit, nein, es ist keine Stimme, es ist nur ein Wehen aus der Tiefe herauf: Warum fragst du... was das All ist? Du... weißt... es... doch...!
Ein Wehen und Verwehen.
Weiß ich es? O still! Ich könnte mir wohl eine Antwort geben, ich könnte jetzt ein gewisses Wort aussprechen, aber ich schäme mich noch zu sehr...
Nach einer Weile taste ich mich mit meinen Füßen auf dem schmalen Wege weiter. Ich bin noch ein wenig benommen, ich habe im Nebel gestanden und gehorcht, es ist mir so seltsam ergangen, mein Gleichgewicht ist durcheinandergeraten. Obwohl ich zum Beispiel den Pfad da vor mir ungefähr erkennen kann, er ist grau, und das Gras zu beiden Seiten ist schwarz, obwohl ich die graue Andeutung, wenn ich den Kopf vorschiebe, da unten schweben sehe, trete ich immer wieder daneben. Dann schwanke ich hin und her, bis ich den Pfad wieder gefunden habe, und dann balanciere ich vorsichtig weiter. Es geht nur langsam vorwärts. Ich muß öfter stehenbleiben, um mich zusammenzunehmen, ich gebe mir ei-

nen Ruck, ich fahre mit der Zunge über die Ober- und Unterlippe, mache meine Augen scharf und gehe forsch drauflos. Aber nach einem Dutzend Schritten bin ich schon wieder entgleist. Die Dämme, die durchs Moor führen, sind gewöhnlich nicht sehr breit. Dieser wohl auch nicht. So werde ich denn wohl über kurz oder lang in den Graben plumpsen.

Übrigens scheint es jetzt ganz schlimm zu werden. Der Weg hört auf oder was... ach so, es sind nur ein paar Sträucher. Ich biege um sie herum, die graue Linie ist wieder da und leitet mich im Bogen weiter. Aber nun, was nun? Ein ungewisser Schatten dunkelt im Nebel auf, wird größer und größer, wird dann, als ich näherkomme, wieder etwas kleiner und ist schließlich ein Gebüsch aus mannshohem Strauchwerk, in dem der Weg sich verliert. Ich bringe meine Augen dicht an einen Zweig heran und fühle mit der Hand an ihm herum: gestielte Knospen, schwarze Troddeln, es ist eine Erle. Und dies? Auch. Ich befinde mich in einem Erlenwäldchen. Der Weg ist zwar dahin, aber dafür habe ich nun eine kleine Welt um mich her. Vorhin faßte ich nach allen Seiten ins Leere. Nun stoße ich an Zweige und dünne Stämme, Wassertropfen fallen herab, ich pflücke einige Troddeln ab und zerdrücke sie zwischen meinen Fingern, sie duften, unter meinen Füßen knackt es. Gott sei Dank, daß ich aus der blinden Öde heraus bin, daß ich wieder etwas anfassen kann! Ich habe das Gefühl, als sei ich irgendwo angekommen, als solle ich mich unter die Erlen legen und die Nacht hier verbringen. Das werde ich wohl bleiben lassen. Aber einen Augenblick anhalten will ich doch. Gott sei Dank, daß ich diese Sträucher angetroffen habe!

Ich glaube, der Nebel wird immer feuchter, er verwandelt sich allmählich in Regen. Das ist doch kein Sickern und Dampfen mehr, es tropft doch schon richtig herab!

Wenn ich meine Hand ausstrecke, sprühen unzählige kalte Punkte darauf. Und wie auf meine Hand, so fallen sie auch auf alles Gezweig, die Tröpfchen. Ich sehe sie nicht, aber ich höre sie. Ein feines, gleichmäßiges Knistern in der Nähe, ein rieselndes Summen dahinten.
Je länger ich hinhorche, um so verschiedenartiger wird das Knistern. Nein, es ist nicht gleichmäßig. Hör doch nur!
Da sind links neben meinem Ohr drei schnelle Laute, wie wenn jemand voller Ungeduld, aber auch voller Vorsicht mit der Spitze eines Fingers auf eine Tischplatte tupft. Pause. Dann wieder drei Tupfer. Dann wieder Stille. Und in die Stille hinein läutet plötzlich ein silbernes Glickgluck. Einmal nur. Ich warte, daß es sich wiederholt. Aber es begibt sich nur ein einziges Mal. Statt dessen erklingt eine vollständige Tonleiter von oben nach unten, erst eine Perlenschnur von Dididididis, dann langsamer und allmählich tiefer werdend... und schließlich zu nichts vergehend... Aber die drei ungeduldigen Tupfer linker Hand bleiben sich immer gleich.
Was vorher nur ein zusammenhängendes Knistern zu sein schien, löst sich nun, nachdem ich eine Zeitlang darauf geachtet habe, in ein durchsichtiges Gewebe von einzelnen Melodien auf. Hier klopft es weich, dort klingelt es hell, hier steigt eine Tonfolge immer wieder an, dort fällt sie ab, hier ist es mehr ein Ticken, dort mehr ein Zerstäuben und dort nur ein beinah lautloses Rinnen. Aber alles noch ganz leise und dünn. Ich unterscheide immer neue Tropfen und Rhythmen, bald in der Nähe, bald in der Tiefe. Ich mache die Augen zu. Die zarteste Musik der Welt umrieselt mich. Und Viertelstunde auf Viertelstunde vergeht...
Soll ich jetzt weiterschlurfen? Soll ich noch bleiben?
Ich kann mich noch nicht von diesen melodischen Erlen trennen. Die Musik hält mich noch fest, das Fließen und

Beben von Zweig zu Zweig. Ich will mich einmal niederhocken und horchen, wie das Konzert klingt, wenn man sein Ohr dicht über dem Erdboden hat.
Es klingt wieder so anders hier unten, es sind noch seltsamere Laute dabei als oben. Eine Wasserkugel fällt von einem Zweig zum anderen, vom Zweig auf einen Grashalm und von dem Halm ermattet in den Sand. Eine andere schlägt in eine Pfütze und wirft ein Dutzend Spritzer hoch. Eine dritte, die sich dort bildet, wo ein Ast hart umknickt, ist schwerer als alle übrigen und verursacht, wenn sie auf die feuchten Blätter klatscht, einen kurzen Schrei, gleich darauf abermals einen und noch einen, noch einen. Geklingel, Gebrumm, dunkle Tropfen, eilige Triller, gluckerndes Wasser und dahinter das eintönige Rauschen des Nebels weit und breit.
Viertelstunde auf Viertelstunde vergeht.
Die Geräusche werden lauter und härter.
Es regnet.
Meine Knie schlafen ein.
Die Nässe sickert an meinem Rücken herunter, schleicht beiderseits an den Rippen entlang und versammelt sich vorn an meinem Bauch.
Da hilft nun alles nichts, ich muß versuchen, mich durch das Erlenwäldchen zu schlängeln und auf der anderen Seite den Weg wiederzufinden.
Auf!
Ouh, die Knochen, die Knochen! Und die Nässe am Bauch!
Ich strecke die Hände aus und schiebe, während meine Füße das kleine Gesträuch krachend niedertreten, die Äste und Bäume von mir weg. Es tut mir ordentlich weh, wie ich all das Leise und Läutende zerstöre. Aber ich kann es nicht ändern. Wenn man vorwärts will, muß man immer etwas niedertrampeln. Im großen und ganzen ist die Welt auf Mord und Totschlag aufgebaut. So,

da bin ich schon hindurch! Und da ist ja auch der Weg wieder. Jetzt kann man ihn aber besser erkennen als vorhin. Regen ist eben durchsichtiger als Nebel. Immerhin bleibt die Nacht noch finster genug.
Ich habe das Gefühl, als sei es kälter geworden, bedeutend kälter. Du sollst sehen, wenn es so weitergeht, haben wir morgen Schnee. Und übermorgen Eis. Eis und weite Aussicht über die Niederung hin. Gute Zeiten für einen Wanderer ohne Unterhose! –
Nach zwei Stunden, es mögen auch zweieinhalb, meinetwegen auch drei sein, hebt sich der Weg unvermutet ein bißchen in die Höhe, wird breiter, wird fester, Wagenspuren, eine Brücke, Gartenzäune. Ein zweiter Weg biegt von rechts ein. Es dauert nicht lange, da klappern meine Schuhe auf Steinpflaster. Ich bin in irgendeiner Ortschaft auf der Geest angelangt.
Nachts durch ein fremdes Dorf zu gehen, ist verwunschen und traurig. Man wandert hindurch wie eine traurige Vision, die man im Schlaf hat. Ein paar rötliche Lichter blinzeln durch den Regen, dann richtet sich ein düsteres Gespenst auf, ein Haus und auf dem Haus ein Turm und oben an dem Turm vier allmächtige Arme: die Mühle. Sie steht regungslos da. Alle Häuser, alle Bäume, alle Gärten stehen regungslos da. Die Fenster sind verhängt. Dahinter regt sich manchmal ein Schatten, murmeln manchmal Stimmen durcheinander. Wenn ich mich an eine Wand lehne, höre ich dahinter den dumpfen Laut der Tiere. Aber alles bleibt so unbekannt. Und die langgezogene Mundharmonikamusik, die ein Knecht aus einem vergitterten Stallfenster herausdringen läßt, macht es nur noch... nur noch... ja... als ob es kein Glück mehr auf der Welt gäbe.
Ich möchte schon wieder einmal anhalten und mich auf etwas besinnen.

Noch nicht. Die Nacht wird kälter und kälter.
Es war in Hannover. Du kommst aus dem Bahnhof, dann links. In dieser Gegend liegt in Hannover die Herberge. Er saß, als ich in den Schlafsaal trat, auf dem Bett, das neben meinem stand. Ich hatte hundertundsieben, er hundertacht. Da saß er also und trug einen flachen, runden Hut auf dem Kopf. Seine Hände waren über den Knien gekreuzt, die Füße berührten nur mit den Zehenspitzen den Boden, er saß sozusagen auf den Zehen da. Ich hielt ihn zuerst kurz und gut für verrückt, weil er so blöde vor sich hin lächelte und auf mein Guten Abend keine Antwort gab. Aber als ich ihn mir beim Ausziehen genauer ansah, fiel mir auf, daß sein Lächeln gar kein Lächeln war. Ich meine, es lächelte nicht, es war so tot, sein Gesicht war tot. Tot... ich weiß nicht... über seinem Gesicht schien ein Vorhang zu hängen, man konnte es eigentlich nicht erkennen. Ehe ich einschlief, sah ich noch einige Male zu ihm hinüber. Er lächelte tot vor sich hin und machte keine Anstalten, sich umzulegen. Fragst du, ob ihn niemand ausgelacht oder umgestoßen hätte? Ach, du kennst die Herbergen nicht. Kein Mensch kümmerte sich um ihn. In einer Herberge kannst du krepieren, ohne daß es jemandem auffällt. Ich bin ganz froh, daß es so ist. Sie sollen mich nur in Frieden lassen. Ich lasse sie ja auch in Frieden. Gegen drei Uhr schreckte ich hoch, weil jemand in dem Gang hinter meinem Bett auf und ab ging. Sonst kann nachts der tollste Krach im Saal sein, ich merke nichts davon. Und in dieser Nacht wachte ich schon von den leisen Schritten hinter meinem Bett auf. Jemand ging auf und ab, auf und ab. Das dauerte wohl eine Viertelstunde. Als es dann draußen über der Stadt von verschiedenen Kirchtürmen drei Uhr schlug, fragte ich nach hinten: Kannst du nicht schlafen, Kollex? – Keine Antwort. – Bist du krank? – Keine Antwort. Ein Stück weiter unten schnarchte einer verworren

auf und warf sich herum, eine Bettstelle quietschte, aber hinter mir blieb es still, die Schritte waren verstummt.

Am nächsten Morgen fand ich unter seinem Bett... er selbst war schon verschwunden... einen Zettel, auf den er wahrhaftig ein Gedicht geschrieben hatte. Und da stellte sich heraus, daß er hinter dem Vorhang, der über seinem Gesicht hing, ein anderer war. Keinesfalls blöde, vielmehr voller Märchen und wehmütigem Gesang. Er konnte die Worte so aneinanderreihen, daß sie sich reimten. Du würdest das Gedicht verrückt genannt haben, wie ich dich kenne, aber ich trage noch heute einige Zeilen mit mir herum, von denen ich erfahren habe, daß sie gewissermaßen auf Wahrheit beruhen, wenn sie auch klingen, als hätte sie ein unwissendes Kind gesagt. Ungefähr so:

Der Nachtwind weht so scharf und dünn,
ich streue den Sternen Futter hin.
Da schießen allerlei Sterne blank
nieder auf meine Fensterbank,
schlucken die Körner, picken die Samen,
singen auch ihre Sternennamen,
singen und springen ohne Ruh'
und schwingen sich plötzlich dem Himmel zu.

Wie urteilst du darüber? Man versteht es nicht und versteht es doch. Es war ein langes Gedicht, kreuz und quer über den Zettel weg. Weiter unten hieß es:

Mir geht es nun schlecht, Gott sei's geklagt,
ich stehe hinter der Scheibe verzagt,
ich friere auch immer in meinem Gehirn,
Eisblumen blühen auf meiner Stirn.
Eisblumen blühen...

Und so weiter. Aber die schönste Stelle... Gib mal acht, ob du sie nicht auch schön findest:

Das Uhrwerk rauscht, es knistert im Schrank.
Da sitzt der Mond auf der Fensterbank.
Der Mond guckt traurig in mein Gelaß.
Der Mond ist kühl, kühl und blaß.
Er trinkt meinen Wein, er ißt mein Gemüs'.
Er sagt ein altes Märchen süß,
dann hebt er sich von ungefähr
hinter den blanken Sternen her.

Eigentlich habe ich keinen guten Kopf zum Auswendiglernen. Aber diese Sätze sind ganz von selbst hängengeblieben. Er trinkt meinen Wein, er ißt mein Gemüs', er sagt ein altes Märchen süß... Mit solchen kranken und träumerischen Worten beschäftigte er sich hinter seinem erloschenen Gesicht. Er hatte die Vorhänge herabgelassen, drinnen schwebte ein seliger Irrsinn, Weihnachten mit Kerzen und goldenen Fäden oder irgend etwas anderes. Man konnte es nicht wissen, weil die Vorhänge herabgelassen waren.

Und wenn ich nun nachts so durch ein Dorf treibe und die dunklen Wände mit ihren trüben Fensteraugen sehe und die Stimmen dahinter höre, dann kommt mir jedes Haus wie der Kollege in Hannover vor: außen tot, verhangen, unberührt, aber innen ein wenig hell und erfüllt von Gemurmel und Musik, von Qual und Dumpfheit, von Liebe und Weinen in ein Kissen. Man versteht es nicht und versteht es doch. Innen ist alles anders als außen. Außen mag es sein, wie es will, aber innen ist alles so süß und irr und hoffnungslos, Gott steh' uns bei, ich nehme dich und mich nicht aus...

Jetzt einmal eine praktische Frage: Wo befinde ich mich eigentlich? Ich blicke auf und wische mit dem Handrükken meine Nase ab. Da habe ich mich also die ganze Zeit über einen Gartenzaun gelehnt und in den Lichtschein gestarrt, der dort aus dem Haus fällt. Ein gelber, viereckiger Lichtschein. Offenbar ist es das letzte Haus. Gut,

und jetzt weiter... Nein, warte! Neben dem Zaun steht eine Hängebirke und darunter eine kleine Tanne. Die untersten Zweige der Birke und der Gipfel der Tanne werden von dem Licht getroffen und entzünden sich, naß, wie sie sind, an allen Ecken und Kanten, daß du denkst, sie bestünden aus schwarzem Glas. Gut, aber jetzt geht es weiter...! Warte noch eine Minute! Es hat sich langsam eingeregnet. Die Tropfen fallen aus dem Nachthimmel und schimmern, sobald sie in den Lichtbereich kommen, hell auf, rieseln und glitzern eine Sekunde durcheinander und sind im Nu in der unteren Finsternis versunken. Andere gleiten an den Birkenhaaren, an diesen funkelnden, hin und her sich drehenden Fäden entlang, fahren durch die Luft und zerspritzen auf den Tannennadeln zu silbrigem Staub. Und jedes Stäubchen schleudert wieder, jedes für sich, das Licht nach allen Seiten umher. Und das Umhergeschleuderte durchkreuzt sich tausendfach und bricht sich in das feinste Gestrahle. Wie ist das entzückend, wie ist das unsagbar entzückend! Was soll ich denn zuerst betrachten? Das rinnende Geschmeide in der Birke, den feuchten Glanz auf den Tannenzweigen, die glitzernden Wellen, die von Zeit zu Zeit durch das Regengewirr fluten, das hin und her spielende Gestrahle? Oder soll ich einen einzelnen Tropfen verfolgen, wie er sich im Augenblick am Ende eines Birkenhaares bildet, sich zitternd mit Licht füllt, sich löst und als Kristall durch die Luft schießt, um zwischen zwei Tannennadeln zu versprühen? In meiner Ratlosigkeit richte ich meine Augen dahin und dorthin und finde fortwährend etwas, worüber ich glücklich sein muß.
Warum genügt mir's nicht, hier zu stehen, mich zu freuen und das Gefunkel des Regens zu beobachten? Warum muß ich immer weiter? Muß ich denn wirklich weiter?
O ja!
Warum?

Komm, frag nicht! Du wirst es ja doch nie erfahren.
Ich bücke mich vornüber und wandere wieder in die Finsternis hinein.
Geest und Heide, Hecken, ein kleiner Föhrenwald, Wiese, wellige Äcker. Was habe ich gesagt? Es beginnt zu schneien. Regen mit Schnee untermischt. Wenn ich mich nicht irre, nähere ich mich der Weser. In vier bis fünf Stunden müßte ich sie erreicht haben. Aber bestimmt weiß ich es nicht. Vorhin habe ich einmal in der Ferne einen Dampfer brummen gehört. Der Schall kam von dorther, wohin ich marschiere. Das kann nur die Weser sein. Und nun schneit es.
Der erste Schnee in diesem Jahr. Noch schmilzt er auf der nassen Erde weg, aber die Kälte nimmt zu. Die Nacht wird weiß und still werden. Wir haben sicher nicht mehr als null Grad, eher ist es noch kälter. Ich stekke die Hände in die Hosentaschen und reibe meinen Bauch. Hoffentlich erwische ich in den Weserdörfern ein Paar größere Stiefel. Diese hier sind zu klein. Man muß jetzt Stroh in die Stiefel tun, sonst erfrieren einem die Zehen. Von heute an ist der Winter da.
Das tröpfelnde Geräusch des Regens wird leiser und leiser. Ich glaube, es hat jetzt ganz aufgehört. Hör mal! Nichts mehr. Nur das weiche Herabschweben des Schnees. Meine Brust ist schon ganz weiß, auf meiner Nase, auf meinem Mund, auf meinen Augenwimpern lassen sich immer neue Flocken nieder. Sie entstehen oben im Himmel, wehen behutsam herab und setzen sich lautlos irgendwo hin, andere folgen ihnen, die Luft ist voller Schnee und Lautlosigkeit. Es dauert nicht lange, da liegt ein grauer Hauch über den Feldern. Die Pfützen, in die ich trete, fangen an zu krachen, die Grashalme und Unkräuter, die mein Fuß berührt, die Hecken und Gebüsche, die ich mit meinen Hüften streife, rauschen von Eis. Es friert.

Und allmählich verwandelt sich die Landschaft. Der Schnee erhellt die Nacht mit ein bißchen Dämmerung. Ich gehe an Weißdorn hin und durch Wälder. Gegen Abend herrschte der Nebel und die Totenstille. Dann entstanden die klimperkleinen Tröpfchen in den Gebüschen, dann schlug der Regen summend auf die Erde, dann nahm das Summen langsam ab, und nun ist alles wieder so still geworden wie am Anfang. Nichts bleibt. Eins schwankt ins andere über. Was wird sich in den nächsten Stunden ereignen? Wir haben kaum elf Uhr.
Es ereignet sich, daß hin und wieder ein Wehen herüberstreicht, daß die Flocken spärlicher fallen, daß am Himmel einige Sterne sichtbar werden. Was für ein Ereignis: Sterne! Wie lange ist es her, daß ich die letzten Sterne gesehen habe!
Der Weg führt durch ein Gehölz. Als ich heraustrete, stehe ich am Rande einer Heide. Es schneit nicht mehr. Die grenzenlose Fläche liegt in weißer und grauer Klarheit vor mir. Darüber der schwarze Himmel, das All, das Weltall mit seinen eiskalten Sternen. Dort der Große Bär, darüber der Polarstern, an der anderen Seite der Orion. Ich halte den Atem an. Die Erde schweigt, das Weltall schweigt. In der Schule habe ich mancherlei vom Weltall gelernt. Es stellt die reine Unendlichkeit dar. Die Erde ist ein Nichts darin. Und ich bin wiederum ein Nichts auf der Erde. Ein Nichts? Ich will lieber sagen, ein Pünktchen. Ein Pünktchen steht auf der Erde und starrt in die Unendlichkeit empor.
Weiter!
Jetzt brauche ich den Weg nicht mehr. Norden da, Westen da. Das Pünktchen wandert langsam über die verschneite Heide nach Westen.

Inhalt

Thomas Mann

Die Welt von Gestern
Erinnerungen eines Europäers
496 Seiten, Leinen

Der Kampf mit dem Dämon
Hölderlin · Kleist · Nietzsche
286 Seiten, Leinen

Drei Dichter ihres Lebens
Casanova · Stendhal · Tolstoi
318 Seiten, Leinen

Drei Meister
Balzac · Dickens · Dostojewski
198 Seiten, Leinen

Sternstunden der Menschheit
Zwölf historische Miniaturen
252 Seiten, Leinen

Rausch der Verwandlung
Roman aus dem Nachlaß
330 Seiten, Leinen

Phantastische Nacht
Erzählungen
256 Seiten, Leinen

Die Heilung durch den Geist
Mesmer · Mary Baker – Eddy · Freud
398 Seiten, Leinen

Tersites · Jeremias
Zwei Dramen
358 Seiten, Leinen

Silberne Saiten
Gedichte
246 Seiten, Leinen

S. Fischer

Manfred Hausmann

Abel mit der Mundharmonika
Roman. Band 5336

Abel und seine Freunde retten Corinna aus Seenot. Sie erzählt spannend vom Abenteuer einer Ballonfahrt. Abel verliebt sich in das ein wenig ältere Mädchen und versucht schüchtern, mit dem Spielen seiner Mundharmonika seine Liebe zu ihr zu gestehen.

Liebende leben von der Vergebung
Roman. Band 5337

Liebende machen sich oft ein Bild von ihrem Partner, das der Lebenswirklichkeit vor allem dann ganz und gar nicht entspricht, wenn Außergewöhnliches eintritt. So lautet das Fazit dieses Romans: »Die Verantwortung des einen für den andern, nicht nur im Bereich der äußeren Lebensordnung, sondern vor allem der inneren, seelischen, darf auch in der Ehe nicht abstumpfen.«

Salut gen Himmel
Roman. Band 5338

Hier ist wirkliche Natur, zu einem wirklichen Himmel steigt dieser Salut empor«, empfand Annette Kolb. »Im Baume schlägt der Puls, der Wind weht, man wird vom Fluß, von der Luft umrauscht, der Mensch inmitten seines Grames oder seiner Leidenschaft steht wie im Sturm.«

Fischer Taschenbuch Verlag